中国专业作家
纪实文学典藏文库

中国专业作家
纪实文学典藏文库

英雄万岁

郭晓晔 著

中国文史出版社

献给共和国的
开天人和那个神奇的年代

目　　录

楔　　子

红四军奉命协同红三军团攻取赣州，在新城受强阻，红十一师政委张赤男头部中弹鲜血喷涌。三十二团政委刘亚楼跃出掩体，口携"为张政委报仇"的暴啸，率部挟雷裹电一举破城，血歼守敌一个团。寒风冷暮中，刘亚楼轻移染血黄土掩埋好烈士遗体，亲立碑铭洒泪诀别。刘亚楼接任红十一师政委。

那是1932年初，以王明为首的临时中央命令中国工农红军攻占中心城市，幻想革命在一省或数省首获成功。三面环水守敌坚固的赣州久攻不下，只得撤围，红四军归随红一军团到长江圩整编。4月上旬，红一军团与红五军团组成东路军，由毛泽东等人指挥转进闽南。4月10日拂晓，东路军速克龙岩，歼敌陈国辉旅，随即直扑闽南重镇漳州。

东路军主力红十一师缘藤攀岩，穿林涉水，旋风疾进。福建军阀张贞部四十九师不知龙岩已失，派一架"摩斯"式通信侦察机飞往龙岩联络。红十一师行至距漳州六七十里的龙山时，摩斯飞机恰从部队头顶逆向飞过。红三十三团副团长陈冬生仰脸虚瞄，经验老到地下令："机枪连！把机枪架上山头，等飞机转回时，老子打它几梭子试试。"

敌机果然嗡嗡地转了回来。陈冬生搓搓手，把八角帽推至脑后，手端机枪半仰着身子，熟练地调整好射击诸元，嗒嗒嗒就是一梭子。敌机应声像被猛扎了一刀，愣了愣神，掀了掀翅，醉汉般往漳州方向蹒跚而去。刘亚楼闻风策马驰抵山头下。马被勒得嘶鸣着转圈，他一语不发地目视敌机远遁，又默然策马而去。陈冬生自我炫耀说："刘政委也好枪法，打泥碗弹无虚发，有次抬手就打爆一只飞鹞。"

红十一师冒大雨渡过洪水汹涌的东溪河，于 4 月 19 日拂晓向漳州西北屏障天宝山发起攻击。全师冒着又冷又硬的大雨，猛攻杨梅岭、十二岭、风霜岭等敌阵地，在板溪与盘桓岭之间撕开敌防线，打开通往漳州的缺口。漳州守将张贞惊惶失措，焚毁城中弹药库，率残部分头向漳浦、泉州、厦门方向鼠窜。

4 月 20 日，红军占领漳州，收缴武器弹药等战利品正忙。有人送来焦红色肉松，刘亚楼老土，以为是上好的烟丝。三十三团副团长陈冬生报告：在机场缴获两架飞机，其中一架前几日被我击中，据当地老乡讲，飞行员腰部受重伤，抬下飞机不久即死亡。刘亚楼翻身上马，弓身力胯直驰机场。

荒草地里果然卧着两架飞机，银灰色，双层翼，一架机身上有几处弹孔，舱内遗有血迹；另一架已面目朽蚀，变形瘫痪。

说起来，这已不是红军最早缴获的飞机了。

1930 年 3 月 16 日，国民党的一架"柯塞"式侦察机从开封飞往汉口途中，在大雾中迷航迫降鄂北大悟县宣化店西南十公里陈家河河滩，被赤卫队俘获。经鄂豫皖红军负责人徐向前引导，飞行员龙文光参加了红军。鄂豫皖苏区对这架飞机极为看重，将其命名为"列宁"号，成立航空局，修建机场，拿来就用。首次出动是到国统区固始、潢川、光山等地侦察，抛撒传单。1931 年 11 月，红四方面军发起黄安战役，围攻黄安城一月无功，决定遣飞机助阵。怕龙文光生变，方面军政委陈昌浩一手握枪，一手提手榴弹，登机亲督赴战。到黄安城上空，"列宁"号俯冲连投两枚迫击炮弹，巨大的爆力和更为巨大的震慑力炸得敌军鬼哭狼嚎，军心崩溃。红军携威捅破坚城，生俘敌六十九师师长赵冠英以下五千余人。

飞机的威力自此神传三军。

1932年孟春，刘亚楼围着红军缴获的第二架飞机转了几圈，又坐进机舱摸摸看看。此后，毛泽东也来看了这架飞机，并在飞机前照了相。红一军团首长林彪、聂荣臻等也都看了飞机。几十年后，聂荣臻还记忆犹新："在漳州缴获了两架国民党的飞机。我和林彪还在飞机前面照了一张照片。这两架飞机都是小型侦察机，一架缴获时就不能开，一架能开，由一位朝鲜同志把它开回瑞金。"飞机被视若宝器。林彪要求对飞机严加保护，不得损坏。聂荣臻指示供给部修好了那架能飞的飞机。五一国际劳动节这天，阳光如花，这架飞机往节日庆祝大会会场撒下五色传单，引发潮水般的欢腾。

五一傍晚，刘亚楼带着钱姓朝鲜籍飞行员再次来到机场。他东问西问，问得飞机发热，仿佛有了风飙电举的动感和威力。刘亚楼，二十二岁的红十一师政委，未来的中国人民解放军空军首任司令员，1932年5月端坐机舱久久凝望着远天呼呼燃烧的橘红色的火烧云。

第一章 "影子机构"仍然是个梦

那时，年轻的共产党人有许多梦。而今透过半个多世纪的历史烟云回望，陕北那块贫瘠的黄土高原仍似飘浮在玫瑰红的光雾上。让人民军队飞上天，就是当时一个染血的梦。1940年底，常乾坤、王弼奉召回到延安。

1911年，意大利的皮亚扎上尉驾驶一架单翼机对土耳其作战，像一道白炽的闪电把天空这座神奇的高地开辟了出来。此后，各国军队不惜代价迅猛夺占这座高地。中国共产党在发轫之初，就敢想敢做，往似乎遥不可及的云层里播下飞行的种子。1926年，毕业于黄埔军校第三期的常乾坤被派往苏联，先后就读于红军第三航空学校和茹考夫斯基航空工程学院。王弼1927年进入列宁格勒空军航校，后来也到茹考夫斯基航空工程学院深造，后者是苏联航空工程最高学府。1938年9月，常乾坤和王弼回到新疆迪化（今乌鲁木齐），在中共举办的航空理论训练班任教。中央把他们召回延安无意间也使他们免遭一灾，否则，他们也许会像后文记述的，将同中共领导的第一支航空队一道横遭祸端。

毛泽东在枣园窑洞前的冬日太阳下接见了他俩。

毛泽东从容可亲，显得松大臃肿的棉衣裤落着补丁，黑面粗布鞋。他说，你们给我的信，我收到了，今天请你们来详细谈谈。

常乾坤和王弼汇报了创建空军的设想。这并非虚妄。他们说，第一

4

步是办航校，可先办一所小型的，集中一批干部学习航空理论知识，为将来建空军准备干部。

毛泽东聚眉倾听，时而提问。

他们急切地说，关键是要先干起来，航空干部培养周期长，不早动手，等到局势大发展就来不及了。

等到局势大发展就来不及了？毛泽东笑了，清癯的脸更显亲切。

枕着小米加步枪做航空之梦，其超前的建军观念和远大的政治抱负离现实有多远？

有远见卓识！毛泽东鼓励道，想创办航空学校的热情是好的，但仅有热情还不够，还需有耐心。

随后，中央军委决定成立第十八集团军工程学校。这是八路军创办的第一个航空机构，但却不打出航空的响亮牌子，为什么呢？

这也许就是要有耐心。那时毛泽东说过，有人建议请苏联援助飞机，我们好成立航空队，但延安只有碗口那么大，飞机要烧汽油，延安的河水也只有那么多，暂时还没有条件成立空军。

这所学校的命运也将证明，航空教学对其本身仍仅仅是个梦。

筹备工作由常乾坤、王弼负责。他们在黄土大风丘陵沟壑中四处奔波，勘察校址和建机场的位置。学校最终落在安塞县城西侯家门的一条山沟里，几排土窑洞，紧傍一条名叫李子河的小河。建机场的地址也选在延安与安塞之间一条平坦开阔的山沟里。

选调学员也在紧锣密鼓地进行。

如今已年过八旬的刘玉堤将军，一米八的身板仍硬朗笔挺，举手投足动感十足，从他书房里陈列的石玩和他作的鹰画上仍可感受到他体内的翻腾。1941年春天任三五八旅侦察参谋的刘玉堤，刚刚十七岁，却已多次出色完成潜入鬼子据点刺探情报的任务，并经受了百团大战的锤炼。他同时也符合选调条件：小伙子英俊健壮，中共党员，军龄三年以上，且有高小以上文化程度。全旅两个选调名额，他有幸中了一彩。

要不是旅首长亲口所说，刘玉堤不敢相信这是真的。在此之前，他从没想过自己要上天，因为整个八路军连一架飞机都没有。如果想过，那也是仇恨的诅咒，两位战友的死让他怀有锥心劈骨之痛。1939年秋的一天，他和抗大二分校的同学们正在吃早饭，六架日军的飞机猝然临空，劈头盖脸一通狂轰滥炸，一时间房屋倒塌，树木燃烧，盛饭的大锅碎片横飞。一位学员被炸得血肉模糊，死在刘玉堤抬着的担架上。另一位战友曾救过刘玉堤一命。参加百团大战时，刘玉堤染上了痢疾，边拉痢疾边行军打仗，人都快被拖死了，这位战友给他一个老家偏方：把四两米醋烧沸，打进三个鸡蛋，做成米醋蛋花空腹服下。这个偏方果有奇效，他服用后连着三四天拉不出屎来。后来这位战友在鬼子的另一次空袭中被弹片削去半个脑袋。战友的鲜血蒙住了刘玉堤的眼睛，他恨不能揪着自己的头发上天，但他只能用步枪怒吼。现在要学开飞机了，他马上想到的是报仇，他激动得想哭。

刘玉堤打上背包，从此踏上了飞天之路。十年之后，就是这个刘玉堤在朝鲜上空接连打下美军的"老油条"，成为石破天惊的英雄。

临行之前，张宗逊旅长紧握刘玉堤的手，语重心长地说："选你去学飞行，是你的光荣，也是全旅的光荣，你千万不要辜负了这份荣誉!"

李井泉政委也嘱咐他："好好学，一定要学出个模样来，上天杀敌立功!"

初夜时分，刘玉堤从南门进入延安城。他只觉远处密如繁星的灯火点缀出高楼大厦的轮廓。他被眼前的宏丽气象和想象中更加壮美的前景搅得彻夜未眠。次日早晨，当他捧着清凉的延河水洗过脸，才发现高楼大厦原来是一排排、一层层依地势而建的土窑洞。

几天后，一百余号优秀青年陆续到达延安，他们来自各机关和部队，也有来自国统区的热血青年，其中有马杰三、林征、龙定燎、熊

6

焰、欧阳翼、谢挺扬、田士斌、刘耀西、王力、麦林等人。在通过文化考试和体格检查后，他们抱着飞天杀敌的梦想和激情转抵安塞。

1941年4月6日，学校正式开课。在此之前，中央军委任命王弼任校长，丁秋生为政委，常乾坤为教务主任，与王、常一道从苏联回来的刘风、王琏等人任教员。他们白天与学员一道清理场地，修整校舍，砍柴开荒；晚上点着油灯备课，研究教案，编写教材，为教学和生活建立基础。

对于一所专门培养航空人员的学校，一切都还是空白，同时一切条件似乎都已存在：苏联政府已商定援手，甚至承诺援助飞机。还有另一种可能：每个学员在离开原单位前都被告知，到了学校先学理论，然后送你们去苏联或是新疆上飞机训练。

最关键的，是已经开始行动，是在这行动背后对自己所从事的事业坚定的胜利信念。最根本的，是把握机遇，创造机遇，在没有路的地方走出一条路来。

王弼和常乾坤既主导全面，又亲自任教。课程的开设是先学习语文、数学、物理和俄文知识，等打实基础再砌墙架梁，再学习航空理论。班级分为高、初两等，高级班既当学生，又当初级班的先生。刘玉堤上初级班，像熊焰这样文化程度较高的上高级班。熊焰曾是国民党航空机械学校的学生，学发动机专业，他是提着脑袋冲破国民党的封锁闯到延安的。在战争氛围中，学习仿佛是行军打仗，师生们身体里的每一颗细胞都吹响号角，攻堡垒啃骨头歼顽敌，日行千里夜行八百，卷携着硝烟烈火一路奔袭一路鼓劲加油你追我赶展开竞赛，以疾风骤雨之势，攻克一个个概念、公式、难题。苦战数月，斩获不菲。建机场的事亦提上了议事日程。

就当此时，国际和国内风云发生突变。1941年6月22日凌晨，希特勒祭出"巴巴罗萨"作战令，德军和其仆从国出兵五百五十万、战

7

机五千架，向苏联发动了闪电袭击，一气撕碎苏联的多道防线，占领了苏联大片国土，直杀到莫斯科城下。希特勒的得手刺激得日军胃口大开，为了趁机攫取英、法、美在远东的殖民地，日军变本加厉地在中国土地上清剿扫荡，疯狂实行"三光政策"，以图把在中国的占领区变为其后方基地。大敌压境之下，苏联要动员每一颗螺丝抵抗侵略，根本无力兑现援助中共办航空的承诺。另一方面，中共为渡过险恶的难关，断然实行精兵简政，大大缩减脱离生产人员，以蓄养力量。

这一切改变了工程学校的命运。党中央审时度势，于10月把工程学校撤销，改组为工程队，合并到延安抗日军政大学第三分校。不久，又把抗大三分校改为延安军事学院，工程队改为学院第三大队即炮兵队。王弼被任命为炮兵工程队队长，副队长是刘风。"俄文水平与俄罗斯教官没什么两样"的常乾坤，被任命为军事学院俄文工程队队长。

这个新生的航空机构似乎是个失败的尝试。然而，与其说它形同夭折，不如说它作为影子机构在此后的几年中一直存在。

1945年9月，在常乾坤将赴东北办航校之际，任弼时对他说："只怪那时的条件太差了，这个航空工程学校不得不并在抗大三分校里。那些学员现在都在做什么工作？"

常乾坤说："有些学员后来学俄文，有的当了农业合作社的主任，还有的当了木匠、铁匠，有的去赶大车……"

任弼时笑着说："把这些木匠、铁匠、农业社主任都带到东北去吧，到那儿办航校去。"

刘玉堤当时就是所谓的木匠。此前，他数次变换角色，无论学什么干什么，他的心都紧贴着飞行梦。他在现实与梦想之间的足迹，不仅是他个人，也记录下了新生航空事业的艰难、曲折和蕴含其间的坚韧追求。

在炮兵工程队当学员期间，似乎一天到晚都在上课，学文化，学俄文，刘玉堤像饿极了似的狼吞虎咽，他始终有一种强烈的饥饿感，对知识有奇好的消化能力。到铁皮加工厂实习，说是跟学飞行沾边，他又上心又上劲，白铁工、电焊工、钳工、木工，样样学得精熟，拿来一块铁皮就能敲个茶杯，搬个树桩就能打只木凳。后来延安军事学院改为抗大总校，炮兵队的一部分人去了总校，另有一部分人去了俄文学校。刘玉堤被分到总校，但他坚决要求去了俄文学校，因为常乾坤在那儿任教，与他靠得近就与飞行靠得近，而且将来去苏联学飞行也用得上俄语。但这回他是有力使不上，把那些俄文单词揉碎嚼烂，一天也咽不下几个。正当他苦恼万分时，俄文学校成立了生产队，有铁工组、钳工组、锻工组、木工组，他被分到木工组。这回业余和专业倒了个个儿。业余时间他把一本《范氏代数》拈卷翻烂，干专业更是大显身手，不但出活多，技艺也日见精进，搞大生产时做出的纺车专供中央首长用，他制作的小提琴还被鲁艺的乐手拿到延安礼堂去演出。"刘木匠"一时远近闻名。

那时生活条件很差，学员睡的是稻草地铺。后来到南泥湾背床板，把两块木板和一根棍子交叉成三角形往背上一套，有说有笑地赶路，天刚亮就出发，天黑透还赶不到家，又没处找吃的，索性在一棵树下睡上一大觉。因为有延安的浪漫精神托着，加上幸福的飞行梦，而今回忆起那段艰苦岁月，刘玉堤仿佛在讲述一个美丽的童话。他说，那时他浑身上下都冒着劲，搞大生产一天开荒一亩多地，完了还爬山、游泳，他要努力练出一副结实的身子板，将来学飞行。

刘玉堤朝思暮想的机会终于降临了。这天，一位文工团员找到他，要他给自己做一把二胡，"刘木匠"拿大，说这得等些日子。文工团员说，我用一个好消息跟你换。见刘玉堤爱理不理，文工团员说，你不想学飞行啦？航空组都已经成立啦！刘玉堤猛地挨了幸福的一棍，丢下手中的活计就往校部飞跑。

这是抗日战争进入反攻的 1944 年，为适应形势需要，中央军委于 5 月在第十八集团军总参谋部之下成立了航空组，由王弼、常乾坤任正、副组长，组员有刘风、王琏等人。航空组的第一个任务是负责修建延安机场。当时延安与重庆及美军加强了联系，建有机场便于来往交通。

刘玉堤如愿以偿调入了航空组，并被委以比弼马温要大一点的官，担任了修建机场的监工员。

延安原有一个国民党留下的旧机场，土质跑道凸凹不平，飞机起降极不安全，雨雪天气更是泥泞不堪。美国驻华使馆武官大卫·包瑞德上校率观察组到延安，飞机在旧机场着陆时左轮陷入一个墓穴，螺旋桨刮地折断，使飞机突然倾斜转向。新建机场实际上是对旧机场进行扩建。这在延安可是件大事。延安四邻几个县的民兵都被动员起来了。毛泽东、朱德等中央领导和延安广大军民都参加了修建活动。

搬运沙土，破碎石块，碾压道面，工地上风展红旗，人流如梭，热火朝天。刘玉堤俨然是个专家，手把手地教民工怎样垫土，怎样砌石料，其实他是现学现卖，不懂就跑去问王弼和常乾坤。入冬后下河挖卵石，民工都站在岸边犹豫，刘玉堤扑通就跳进了冰冷的河水，这下好了，满河沿的民工一个接一个地把自己往河里扔。

新机场于年底竣工，跑道长二千米，宽六十米，由碎石、沙子和黏土掺拌成"三合土"铺筑。

不久，成立了延安卫戍司令部机场勤务股。油江任股长，石蕴玉等四人任参谋，卫戍司令部派了一个连驻守机场。勤务股的任务是维护、管理和警卫机场，调度在延安机场起降的飞机。美军在延安驻留一个观察组，常有运输机来往。

1945 年 8 月 15 日，日本天皇宣布投降的消息传来，延安沸腾了。

街上张灯结彩，旗帜飞卷，十余支秧歌队一路狂扭，欢呼声、口号声、锣鼓声、唢呐声拧绞在一起上下腾舞。入夜，全市灯火辉煌，军民们点燃用柴棍扎起的火炬，汇入火焰与光明的河流。一个新的时期开始了。

几天以后，油江正在机场捡萝卜缨儿，忽见一架没有任何标志的飞机急急飞来。

第二章　从绝境中走出第一支航空队

1938 年 3 月 3 日，迪化南门外的操场上用松木板搭起一座三十米见方的台子，上边拉出大字横幅：新疆督办公署航空队第三期飞行班暨第二期机械班开学典礼。

站在台下的四百来人均着新装：外挂四个兜的藏青色军衣，马裤，短靴，戴青天白日帽徽。他们中间有一批身份神秘的人。

1936 年底至 1937 年初，红军西路军在万丈血雾中悲壮西征，两万大军战至两千。3 月 14 日于甘肃石窝分兵。李先念率左支队，在无粮、无盐、无水的死亡境地冲破马步芳骑兵的狂野围袭，杀抵新疆星星峡。方子翼说，当时疲累至极，砰地放出一枪，脑袋一歪就睡着了。陈云和滕代远迎至星星峡，接他们到迪化。

西路军余部本是落难迪化，但共产党人在困境中抓住了学文习武的机会。各类文化知识自不必说，他们是能抓什么就抓什么，抓住了什么就学什么，凭着这股劲，他们抓住了苏联援助盛世才的汽车、装甲车、火炮，甚至是兽医站。终于，他们抓住了飞机。

现在，他们中的二十五人就站在头一排。

上午 9 时，两辆黑色轿车开来了。新疆督办盛世才从第一辆车里钻了出来。此公大脸重眉，留着浓黑八字胡，披着宽大黑呢风衣，佩戴上将军衔。第二辆车上下来的是人高马大的苏联红军中将巴宁。

12

劈刀掌号，注目行礼。盛世才左顾右盼、派头十足地同巴宁中将登上主席台入座。航空队大队长张念勺和飞行总教官尤吉耶夫上校分坐两侧。

典礼在雄壮的军乐声中开始。张念勺宣读学员名单、编组及教学计划，并给学员授衔，飞行学员授上士，机械学员授中士。尤吉耶夫用俄文发表了热情洋溢的贺词。

轮到盛世才训话了。他端足架子，慷慨激昂，吹嘘自己是马列的信徒，他的反帝、亲苏、民平、清廉、和平、建设"六大政策"，与共产主义思想体系是一致的。他又把学航空大大渲染了一番，简直是飞机一响，包打天下。他说话时，滴溜溜乱转的眼珠子总往巴宁身上跑。

盛世才是在1933年推翻原督办金树仁的政变中乘势上台的。当时新疆的民族矛盾和军阀派系间的斗争趋于白热化，为了坐稳土皇上龙椅，独霸新疆，他把马列著作摆上案头，抛出"六大政策"，请来苏联人办军事、办教育，拉住苏联做靠山。他同时与中共结成抗日统一战线，请了一批中共干部到他的各部门任职。

1937年4月，陈云赴任中共中央驻新疆代表。当得知盛世才有一个航空队，有一批苏联援助的飞机，依靠苏联教官已办了两期飞行训练班，他就打算安排一批红军去培训。盛世才当然不肯用他的鸡给人家下蛋，就把球踢给陈云，说，让你的人学飞行，我有两个条件：一是我的飞机不多，请苏联再援助一些；二是你的人学出来，得先供我使用。陈云答应了。因为苏联援助你飞机对苏联有好处，我的学员给你干活可以巩固技术。他随后在新兵营挑了三十人备选。

开学典礼最后一项，是学员代表致答词。吕黎平走上讲台。西路军余部到迪化后，编为盛世才的"新兵营"，这事只有盛世才的高层知道，但即使是盛世才，也不知道眼前这个机灵的小个子是中共党员，曾任红四方面军作战科副科长。

此时，吕黎平内心异常激动。

几个月前，陈云把他找去。陈云见面就问，你对今后有什么打算？吕黎平说，想上前线打鬼子。陈云说，把你留在新疆学飞行怎么样？吕黎平满脸的疑惑和惊喜：谁？我学飞行？有这种可能，去盛世才的航空队学。陈云站了起来，一边踱步，一边带着浓重的上海口音说，我们在中央苏区，在长征路上，有多少英勇善战的好同志惨死在敌机的轰炸扫射下呀！你知道王稼祥、叶剑英、贺子珍挨炸弹的事吧，贺子珍身上中了九块弹片！还有英勇善战的红一军团三军军长黄公略，在第三次反"围剿"中也是遭敌机袭击牺牲的。现在，日本鬼子又欺负我们没有飞机，骑在我们头上拉屎！

陈云掷地有声地说，我们迟早要建自己的空军，现在就要培养人才。你要有学航空的准备。

学开飞机上天杀敌，这是吕黎平 1932 年在瑞金为红军在漳州缴获的第二架飞机修机场时就萌生的梦想。今天，这个梦踩在了坚实的土地上。吕黎平的血在燃烧：我们要下定决心，刻苦努力，一定要把航空技术学到手！他的答词含义复杂而又确定。

1937 年 11 月下旬，陈云回到延安，向党中央、毛主席汇报了派人到盛世才航空队学航空的打算。他说，我们现在没有飞机，可以先培养人才，将来有了飞机，就要人有人，要技术有技术。他是按照中央决定，搭乘王明、康生和邓发从苏联回国的飞机回延安的，邓发留下接任驻新疆代表。

陈云的建议很快就获准。毛主席对陈云说，你为我党办了件大好事呀！我看这事得由你具体负责。人员么，可以分别从新疆新兵营、延安抗大和摩托学校物色。

陈云立即着手办两件事，一是电告邓发，让他抓紧落实新兵营学员入学事；二是亲自跑到抗大和摩托学校去挑人。经过政审和美国医生马海德做体检后，陈云又把预选人叫到自己的窑洞逐一面试。方槐回忆说，陈云让他读《新华报》上的文章，他怕自己文化低，学不了飞行，陈云说，只要你不是石头，就能学会，这是一位苏联飞行师对我讲的。陈云还在候选人身后移动怀表考察其听力，用下棋来测试其头脑是否灵活。当了解到李奎是红二十五军的，夏伯勋是红二方面军的，陈云很高兴，说这样有代表性。

最后选定十九人，1月8日由严振刚率领，乘没有顶棚的大卡车离开延安。到兰州时换上了长袍、马褂，戴上瓜皮小帽，扮成流亡学生和盛世才的远房亲戚。经过五十多天辗转跋涉，于开学后一个星期左右抵达迪化。

邓发安排大家理发、洗澡，换上盛世才的军装，并给每个人取了化名，要求大家对身份严格保密。新兵营的同志也都用化名。

邓发又安排延安来的同志和新兵营的同志悄悄举行了一个联欢会。见面时大家都很激动，猛摇相握的手。

2003年，八十七岁的方子翼将军回忆起当年与方华的相见，还大为感叹。方子翼原以为方华早已牺牲了。他原在红三十军政治部当青年科长，方华在三十军二六七团当政委，相互熟悉。在石窝的惨烈血战中，为掩护全军后撤，二六七团官兵几乎全部战死。但方华没有死，他与敌人拼到最后跳下了山崖，居然死里逃生，在山洞里躲避数日，历尽千辛化装回到了延安。而方华也不知道方子翼是死是活，这次赴新疆的途中，在沙漠戈壁中时遇红军战友的枯骨，勾起他的阵阵悲痛。今日相见，他们怎能不悲喜交加！

在联欢会上，严振刚传达了陈云的指示：你们将是第一批红色飞行师，是红色空军第一批骨干，不要怕文化低，我们能凭着两条腿长征到陕北，也一定能驾飞机上天！

这是有史以来中共领导的第一支航空队。以后习惯称"新疆航空队"。

延安来的赖玉林因病未能入学，航空队最后确定为四十三人，编为两个班。

飞行班有吕黎平、安志敏、方子翼、袁彬、胡子昆、陈熙、刘忠惠、张毅、汪德祥、杨一德、方槐、方华、夏伯勋、黎明、赵群、李奎、谢奇光、王东汉、龚廷寿、邓明、余天照、黄明煌、杨光瑶、王聚奎、彭浩二十五人。

机械班有严振刚、朱火华、周立范、金生、曹麟辉、丁园、王云清、黄思深、陈旭、云甫、周绍光、刘子立、陈御风、吴峰、刘子宁、彭任发、吴茂林、余志强十八人。

为了加强党的领导，两个班建立了一个党支部，由吕黎平任支部书记。后又由严振刚、朱火华、方华、汪德祥等先后担任支部书记。

红军学员都是苦出身，除方子翼读过六年私塾、夏伯勋高小毕业外，多数只上过两三年小学，有的参军后才识字摘掉文盲帽子，连乘除都不会运算。当初盛世才要求通过初中毕业的文化考试才能入学，邓发即与盛世才和航空队总教官尤吉耶夫讲明，我们这批学员都是自小参军，没念过什么书，要按此标准，恐怕都考不上，希望予以免考。尤吉耶夫抱着膀子，沉吟良久点了头。盛世才办航空队要靠苏联人，也就只好点头。他本想借此刁难阻扼红军干部入学，没想到来了个倒噎气。但他的这种情绪在持续。

在第一堂课上，教官王膺祺一上讲台，劈头就是一板斧："诸位，今天讲第一堂课，内容是'机械物理学'，大家在初中时早已学过，我们先复习一下。什么叫物理三变态？汪新民，谁是汪新民？你来回答。"

化名为汪新民的丁园站了起来，他不可能回答出来。

接着，化名为萧贵廷和黄永传的刘子宁、黄思深被叫起来，他们自然也答不上来。

见答不上来，王膺祺火冒三丈地大吼："你们都是什么学历？花名册上都是初中毕业、高中毕业，这到底是怎么回事？像你们这样的文化程度，还想进入航空界？异想天开！"说完，一甩袖子扬头而去。

这种情景不断重演。教育股长王聪见中共学员听不懂他的课，也讥斥道："给你们上课，简直是对牛弹琴！"

每当这时，一帮在当地招的富家子弟就起哄架秧子，又是奚落又是挖苦。

红军学员的尊严受到了侵害。有人赌气说，老子不学了，回新兵营去！有人跟着响应：咱好歹是在枪林弹雨中闯出来的营团干部，哪能受他这个鸟气！

邓发把大家叫到他住的四合院。他激励大家用爬雪山、过草地的精神，向知识难关挑战，同时也要向面临的困境挑战。他说，我们为什么学习？是为革命，为了将来建立自己的空军。现在感到缺氧，足陷泥沼，这正是对我们的考验。再则，他们看不起我们，不就是因为我们文化基础差吗，只要我们学得好，他们会改变态度的，重要的是自己要努力学。

那时候，革命者时刻都是一张准备好的白纸。以革命的名义，是绝对命令。

大家一头扎进了知识的时空，课上课下，白天晚上，恨不能使出分身法，恨不能身上的每一个毛孔都张开大嘴吸收知识。一时理解不了的概念和原理，就先啃它二十遍，再嚼它三十遭，强咽下去。苦学还加巧学，陈熙把青萝卜切成不同形状，揣摩几何概念，为把飞机构造形象化，他还编了一个顺口溜：一个脑袋两把刀，四个翅膀往上翘，三条铁

17

腿踏飞轮，横竖尾巴在后梢。

一天深夜，校工王老汉起床撒尿，看见教室的灯还亮着，就去把灯关上，重新锁上门。当他回到住处一扭头，发现教室的灯又亮了。他叫醒一个教官，把这件怪事告诉他。当他们打开教室门的时候，他们被眼前几十个学员灯下埋头苦读的情景深深震撼了。

航空队的教官们开始议论了：这期学员不一般，前两期我们是从外面往教室里撵，这期倒好，要把他们从教室里往外赶。

凭着韧劲和毅力，基础课学习结束时，中共学员个个过关。此后飞行班和机械班分开学习专业知识，飞行班学飞机操纵、领航、仪表、气象等课；机械班学飞机、发动机分解和维护。

阳光刚刚给博格达终年积雪的山峰刷上金属漆，飞行学员们就乘车来到山麓的欧亚机场。1938年4月4日，是他们第一次升空进行感觉飞行的日子。

吕黎平第一个上机，由三中队队长黎焕章带飞。盛世才的航空队共有三个飞行中队，第三中队专门训练新飞行员。

飞机晃晃悠悠地起飞，越飞越高，吕黎平只感到脸被强劲的寒风扎得竖起鸡皮疙瘩，耳朵里塞满了螺旋桨打击气流的嗡嗡声。当升空到八百米时，黎焕章叫他前后左右动驾驶杆，体会一下操纵性能，他以为开这铁家伙很费力，没想到稍稍推拉一下，飞机就急剧上升下降。飞机在空中盘旋了几圈就降落了，吕黎平连机场的轮廓都没看清。其实，他乘坐的浑名叫"双膀子"的乌-2初教机，最大时速只有一百四十六公里，也就相当于今天奥托小车的速度，连个座舱盖都没有。

这天每个人都上天"感觉"了二十分钟。回到宿舍，就七嘴八舌议论开了，议论的不是新鲜感和感官刺激，而是他们心之所系的新发现。

方子翼平声静气地说:"长征路上,每逢敌机来了,就命令不许说话,说飞机有顺风耳,大家连粗气都不敢喘,现在才知道,你就是喊破嗓子,吹破军号,飞行员都听不到呀。"

张毅一口四川话:"伪装还是管用的,头上戴一顶树枝编的伪装帽,在空中就不易察觉。"

"新发现,新发现!"方华嚷嚷道,"得赶紧想法告诉在前线打鬼子的战友!"

两次感觉飞行后,就进入了正式的学习训练。此后四年多时间,他们边训驭飞机,边苦学理论,边历练人生,爬过了一道道雪山,走过了一片片草地。

红军学员都在沙场冲锋陷阵拼杀多年,学习飞行,他们最大的长处就是胆子大,不怕死,玩命地往前冲。但他们的长处又恰是他们的短处,飞机的传导系统非常灵敏,操纵时必须像绣花那样精确柔和,动作粗猛飞机就会像狂涛恶浪中的一叶小舟,随时都有倾覆的危险。在训练中,他们不但要挑战高在云端的知识,还须用很多精力同自己的长处缠斗。

在同学中个子最矮的李奎,还碰到一个特别的困难。苏联人多是大块头,飞机是按大个设计的,坐在机舱里,李奎的眼睛刚能够着风挡金属框下沿,视野受限,加大了操作难度。后来大家制作了一个两寸多厚的坐垫,又把舱内的两个足蹬调整到最高位置,使他视野抬高,短腿延长。

航空队有四名苏联教官,碍于盛世才,平时与学员素不来往,但在教学中有一种自己人的默契。苏联教官教学倾其所能,但作风粗暴生硬,学员动作稍有偏差,就在前舱晃动拳头破口大骂,有时甚至猛压前后舱连动的驾驶杆,击打学员的腿部。学员对此十分反感。有一次,谢奇光实在难以忍受,就豁出去同苏联教官在空中顶起牛来,飞机在空中

19

玩起了惊险的"特技"动作。不打不成交，事后见到苏联教官，学员会主动说"兹德拉斯特维捷（您好）"，苏联教官身上也处处闪露国际主义的精神。

1941年夏，胡子昆与盛世才的飞行员张实中驾伊－16在妖魅山上空飞双机编队，发生两机相撞，长机张实中坠地焚毁，僚机胡子昆带创迫降河滩。苏联教官李佐古布派人驾机侦察灾情，见盛世才的飞行员哆嗦退缩，吕黎平自告奋勇驾机前往。他低空探知事故现场和周围地形，为处置和救护提供了情报。胡子昆乘抢救车辆回来后，李佐古布问他还敢不敢飞，胡子昆眼都不眨地回答："敢！"航空队共发生过三起机毁人亡事故，汪德祥牺牲是其中的一起。经历天空的生死场，中共学员同样证明自己是顶天立地的汉子。

在人生的华彩年华，他们还经历了痛楚而明亮的抉择。

1941年秋，全队以优良成绩完成了教学大纲所有课目的训练。按原先与盛世才的协议，学员毕业即任航空队飞行官，授中尉军阶，这就意味着每月有一百多元薪金，加上补助，相当于陆军上校的收入，还可以分到住房，可以结婚。但事情的另一面是，当上飞行官，飞行就要减少，因为飞机要优先保证学员的训练，而训练荒疏，技术就有可能丢失。要想巩固和提高技术，唯一办法是推迟毕业。

这对于二十多岁的年轻人来说，是一个艰难的选择。但党支部很坚决，同志们很坚决：要技术，不要官衔！

在此前后，由于他们身体棒、待遇高，从事的职业浪漫而神秘，他们不可避免地成为众多姑娘的梦。达官显贵的千金小姐、迪化女中的学生，悄悄向他们发起了进攻。

他们的原则是："不学好飞行，决不恋爱；党组织不说话，决不恋爱。"指名道姓提亲的被婉言谢绝，主动上门交朋友的被托口回避，偷偷捎来情书的如石沉大海。姑娘们伤心，社会不理解，议论说，航空队这批年轻人真傻到家了，有官不做，有姑娘不找，真是泥塑木雕。

在四年的风雨征途中，航空队党支部始终是定海神针和行动灯塔。中央驻新疆代表邓发和他的继任陈潭秋对航空队党支部实施直接领导，化解各种难题和郁结，同盛世才和苏联领事馆交涉斡旋，不辞辛劳。特别是陈潭秋，人说航空队是他的"眼珠子"。

1939年8月，周恩来去苏联治疗骑马摔伤的胳膊路过迪化，在一片紧挨着河流的树林里接见了吕黎平和严振刚。周恩来代表党中央、毛主席对航空队表示问候。他同陈潭秋一道听取了汇报，当听说大家的考试成绩都在四分以上，已能操纵、维护飞机时，高兴地说，陈云同志有远见，做了件很好的事，将来建设我们自己的空军，就有骨干，有种子了。周恩来勉励大家：机不可失，时不再来，一定要抓紧时间学习，掌握好技术，一旦需要，就奔赴抗日最前线。

四年砺剑，飞行班已能握持战机在长空横劈竖砍，划出漂亮凌厉的弧线，机械班也已精艺在身。就当他们等待挥剑出师时，一直在暗中涌动的厄运终于决堤而出。

1942年9月17日，两辆苏式嘎斯大卡车急停在惯称"红房子"的南梁八路军招待所门口。

车里钻出盛世才航空队的教育股长王聪和飞行中队长高继忠。王聪威严地通知吕黎平："请你们全体同学现在就乘车到督办公署去，盛督办要对你们训话！"

两个月前，盛世才强令中共学员离开航空队，今天又要干什么？吕黎平张罗给二人沏茶，暗地叫金生速去请示陈潭秋。中央代表住处周围已布满警察和特务，金生满头大汗无功而返。

下午3点，中共航空队全体被拉到督办公署大楼会议室。盛世才不露面。不断催促均无回音。四处闪忽着哨兵的影子。一切都散发出不祥的气息。

天黑透的时候，盛世才的参谋长加连襟汪洪藻出台了。他皮笑肉不笑地宣布："有劳诸位久等了。盛督办很忙，要兄弟我代为转达：最近社情动荡，为了大家的人身安全，请你们现在就转移到一个新的住处。"

这是连虚伪都够不上的客套。被陈潭秋称作"狼猪种"的盛世才变脸了！这年 7 月，蒋介石派宋美龄跑到新疆，与盛世才订下反共密盟，在此前后，委他以国民党中央监委、新疆省政府主席、十九集团军副司令等官衔。同时，德军突破苏军防线，攻入了斯大林格勒市区，苏联的局势极为严峻。在这种情势下，盛世才做出公开亲蒋反共的选择。早在 3 月，他枪杀了其嫡亲四弟盛世骐（苏联红军大学毕业，反对拥蒋反共），反诬共产党所害，加强了对中共人员的监控。就在 9 月 17 日中午，他把陈潭秋和时任新疆财政厅长的毛泽民抓了起来，并对全境一百五十多名共产党人同时下手，中共航空队也被押进石墙高垒的院子实行软禁。

这符合盛世才的性格。盛世才从来就是见风使舵，反复无常，无论他自称是"毛泽东主席的亲密战友"也好，是"蒋委员长的伟大战友"也好，抑或是"斯大林元帅的忠实朋友"，都是为了"伟大领袖盛督办兼主席"眼前的利益。1938 年 9 月，中央决定常乾坤、王弼留在迪化，办第四期飞行训练班，盛世才怕航空队的中共势力过大，坚辞拒绝。1939 年冬，盛世才狮子大张口，向斯大林要巨量的飞机、坦克和大炮，没得到满足，盛世才就在 1940 年借口调飞机镇压塔城、喀什等地的叛乱，迫使中共航空队停止训练，直到苏联又援助了一批战斗机，才在停飞八个月后恢复训练。

软禁航空队的院子在督办公署大楼后面，围墙高三米，门口的哨兵昼夜上着刺刀。

当黑暗猛砸下来，首先要做的事是寻找北斗星。几个同志施计缠住流动哨，吕黎平和陈熙踩着方子翼、金生搭成的人梯，从院子西北角厕所背后翻墙而出。他们找到飞行总顾问李佐古布，这才知道陈潭秋、毛泽民被抓，在新疆的同志全部被监禁。在此前后，他们冒着极大的危险，五次越墙寻找陈潭秋，均无音信。在戒备森严的围墙内，他们仍坚持复习航空理论，进行模拟飞行，他们的心仍在天空翱翔。

1944年11月6日，航空队被投进了硬牢——市第二监狱，除少量衣服，其他行李、刀子、笔、纸、腰带都不许带入。牢房里臭虫跳蚤滚成团，白天也是黑漆漆的，就是在这里，他们见到了久违的阳光：与狱中党组织负责人方志纯、张子意、马明芳取得了联系。他们获得了精神之源。听到陈潭秋、毛泽民等同志被残酷杀害的消息，他们决心像季米特洛夫和夏明翰那样，把牢房变成战场。坐老虎凳、站炭火、压大杠，严刑逼供步步升级，斗争也随之升级。

1945年8月，他们第二次绝食。七天时间，无论是白面馒头加肉菜的诱惑，还是刀枪棍棒威逼，抑或是强行往肛门里灌掺了辣椒水的牛奶，他们的牙关里都死死咬住一句话："百子一条心，集体回延安！"

第三章　起义飞机升起了一个信号

1945 年 8 月 20 日下午，一架日式飞机飞到延安上空，嗡嗡嗡地盘旋。它来路不明，又无任何标志，这在非常时期就更显非同寻常。人们疑惑地打量着它，美军观察组更是紧张地盯着这个不速之客。忽然，飞机急速转弯，下降，直落新机场的三合土跑道。

机场勤务股股长油江扔掉手里的萝卜缨子，和参谋石蕴玉快步走向飞机。

舱门开了，一个身穿蓝布中山装的人对着他们大声喊："我们是飞来投奔光明的！事前和新四军联系过，昨天晚上还给毛主席和朱总司令打了电报！"

油江接他们下了飞机，几句话一交谈，皆大欢喜。

这时，美军观察组的一辆吉普车拖着尘土疾驰而来。歪戴牛 B 帽的女翻译问这架飞机是怎么回事。油江说是从前方回来执行任务的。美军军官听了女翻译的转述，将信将疑地耸耸肩，点点头，犹豫不决地驱车而去。

这是一架由六名汪伪起义人员驾乘的飞机。

这架飞机开创了驾机起义的先河。它就像一支巨笔，首次把起义行动从大地写上天空。它携带着霹雳闪电，在汪伪空军和国民党空军的营垒中引起巨大震撼。

汪伪少校飞行教官周致和，少尉飞行员黄哲夫、赵乃强、管序东、空勤机械士沈时槐、黄文星六人，后来都加入人民空军的开拓者行列。

在人生的关口，他们走的是另一条艰难曲折的道路。

周致和1939年毕业于国民党航校十期，其后被分到驱逐五大队服役，曾驾机袭击过日本鬼子的火车头和汽艇。一次执行任务，他驾驶的飞机中创，在岳阳迫降，被日本人囚押汉口。汪伪陆军部长叶蓬为了网罗自己的势力，以湖北同乡的名义把他保释了出来，不久，就派他到常州去办航校。

到了1945年，汪伪集团就像风中流沙和污水里的浮藻，风雨飘摇着死亡的败象。周致和苦思着人生的出路。他想起在航校期间与苏联教官的交往，他从他们身上感受到一种清新高远的气息。他暗中点燃了一个大胆的念头。他对同是被日军俘虏的何健生说，现在共产党有百余万军队，还没有空军，要是我们飞过去，把空军建立起来，就是一大功劳。他又找到航校同学、曾被共产党俘虏过的吉翔，向他打听共产党的政策。他焦急地寻找着机会。

与此同时，少尉飞行员黄哲夫也在四处寻找机会。这个血气方刚的青年整天牢骚满腹骂骂咧咧，又不甘心为卖国贼卖命，因与副总队长彭鹏吵了一架，被关禁闭、停飞，以"思想不良"罪名开除了军籍。

1945年3月，周致和与黄哲夫在南京相遇。大概是心灵感应，乍一见面，就仿佛触到了对方心头的秘密。经过短暂的试探，秘密一剑挑明：到延安去！汪精卫卖国，蒋介石暴政，个人和国家何去何从？驾机到延安去！由于不知驾机飞到延安会不会被高射炮打掉，又因航校的飞机续航时间短飞不到延安，他们商定，由黄哲夫去找共产党，周致和设法搞到汪伪国府的专机。

共产党似乎处处存在，但又来无踪去无影，找起来并非易事。黄哲夫先是在上海一家出售苏联《时代》杂志的书店碰了钉子，又在常州郊区和安徽五河县白忙活了一通。但机会还是来了，6月底，周致和约他的老同学秦传家和黄哲夫一起在夫子庙凤凰餐厅吃饭，原为国民党空军轰炸员的秦传家愿意跟他们一道干。秦传家说，在我老家安徽宣城能找到新四军。

黄哲夫和秦传家扮成商人，顶着七月的炎炎烈日，直奔宣城孙家埠。走进公路旁的一家茶馆，秦传家轻声向老板打听：四哥什么时候来呀？老板会意地一努嘴：快了。不出半小时，果然来了四个穿便衣的携枪人，他们是来向做纸张和竹制品的过往商贩收税的。黄哲夫连忙上前说明了来意。驾飞机起义？那几个人兴奋得直抹下巴，税也不收了，立即带他们上了路，后半夜抵达一个山庄。

第二天早晨，宣城县委书记彭海涛感到事情重大，当即派余华率一个班护送黄哲夫去苏浙军区司令部。他们藏在夜色中衔枚疾走，通过碉堡林立的敌封锁线，于第三天到达浙江长兴县天目山。

粟裕司令员、刘长胜参谋长和钟期光主任热情接见了黄哲夫。粟裕听了情况十分高兴，说："欢迎你们起义！这是件大事，我马上报告给军部和延安党中央。"他向黄哲夫介绍了当前的局势："敌关东军正在大批南下，如果美军登陆东南沿海，准备同美军决一死战。我军也正在部署，以夹击日军。国民党军队远在后方，但顽固派还在捣乱，搞摩擦。最近，我们粉碎了顾祝同七个师的围攻，并抓了他一个师长。"在黄哲夫的印象中，粟裕待人亲切诚恳，讲话明确扼要。

三天后，粟裕和刘长胜再次找黄哲夫谈话，告诉他中央已经复电，要他们"待机而动，配合反攻"。粟裕简要介绍了抗日战争的反攻形势，并说延安有一个机场，给美军观察组送给养的飞机就在那里起降。他把他在南京、扬州的联络人和联络地点告诉黄哲夫，要黄哲夫用化名跟他联系，说自己的化名叫左如。黄哲夫给自己起了个"于飞"的化名。粟裕最后说："大反攻即将到来，希望你们起义成功。"

黄哲夫返回时，走张诸、宜兴、常州到南京，这是刘参谋长精心设定的。秦传家在宣城时已先回南京，黄哲夫由几名全副武装的同志送了一程，就独自赶路。途中焦热，他在一座小庙前歇脚买碗茶喝。卖茶的白发老汉打量了他一会儿，忽地指着他的右眼说："是山上下来的吧？赶紧拿掉，让鬼子汉奸看到可不得了！"他这才想起因患急性角膜炎，新四军医生给他上的白纱布眼罩。顿时，巨大的感动涌遍了全身。

　　要不是白发老汉提醒，他真的难逃一劫。到了张诸，没有赶上去宜兴的船，就住进一家小客店，不想还真的碰上了鬼子宪兵盘查。他说自己在安徽省政府做事，听讲这里大米便宜，想倒一些。边说边掏出临淮关税务所的身份证，证上的职务是"调查股股长"。鬼子宪兵摇头不信，伪警听他操的是广东口音，也表示怀疑。他解释说，广东人在苏皖当官的很多，现在当官的谁不做点生意，捞点外快呀。鬼子宪兵还是狐疑不决，要把他带到宪兵队去，这时翻译不知叽里咕噜说了些什么，才把他放了。

　　回到南京，黄哲夫和周致和加紧运筹起义的事。他们探虎穴履薄冰，冒着杀头的危险，四处活动，秘密串联，策动更多的人起义，并及时向粟裕和扬州军分区政委程明报告，求得支持。汪伪空军愁云压顶，黑雾弥天，向往光明之心在人与人之间只隔着一层纸，一点即破。飞行教官吉翔、上校参赞何健生等人先后聚义旗下。当征得航空处少将主任白景丰加盟，周致和信心大增地说："这回要大干了！"

　　7月底的一天，周致和、黄哲夫、秦传家、白景丰、何健生、吉翔等齐聚南京珠江饭店二楼的一间客房。黄哲夫传达了中央复电和粟裕、程明的指示意见，随后研究起义计划。首先是夺取飞机。汪伪国府有"建国"号、"淮海"号与"和平"号三架"九九"式双发运输机，停放在明故宫机场，由日本航空公司代管，这种飞机续航时间长，能直飞延安。周致和打算用黄金收买日本飞行员，假称飞往西安做生意劫机，如不成，就说飞机出了故障，趁日本飞行员上机检查时下手夺机。他们商定了飞延安的航线、正副驾驶、起义地点。由于参加行动人员多，决定两路行动，白景丰、何健生、吉翔、陈静山和秦传家等带领家眷由陆路投奔解放区。

机会终于来了！1945年8月15日，日本天皇宣布投降，蒋介石为了攫取胜利果实，忙不迭地"电谕"包括大汉奸陈公博、周佛海在内的汉奸特务，委以各种头衔"维持治安"，时任湖北省伪省长的叶蓬也在一夜之间当上了第七路先遣军总司令。叶蓬急于从南京飞回武汉，又要保密，就选中对他猛灌迷魂汤的周致和这位湖北同乡送他。

19日，周致和、赵乃强驾驶"建国"号把叶蓬送到武汉，立即飞到扬州。新加盟的赵乃强懂日语，是他在前一天到明故宫机场联系飞机、加油、办的手续。黄哲夫和何健生已在扬州等候，黄哲夫按周致和的要求拟了"日内有机来延安，万勿误为敌机"的电报，请程明代为发给毛主席、朱总司令。管序东让自己的父亲帮周致和把几十万伪币换成黄金，又买了一百条大前门香烟带上，准备送给毛主席。

扬州城一派凋敝萧条，只有旅行社的音乐茶座声色犬马热闹非凡。傍晚，周致和与何健生约伪空军副总队长彭鹏来茶座消遣。周致和大谈生意经，说，明日要到上海做一笔大买卖，拜托老兄帮忙给飞机加个油，赚了钱少不了你的好处。说着，周致和递过两条各用二两黄金铸的"小金鱼"。彭鹏眉笑眼开，满口答应。

1945年8月20日上午8时，"建国号"启动了。周致和掏出左轮对着柳树林上空打了三枪。当飞机滑行到起飞线时，隐伏在草丛中的黄哲夫猛跑过来，飞身攀上了机舱。

这架历史性的飞机呼啸而起，冲破黑暗，向光明飞去。

经过紧张、焦心的六个小时飞行，他们终于顺利降落在宝塔山下、延河水旁。

这一壮举不但把义旗举起上了天空，也为中共实现飞天梦带来了宝贵的资源。第二天，常乾坤、王弼、刘风和王琏等看望他们来了。晚上，朱德总司令、叶剑英参谋长在王家坪设宴欢迎他们。同席的有罗瑞卿、杨尚昆、胡耀邦等。此时，已把名字改为蔡云翔（周致和）、于飞（黄哲夫）、张华（赵乃强）、顾青（管序东）、田杰（黄文星）、陈明秋（沈时槐）的他们，都换上了八路军的土布军装。

　　朱总司令热情洋溢地代表党中央和总部欢迎他们起义来延安。接着，朱总司令从宏观上肯定了他们的抉择。他说，现在抗战已取得了决定性胜利，但是蒋介石还在到处搞摩擦，准备打内战；日、伪军还在顽抗，不向我们投降，所以前线还在天天打仗。我们不希望发生内战，但蒋介石一定要打，我们也不怕。革命是一定会胜利的，中国革命战争大概还有五年就会见分晓了。

　　朱总司令还说，我们也要搞空军的，但是人才太少了，你们来得正好。叶剑英参谋长说，毛主席知道你们到了延安，很高兴，头一天晚上接到电报，没想到你们第二天就到了。首长们亲切地嘘寒问暖，渥挚有加，并告诉他们，考虑到他们的家庭和从陆路起义人员的安全，新华社取消了公开报道的计划。席间春暖花开，情意融融。

　　"建国"号按起义日期改为"820"号，刚到延安就出了彩。8月底，召开军民庆祝抗战胜利大会，"820"号贴着狭隘的山谷来回低飞，把花瓣似的传单撒向会场。八路军有飞机了！我们有飞机了！人们挥舞着双手大声呼喊，会场冲激起欢腾的潮水。

第四章　长翅膀的人向往辽阔的天空

抗战大幕刚落，蒋介石就磨刀霍霍，内战火山直飙沸点。他同时又玩起惯用的黑白两手，三次电邀毛泽东去重庆谈判。毛泽东大智大勇，反手欣赴"鸿门宴"。

1945年8月28日上午10点多钟，毛泽东登上了飞机。他头戴灰色拿破仑帽，身着蓝布中山装，脚穿黑色牛皮鞋，站在机舱口向欢送的群众挥手告别。同机的有周恩来、王若飞和前来迎接的国民党将领张治中、美国驻华大使赫尔利。

在此之前，毛泽东特意接见了蔡云翔等起义机组人员。

两天后，主持中央工作的刘少奇把王弼叫去。刘少奇说，东北是日本侵华战争的主要基地，估计那里航空器材很多，这是我党举办航空事业的一个有利条件。中央决定派你们去，摸清情况，接收器材和人员，为创办航校做准备。

日寇侵占东北十四年，为了鲸吞当地资源和人民膏血，大兴土木办厂开矿铺路，仅铁路就修了一万三千多公里，同时用钢铁和水泥构筑了大量的军事设施。东北还是背靠苏联、东邻朝鲜的战略咽喉要地。面对这个硕大无比的桃子，蒋介石凭借美国的汽车、舰船和飞机，加紧从陆地、海上和空中向东北运兵。八路军也从山西、河北、山东等地向东北迅猛挺进。冀热辽军区曾克林部连下数镇，直望沈阳。

30

东北对创建人民空军是一个重大机遇。战争期间，日寇把东北营造成它的后方航空训练基地，单是1945年举迁到东北进行训练的航空士官学校第五十九期就有四千五百人，各种飞机近七百架。日寇溃败后，遗弃了大批航空设施、器材和人员，机场不下一百六十座。

而所谓机遇，首要的是你想干成一件事，是在没有得到任何承诺的情况下就把自己投入进去。

1945年9月2日，王弼即带领刘风、蔡云翔、田杰、陈明秋、顾青，乘"820"号直飞东北。但他们此行并不顺利，在张家口机场着陆加油时，飞机不慎撞到了石头上，右起落架折断，不能再飞。此时晋察冀军区正在张家口组建航空站，就把王弼留下当站长。刘风、蔡云翔等人改由陆路继续向东北趱行。

曾克林部乘火车于9月5日深夜开入沈阳后，遇到极为混乱白热的局面，与攻占东北的苏联红军也纠纷缠结。此前，苏联按照与美国的雅尔塔协定，背着中共与蒋介石签订了《中苏友好同盟条约》，承诺把东北政权移交给国民党。苏军在道义认同与履行条约间陷入两难。9月14日，曾克林搭乘送别洛卢索夫上校的苏军飞机回到延安，向刘少奇、朱德、彭德怀等请示汇报。别洛卢索夫上校接着与朱德谈判，并送交马林诺夫斯基元帅的亲笔信，主要是讨论苏军、中共、国民党在东北的关系问题，要求中共军队不要进入沈阳等大城市，以免美国插手。但又暗示，不要"公开"进入，不等于不能秘密进入。

当晚，中央政治局在杨家岭窑洞彻夜开会，正式形成"向北发展，向南防御"的战略方针。决定由彭真、陈云、程子华、伍修权、林枫组成中共中央东北局。9月16日，彭真、陈云、伍修权和叶季壮、段子俊、莫春等人在曾克林陪同下乘坐苏联飞机飞往东北。在无数条公路和乡间土路上，十万军队和二万干部继续向东北疾进，一双双脚底板下尘土腾腾，与国民党的车轮展开了竞赛。

在这浩浩荡荡挺进东北的大潮中，10月2日，第二批办航校的人员在魏坚、林征的带领下也启程了，成员有王琏、吴恺、张开帙、许景煌、顾光旭、欧阳翼、张成中、马杰三、熊焰、陈然、龙定燎、谢挺扬、路夫等二十多人。魏坚过去在湖北省委搞地下工作，又曾受党派遣到国民党航校学飞行，所有上行下达的密示都靠心记口传，脑子特别好使。他原是要作为王若飞的秘书跟着去重庆的，但事到临头被换了下来，没想到王若飞和叶挺飞回延安时撞到黑茶山上殉难，正如他自己说的，为建航校他捡了一条命。油江原也在名单之列，但临出发前任弼时突然打来电话，说，主席在重庆还没回来，你走了机场谁管？要他等主席回来之后再走。

常乾坤时任第十八集团军高级参谋，主要工作是外事联络，给首长当翻译。第一批王弼走后，常乾坤已是箭在弦上，第二批出发后，那绷紧的弦就愈加紧得发颤，多年的理想在他身上奔突翻滚，搅得他茶饭不思。但他的命运的指向是确定的。一天清晨，叶剑英找他，他立即反射出一种预感，不，可以说直接握住了一个决定。果然，叶剑英说，枣园来电话了，叫你们过去，可能要商量去东北的事。常乾坤的心情顿如揭开长阴的天空，早饭也不吃就兴冲冲地赶往枣园。

任弼时看起来也很兴奋，他在窑洞口迎住常乾坤，一把握住他的手，直截了当地说："你们的愿望就要实现了！中央要你们马上赶到东北去，设法创办一所航空学校，为将来人民空军建设培养一批种子。这是个非常重要的任务。"

常乾坤语速急快地说："我们早就盼望这一天。请党中央放心，我们坚决完成这个重要任务！"

"我很了解你们的心情，长翅膀的人是坐不住的，你们需要辽阔的天空。"任弼时扬起笑眉，语气却格外严肃，"赤手空拳办航校，会有许多意想不到的困难，遇到问题要随时请示东北局和民主联盟总部。"

吃中午饭的时候，刘少奇来了。他也强调了"意想不到的困难"。他说，这次去东北会遇到你们从未遇到过的局面，也会遇到你们从未遇到过的困难。他在列举了各种可能会遇到的困难后说，"最后还有一种困难，叫作意想不到的困难"。一再叮咛：这次到东北去创办航校是一件大事，是党和中国人民创建航空事业的一个开端。要有坚强的信心和决心，要有不屈不挠、百折不回的勇气和克服困难的精神，一定要把航校办起来，而且要把它办好。

　　回到住处，常乾坤正在做行前的准备，刘玉堤突然闯了进来，愣头愣脑的就是一句："我要跟你一起走！"机场修好后，他被调到自然科学院当半工半读生，"工"仍是干木匠。

　　见刘玉堤急得红脖子胀筋，常乾坤拍拍他的肩，让他坐下慢慢说。

　　刘玉堤啪地立正敬礼，又是杠头杠脑的一句：队长，你带我走吧！你到哪我就跟到哪！

　　常乾坤敛住笑，用钢笔点了点刘玉堤的脑门，然后伏在桌前写了张字条，说，你拿着这封信找中央组织部去吧。

　　中组部批准了常乾坤的报告。刘玉堤激动得一夜未睡。在他的心目中，跟着常乾坤走，就是跟着飞行的机会走，他的飞行梦就要实现了！站在秋凉的夜色里，刘玉堤仍是浑身发热，他必须唱歌，他唱道：黄河之滨，集合着一群中华民族优秀的子孙……

　　刘玉堤真该为自己的好运庆幸。飞行志向沸腾着多少青年的热血，但有几个能走上去东北的路？

　　李文模想上蓝天的激情很早就被战火点燃了。他所在的红军大学长征到达陕北定边县城时，每天都要遭到敌机的袭击，敌人知道红军拿他没办法，故意飞得很低，耀武扬威地做凌辱人的动作。他躲在城墙根的猫耳洞里，死死盯着敌机，目光就再没从蓝天收回来。1936年12月，听说去西安调解"西安事变"的周恩来要乘飞机回延安，他约了两个小伙伴半夜就爬起来，步行十余里来到延安旧机场。他们等呀等，大约到上午九十点钟，空中终于出现了一个小黑点，渐渐地，听到了飞机的轰鸣声，当飞机要降落时，他们迎头跑了过去。飞机停稳，周恩来从飞机上走了下来。

他们挤到前面，齐声喊道：周伯伯好！周恩来抚着李文模的脑袋，问他：小鬼，你是哪个单位的？李文模大声说，我是红大的，天没亮我们就来了！

周恩来好像猜透了他们的心思，说："你们是来看飞机的吧?"

"是，我们想看看飞机是用什么做的。"李文模接着问道，"周伯伯，我长大了能开红军的飞机吗?"

"能，一定能!"周恩来笑着说，"小鬼有志气，不过现在要好好学习文化才行。"

这个愿望随着年龄渐渐长大。但机会来临时，对他并不青睐。由于在中央干机要工作，三批赴东北办航校的情况他都早早获知，每次他都请求同他们一起去，但每次都被领导拒绝，理由是没人接替他的工作，说得领导烦了，还把他批了一通，说他不安心工作。他难过得哭了。但他并没死心，后来在1947年西柏坡会议期间终于争得了去东北的机会。

第三批人员定下来了，有刘玉堤、吴元任、李汉、王琏、石蕴玉、于飞、张华等十余人。油江也名列其中，此前，他已完成了毛主席专机保障任务。

10月11日，毛主席从重庆回来那天，中央组织了三万人到机场迎接，油江负责机场秩序和警卫，他把欢迎群众安顿在跑道西头北侧，高声宣布："主席座机来了之后，同志们不要乱跑乱动，飞机就停在对面，主席从飞机上下来，保证大家都能看到。"中央领导也站在跑道西头北侧。下午1时半，飞机到了，油江引导飞机滑行，停在欢迎队伍前面。本来好好的，当毛主席走出舱门时，感情的潮水控制不住了，群众呼啦一下把飞机围了个密密实实。张闻天说，主席走不了啦，怎么办？油江无招可使，又慌又急弄出满头大汗，说，我嗓子都喊哑啦。张闻天说，你领着喊口号试试。油江说没有做准备。张闻天说，我准备了，说着掏出拟好的口号。油江拿出吃奶的劲拼命领呼口号，群众跟着呼起来，秩序果然好了。毛主席和前来迎接的中央首长安然走出了机场。

1945 年 10 月 15 日，常乾坤率领第三批人员加入了向东北的进军。周恩来前来送行，他以惜爱的感情再次叮嘱："你们是放出去的鹰，遇到事要多动脑筋。"

三支队伍，三路人马开始了向天空的进军。这将是一次历史性的伟大的进军。

其实，这种进军早就开始了。早在大革命时期的 1924 年，孙中山在广州大沙头创办航空学校，就有共产党员刘云、王翱、王勋、冯询等人进入第一期学习，后被送到苏联深造。1926 年又有共产党员常乾坤、徐介藩等第二期学员被选拔出来送往苏联学习。在蒋介石叛变革命的 1927 年，为了继续培养航空人才，中共从留学苏联的党团员和进步青年中两次选调十九人转入航校：1927 年 9 月，从莫斯科中山大学选调王弼、岳少文、蒋余材、罗国器、饶钧等十二人进入苏军航校学习飞行和航空工程；1935 年 9 月，又从莫斯科东方大学和列宁学院选调刘风、王琏、王春、李凡、刘武、孙毅卿等人，进入苏联以飞越北极的著名飞行员契卡洛夫命名的航校学习飞行。1938 年前后，中共在国统区的地下党组织还曾安排一些进步青年考入国民党航校，其中学飞行的有梁帮和、吴恺、魏坚等人，学航空机械的有张开帙、杨劲夫、郭佩珊、熊焰、徐昌裕、顾光旭等人。此外，还有 1937 年四十三名红军干部进入盛世才航空队培训；1941 年，来自八路军和机关学校的一百多名青年到延安工程学校学习。

支支脉脉，点点滴滴。而今，他们中的一部分人带着他们所有人的梦想、轨迹、热血乃至生命，在延安汇成新的源头出发了。这尚不起眼的流脉在乱石断崖深沟回谷中奔突，冲腾，激荡，终将奔流成翻卷云天的大江大河。

第五章　日军飞行训练队的出现像一个灵感

从延安出发的东北局领导是 9 月 18 日到沈阳的，他们乘坐的苏军飞机在山海关机场降落时意外地撞到一个小土包上，除陈云外，其余人都负了伤，彭真被撞成脑震荡。刘风带领蔡云翔、顾青、陈明秋、田杰比他们稍晚赶到沈阳。东北局和东北民主联军总部的陈云、伍修权、吕正操等接见了刘风一行。陈云说，你们现在的主要任务是寻找搜集敌伪遗弃的飞机、器材、设备和油料等物资。

所有的人都还不知道，一个绝好的机遇正在不知不觉中向他们走来。

此时，一支离开本溪奉集堡驻地的日军飞行大队正在往南面的摩天岭山区逃窜。该队有三百多人，隶属日本关东军第二航空军羽飞行团，是个机动部队，任务是用隼式战斗机训练从其他兵种调来的初级指挥员和学生出身的见习军官。苏联对日宣战后，关东军立马被红军的万钧雷霆击得粉碎。接着，日本政府宣布投降。这一系列闪电般的变化，使得他们成了惊弓之鸟，不知所措。9 月 9 日，由大队长林弥一郎带领，他们抛弃机场和四十多架飞机往南逃跑，企图混作难民寻机回国。他们在苏联红军、八路军和国民党军的夹缝里奔命，夜里四野狼嗥，一路担惊受怕。

1945 年 9 月底，当他们来到距凤凰城大约五公里的小山村上汤时，曾克林部二十一旅政委刘光涛发现了他们，并迅速实施包围。"东总"司令员林彪得到情报，意识到这是一笔财富，即上报党中央。中央指示要把这支队伍全部争取过来，并给了政策。二十一旅奉命组织精干谈判小组上山劝降。

经过精心策划，十二团十二连指导员聂遵善带领四人，由凤城县日籍伪副县长三桥带路上了山。

见面时的气氛是客气的。三桥深知日本军人的禀性，他对林弥一郎说，现在凤凰城里包括难民在内有两万多日本人，他们对你们到来感到极度恐慌，怕万一打起来危及他们的生命。他们再也经不住任何打击了。我真心奉劝你们同八路军谈判。

林弥一郎四十来岁，中等身材，枣红面孔，体格健壮。他说，我们离开驻地，也是因为考虑到当地日本难民的安危。此外，我要带着这三百多人平安地回到日本，他们都有父母兄弟。我不愿打仗，不愿看到一个人受伤、牺牲。

聂遵善与林弥一郎很自然地进入了交谈，三桥当翻译。谈话一开始就涉及缴械的问题。聂遵善说，首先请你们交出武器，交出了武器，我们就把你们当作朋友以礼相待。

林弥一郎沉讷不语。

聂遵善继续说，你们在中国境内参加了战争，这不是你们的意愿。是日本军国主义分子发动了这场战争，强迫你们当兵，驱赶你们上战场，造成妻离子散，家破人亡，使你们及你们的家属蒙受了难以表达的灾难。所以，你们和我们一样，也是受害者。我们成为敌人是迫不得已，现在做敌人还是做朋友，你我有了选择的自由。

过去，林弥一郎对八路军一无所知，甚至对中国人也从无接触，皇国中心的毒化教育，使他把低劣、愚蛮、羸弱这些词全扔进对中国人的印象中。所以，聂遵善有情有理的一番话和从容儒雅的绅士风度，让他暗自吃惊。也许这一刻对他改变对中国人的印象是决定性的。他打心里认同聂遵善的观点，但他还不能肯定自己的判断是对是错。

其实，关于缴械的事他已同各分队负责人商量过，他的意思是这是军部的命令，理应执行。林弥一郎处事缜密，关爱部下，以他的人格魅力在部众中享有很高威望。他的倾向得到了部下的一致响应：同意缴械，以后再想出路。

缴械投降能得到一致响应，也同日本的民族性格有关。日本是个狭长岛国，资源稀缺，且地震与火山爆发不断，这样的生存环境使整个民族形成了扩张豪赌与悲观随世的双重性格，如同樱花，怒放时恨不能霸尽春光，一旦凋零则甘为尘泥。

林弥一郎想了想，表示答应交出武器。他强调说，我只是希望得到人道的待遇，我的部队中哪怕有一个士兵被杀，都是我无法承受的罪过。

林弥一郎并非贪生怕死之辈。日本空军史是这样吹嘘他的："林弥一郎是以勇猛果敢而闻名的战斗机驾驶员。1944 年 6 月，他在桂林上空与美国空军 P－40 式战斗机编队的空战中，他驾驶的'九七'式战斗机连中三十四弹，发动机被打坏失灵，他仍驾驶飞机指挥中队继续作战，正如林弥一郎自己所说的那样：'九死一生，忘我战斗。'最后他竟然驾驶这架伤痕累累的飞机奇迹般地飞回了基地。"

但他服从了良知、命运和真理。在真理面前，武士道精神只不过是一只风干的蝉壳。而选择投降恰恰证明了他的胆识和勇气。当然，事情不可能那么简单，人是复杂的，时事的复杂使人更加复杂，但林弥一郎此时的表现及他后半生的历史似乎都支持这样的判断。

听了三桥的翻译，聂遵善说，你们能和平地接受缴械，我们非常高兴。我承诺保证你们每一个人的生命安全。

聂遵善又说，离这里不远，我们为你们选定了一个不错的宿营地，备有粮食，请你把队伍带过去。至于缴械地点，你们会看到路上有一张桌子，到时候你们只需交出飞行装具和武器，军官的指挥刀是你们的心爱之物，可以不交，这是我们对你们的诚意表示的诚意。

第二天的缴械投降仪式平静而顺利。林弥一郎率部依次把飞行装具放在桌子上，武器放在地上。也有不愿交的仍把马刀和牛腿盒子炮挂在身上。现场没有一个八路军武装人员，这让他们大为感动。四十多年后，林弥一郎写道："以前，在新闻片中看到的，都是在对方刺刀的威逼下被迫交出武器的，场面难堪至极。但在这里，我们没有看见一个端着刺刀的八路军战士。我当时最强烈的感受是：对方百分之百地守信用，这使我非常感动，我钦佩这个伟大的民族——中华民族。"

几天之后，曾克林和政委唐凯在本溪十六军分区司令部搞了一个欢迎宴会。当林弥一郎大队的十名代表来到一间教室样的房间时，摆成"门"字形的桌上已摆满了丰盛的酒菜。起初他们迟迟不动筷子，担心这是"送行酒"，吃过后就要送他们"上路"。曾克林见状就先下筷子，边吃边重申八路军优待俘虏的政策。林弥一郎和他的部下这才吃了起来。

三杯酒下肚，话就多了。林弥一郎对身边的唐凯说，我们不知何时才能回日本，能不能找点适当的工作给我们做，修路也行，下井挖煤也行，我们可以自食其力。唐凯故意问道，你们到底是什么部队呢？林弥一郎说是飞行部队，有飞行员、机械员和其他技术人员。曾克林说，好，你们要尽快回到奉集堡机场，看管和维护好飞机，随时等待处置。

林弥一郎离开本溪前，曾克林对他说，这次没有请大家都来吃饭，所以给你们准备了一点肉，带回去给大家分享。

当林弥一郎看到"一点肉"的时候，简直要惊呆了：这"一点肉"竟是五头牛和五十只羊！看着八路军官兵诚恳的笑脸和朴素的衣装，林弥一郎流下了热泪。几天来，林弥一郎就一直沉浸在深刻的内疚和感动之中。他们缴械后，当地军民即送来了一袋袋稻米，还有蔬菜和鸡，而在日军统治下，老百姓吃大米是要按"经济犯"论处，重则要杀头的。他在若干年后写道："走遍天涯海角，哪找得到这样的军队？我曾几次把这个故事讲给别人听，可人家总是惊讶地望着我，以为我在吹牛。"

10 月中旬的一天，根据中央指示，"东总"和东北局把林弥一郎请到沈阳。在"东总"一间宽大的指挥室里，东北局书记彭真、"东总"司令员林彪和参谋长伍修权与林弥一郎进行了交谈。

彭真说，听说你们想找事做，今天请你们来，就是想和你们商量，请你们协助我们建立航空学校。

建航校？林弥一郎对此毫无准备。

是的，过去我们没有空军，在战争中吃了很大的亏。现在有了条件，我们决定建立自己的空军，马上就着手去做。彭真说，如能得到你们协助，我们的信心就更足了。

林弥一郎马上想到自己的俘虏身份。

你们不要有顾虑。伍修权像是看透了他的心思，说，我们一贯认为，日本侵华罪行应由少数军国主义分子承担。我们要求你们留下来，协助我们建航校，一定保证你们的生命和财产安全。

贵军承诺保证生命安全，我们深信不疑。林弥一郎说，这些天同贵军的接触已证明了这一点。

见彭真点头赞同，林弥一郎接着说，关于建航校，这是很复杂的事情，需要时间，还需要飞机、燃料、器材。这要具体谈，否则我无法说服我的同事们。我实际上已无权指挥他们了，只能靠说服、靠条件。

你说得很有道理。彭真接过去说，关于飞机、燃料、器材等，相信在你们的协助下，在这么大的东北地区是会找到的。你所讲的条件是指什么呢？

林弥一郎低头思索一番后，提出了三个条件：第一，我们需要得到应有的尊重，学飞行生命攸关，没有正常的师生关系是不行的。第二，必须保证身心健康，飞行体力消耗大，希望能考虑到营养和日本人的生活习惯。第三，飞行教学周期长，因此要解决好生活中的种种问题，有家属的须保证家属的生活，独身青年具备了条件就得允许他们结婚。

听了翻译，彭真与林彪、伍修权交换了一下眼神，坦诚地说，你所提的要求是合情合理的，飞行教员就得享受飞行教员的待遇；年轻人结婚也没问题，八路军干部也是有家属的；至于你们喜欢吃大米，我们会尽量保证供应，不过在东北土地上搞大米比较困难，如果出现断顿，只好请大家委屈一下了。

就在林弥一郎起身告辞时，又发生了戏剧性的一幕。

也许是出于复杂的考虑，也许是下意识的，林弥一郎突然对伍修权说，将军阁下，我还有个请求。他指着伍修权腰间的柯尔特式小手枪：您能不能把这支手枪送给我？

这支漂亮的白色手枪是第三次反"围剿"时从张辉瓒的一副官手中缴获的。伍修权早就发觉林弥一郎老是盯着这支手枪看。伍修权大步走到他面前，拔出枪递到他手里，说，这支枪从长征到现在，我一直带在身边，今日送给你作为幸会的纪念吧。伍修权毫不犹豫，这是"军格"赋予他的本能。

哪有刚交枪就索枪的道理？林弥一郎为八路军将领雄阔的气魄和富于人情味的举止所震惊、折服。

林弥一郎大队接受了协助建航校的要求，并很快送上一份见面礼。

当时，在辽阳以南、鞍山以东的山区散布着万余溃逃的伪满军队、特务、恶霸和汉奸，他们妄图以千山为中心，控制铁路交通，等待卷土重来的机会。经与林弥一郎商定，曾克林乘坐一名日本中队长驾驶的飞机，对这一带山区进行侦察，并据此制定了详细的作战方案。经过三天激战，击毙匪军二百余人，俘虏三千余人，缴获了大批枪支弹药、汽车和马匹等物资。

遵照中央指示，"东总"通知刘风、蔡云翔等人负责林弥一郎大队的工作。

此时，刘风等人正在为搜集不到航空器材而一筹莫展，焦虑发愁。

从9月下旬开始，刘风就带领大家在沈阳市郊的北陵及西飞机场四处寻找，但能飞的飞机早飞走了，剩下的都是一些没有用的零碎破烂。吕正操启发他们说，东北地区很大，差不多到处都有飞机场，不但大城市附近，山沟沟、森林里都有，我亲眼看到营口、凤凰城一带小机场上还有些好飞机。他说要走出去，往外摸，向老百姓打听，请群众协助，才能搞到东西。同时，为刘风等配备了马匹、卡车和武装小分队。在当地农民的帮助下，不久就在榆树镇附近的一个军用机场上发现了一些日本隼式战斗机，其中有一架比较完整。机械员陈明秋、田杰初步检查后，认为经过拆零补缺，可以把这架飞机修复。于是，他们又深入附近农村，说服群众把原先收藏起来的飞机零件、工具和油料等物资拿出来，终于把这架破旧的飞机配全补齐了。可第一次试运转时，由于启动器坏了，发动机不能运转，搜遍全场也找不到替换的装置。

接到"东总"通知，刘风就想怎么做日本航空队的工作，琢磨来琢磨去，决定就从维修这架破旧的隼式战斗机入手。

第二天，他带领蔡云翔等人来到林弥一郎住处。见面寒暄后，刘风没谈大道理，而是以请教的口气，直接拎出了维修技术的话题。他知道"东总"领导已经把道理讲得很透了。刘风是苏联契卡洛夫航校的优秀生，因学习成绩优异曾受到一块手表的奖励，所以谈得有板有眼，加上高门大嗓坦荡豪爽的山东人气质，一下子就赢得了林弥一郎的信任与好感。谈到那架破旧的飞机，林弥一郎当即提出回奉集堡调人员和器材来协助修理。

刘风派车去奉集堡将人员器材接到榆树镇机场，中日双方机械员开始了合作。不出两天，飞机已能发动，试运转状况良好。但飞起来会怎么样呢？蔡云翔提出由自己来试飞，林弥一郎不同意，说这是一架隼式战斗机，机头重，性能不好，而且许多零部件是拼凑起来的，危险性很大，最好还是让他或黑田飞行员先试。蔡云翔好胜，说，正因为有危险，才是难得的学习机会，我年轻，身体比你们好，应当让我先试试。

试飞前，林弥一郎协助蔡云翔仔仔细细检查了发动机及操纵系统的各项功能，千叮咛万嘱咐，关切之诚溢于言表。当一切测试完毕，即将滑行起飞时，忽又让顾青攀上机舱，转告蔡云翔：为了保证安全，第一次飞行不要收着陆轮，以防起落架不灵。

当中日双方人员同心协力修好的第一架飞机在蓝天划了个优美的曲线，干净利落地着陆时，林弥一郎跟在刘风后面，满面笑容地向蔡云翔迎去，伸起大拇指说，大大的、大大的，坚强勇敢的人！

此后，中日人员又在奉集堡等机场修好了二十多架趴窝飞机，并在辽阳、营口、大石桥、鞍山等地搜集到十多架破飞机和一些器材。

修好的飞机通常由黑田等日本人试飞。有一次，黑田驾着隼式战斗机做了一套特技动作，蔡云翔见了，就驾着这架飞机做了一套潇洒的高级特技动作，赢得个满场叫好。吉翔看得眼热，等蔡云翔着陆后就跑过去，硬是不叫蔡云翔关车，他也要飞一把。他从未飞过这种飞机，未收起落架就飞了一个航线，着陆时也不知需放襟翼减速，结果冲过了T字布，差点没栽进场边的沟里，出了个不大不小的洋相。

1945年11月中旬，东北局和"东总"为加强对航空工作的领导，成立了航空委员会，伍修权为主任委员，黄乃一为秘书长，委员有刘风、蔡云翔、林保毅，还有尚在途中的常乾坤和王弼。林保毅是林弥一郎给自己起的中国名字。

刘风、蔡云翔等八名中国人和林保毅大队的三百余日本人，被约定俗成地称作东北民主联军航空队。刘风感到管理人员太少，又从东北局组织部临时要来两个干部，一个是赴东北干部团的张保中，另一个是从延安调来准备学飞行的张凤歧。"东总"又任命黄乃一为政委，并调顾磊、白平、刘西科、张培根、姚峻、李熙川等，充实航空队的干部队伍。因形势变化，航空队曾迁址本溪、辽阳、宫源等地。

第六章　走向东北的路不仅仅走向东北

　　刘风等第一批人员在东北搜集器材、收编林保毅大队的这段时间，魏坚、常乾坤分别带领第二、第三批人员正在往东北赶路。由于蒋介石打着"受降"幌子，密令国民党军队抢占战略要点，他们一路上破险化阻，行进得十分艰难。

　　魏坚一行是 10 月 2 日上路的。他这一行里不少是知识分子，而且有孕妇和在襁褓中的孩子，为了简装捷行，每人的行装压在十斤以内，孩子每人用一头毛驴驮着。

　　他们翻山越岭，涉水过河，日夜兼程。遇到陡峭的山坡，他们抓住石缝里的草、灌木丛往上爬，光秃无物可抓，就拽着毛驴的尾巴往上爬。过河时，看到乡亲们把裤腿卷到大腿根，站在冰碴闪闪的河水中，肩扛木板搭起人桥，一张张脸冻得发紫，他们的心被冰碴扎得发紧。夜里行军，又逢大雨，他们足踏长满荆棘的泥泞小道，拨开又黑又冷的雨帘摸索着前进。他们一路串起清涧、绥德、米脂、葭县（现佳县）、沙峁头，坐小船摆过波涛翻腾的黄河到罗峪口。经山西兴县夜宿岢岚。又经五寨、神池到朔县附近，准备穿过封锁线。

　　这天晚上，空中飘着雪花，他们潜伏在离铁路不远的山沟里，把身上的碗、匙等能发出响声的物件隔开。当天黑得只有耳朵没有眼睛的时候，他们猫着腰鱼贯越过了同浦铁路，接着就是一路狂奔。张成中和沙

46

莱怕孩子啼哭惊动敌人，用棉被把他裹得严严实实，驮在驴背上一气跑了几个钟头，等揭开被子看时，孩子的嘴唇苍白，差点没给捂死。

绕道敌人占据的应县县城时，他们在雨夜炝开脚底板子，十个小时跑了一百八十里，忽又接到命令向后转跑，一口气又是十多里路。熊焰的妻子陈然有孕在身，跑得两腿发软，实在迈不开步子了，张开帙和欧阳翼见状，一边一个把她架起来，拖着往前跑，后面不知还有个谁在推着。原来他们撞到了敌人的碉堡，如不是在倾盆大雨的夜里，保不准当了送上门的俘虏。

到了浑源县，就好像到了富庶之乡，吃住都比前面好，此地煤多，不烧热炕烧地炕，进屋脚下就拔暖气。由浑源撇开驻有国民党军的大同，直奔天镇上火车，站在拉煤的敞车里直抵张家口。

他们被安顿在原日本驻伪蒙疆"使馆"里。往空荡荡的地板上铺了些草，大人孩子就躺下了。就像对着油灯点烟，林征用报纸卷个喇叭筒，就着电灯泡吧嗒起来，也不知是作秀还是真老土，逗得大家哈哈大笑。风尘未除，魏坚和张开帙就被派往冀中河间执行任务。

与他们走的路线完全相同，常乾坤率领的第三队人马不久也到了张家口。到达当晚，就赶上看京剧《李闯王》。这出戏是讲闯王进京后，大将刘增敏开始享乐腐化，导致吴三桂勾结满人入关，李闯王以失败告终。看完戏，大家因疲累而枯涩的脸又烧红了。从进了城要保持清醒头脑的寓意里，他们感受到了希望的曙光。

听说常乾坤来了，王弼即找到晋察冀军区招待所看望老战友。王弼第一批乘"820"飞机去东北，因故留在张家口当航空站长后，组织成立了相应机构，接收了张北、灵丘等机场，几十名日军机务人员及一批航材油料，并调来一批机床，将飞机修理初步开展起来。得知常乾坤等大队人马正开赴东北办航校，王弼腾地站了起来，他没再坐下，急火火地没说几句话就告辞了。

到东北去！到东北去！王弼得请示中央。没有长途电话，也没有电报，火烧火燎的他就用张家口广播电台向延安广播电台呼叫。没有暗语，就用明语呼叫。通常这是不允许的，但他顾不得那么多了。这次破了例，任弼时通过广播电台批准了王弼的要求，命油江接任航空站长。收音机把这次对话张扬了出去。

恰在此时，刘风派蔡云翔率两架飞机来张家口联络接应，一架是叫"斯巴"的银灰色小型通信机，有六七个座，另一架是"九九"高级教练机。常乾坤和王弼喜出望外，马上决定乘飞机去东北，常乾坤乘"九九"高教，王弼等乘"斯巴"通信机。可没想到，两架飞机都遇到了麻烦。

第二天下午，常乾坤登上了由日本人长谷川驾驶的"九九"高教。由于飞机太老旧，又超载，飞机刚升空就一个劲儿地歪扭晃荡，发动机也放着炮冒起黑烟。长谷川赶紧返回机场，着陆时机尾严重损毁，不能再飞。常乾坤没走成。

王弼与常乾坤小议片刻，便同蔡云翔、张华、顾青等上了"斯巴"。蔡云翔坐在副驾驶位子上，驾驶员是日本人佐藤。起飞后，蔡云翔大大咧咧坐那儿抽烟，张华拿地图对照地面，因为是冬雪天，除了长城，一片皆白。飞了一段，张华忽然发现远处的大海，赶紧靠前指给蔡云翔看，说航线是不是偏右了。蔡云翔看了地图，又看地标、罗盘，然后问佐藤现在是什么地方。佐藤未做回答。问了几次，佐藤都抿着嘴。会不会是佐藤搞鬼？因为偏右太多，已靠近北宁铁路，气氛骤然紧张起来。王弼见状也凑上来询问。蔡云翔说，没事，稍偏了点。接着由他操纵飞机向北修正了很大角度。此时天色已暗，别说地面无明显地标，就是有也难辨识。情况危急，得赶紧找地方迫降。蔡云翔降低飞行高度，当发现一块较平坦的雪地时，便强行着陆。由于是顺风，下面又是凸凹不平的耕地，着陆时快速滑行，剧烈的颠簸使人像爆豆似的乱弹乱蹦，飞机最后跳过一道沟坎，大头朝下拿了大顶。

等到你拖我拽钻出机舱，发现已陷入一群武装人员的包围。王弼问对方是哪部分的，黑暗中没有回音。王弼吩咐赶紧把带给东北局的文件烧掉。火柴在风中划着就灭，划着就灭。对方答话了，原来是自己人。此地是在靠近平泉的凌源县境内，是夜，王弼等马不停蹄去了朝阳。张华和顾青住在农户家里。蔡云翔不知怎么就回到了辽阳，两天后驾着"九九"高教到承德接他俩。飞机刚落地，一辆敞篷吉普车飞驰而来，车上的苏联军官询问了几句后，大发了一通雷霆。原来蔡云翔自作主张，把机身上的日本军徽涂掉，漆上了红五星，苏军还以为是他们的飞机呢。飞机加好油，张华与顾青挤在后座，由蔡云翔驾驶飞往辽阳。

王弼前脚离开张家口，魏坚和张开帙后脚就回来了。他们去河间的任务是把一架迫降的美国飞机修好飞回张家口，飞机没飞回来，他们却大开了眼界。一是过平汉铁路封锁线时，看到敌人在铁路两边都挖了深沟，抗日军民在两道深沟之间拦腰挖了一条横沟，人员车马均可隐蔽通过；二是沿白洋淀经任丘到河间，沿途看到了河北大平原上的又一"人工长城"：村村相连的道路都掘成了半人深的壕沟，人民武装可攻守自如，而敌人的汽车、坦克却寸步难行；三是把暂时无法修复的飞机推到树林中隐蔽时，一只机轮陷进了地道，使他们看到了又一伟大的抗日工程——村村相连的地道。他们感到，有这样伟大的人民做靠山，有这样非凡的智慧和力量做基石，就没有干不成的事。

常乾坤急着要走。他让刘玉堤和张开帙到怀来兵站弄了辆卡车，带着魏坚、张开帙等人乘车急行，刘玉堤、吴元任等领着家属小孩步行跟进。常乾坤乘卡车到承德，转乘火车往前赶。刘玉堤、吴元任等后来步行到平泉受到国民党骑兵截击，扒上一个火车头跑到承德，又返回张家口。

常乾坤等到了朝阳，火车就不能往前开了。朝阳的街上处处可见往北开的部队和干部团，有的部队还穿着单军衣。他们踏着又黑又硬的冰雪，顶着甩出许多小刀子的寒风，脸上红扑扑的，脖颈里冒着汗气，喊着号子大踏步行进。

令人感到意外的是，第三批赴东北的常乾坤，与第一批的王弼、第二批的林征等三十多人在朝阳会合了。互相一打听，徒步的、搭车的，独行的、跟部队的，直达的、绕弯的，所有人的路线放到一起有如乱梭飞织，谁也理不清这团乱麻，总之是每人两条腿，一条路，朝着同一个目标，历经千辛万苦走到了一起。

听说林彪在朝阳，常乾坤和王弼即去见林彪，其余人在县政府等候。他俩回来后说情况紧急，必须立即离开朝阳，去吉林通化。

三十多人和两辆装满行李的胶皮轱辘大车又上路了。他们避开城市，在白茫茫银晃晃的大地上艰难跋涉。谁要是累得受不了，可以坐在车沿上歇歇，但没有人坐车，坐车冻得更受不了。天晴了，天空蓝得像一块冰，空气白晃晃地闪烁着寒冷的锐锋。出生于广东的于飞、李素芳等人第一次领教这样一个嘘着寒气的冰雪世界，他们脚穿狗皮靴子，头上包着棉花、布和报纸，把所有能御寒的东西全都披挂到身上。人们吃力地挪动着脚步，呼哧呼哧的热气在露出帽檐的头发及眉毛、胡须上凝成了白霜，看起来像一群"圣诞老人"。

他们一步一个深深的脚印，经阜新、彰武和法库，到达了铁岭。

第七章　首批学员的谜面和谜底

1945 年冬，在开往吉林通化办航校的数支队伍中，东北民主联军航空队走在最前面。

这支队伍的成员身穿中日杂拌军装，用牛、马拉的大车倒拖着卸了翅膀的飞机，浩浩荡荡地在雪原上行进。上坡时，牛马的四蹄蹬塌了土石；在破败不堪的道路上，大车轱辘陷到坑里，这时大家就蜂拥而上，手推肩扛车帮、机头和牛马的屁股，发着喊向前推进。这个奇特的画面，带着强大的精神光芒、火红激情和苦涩的滋味，深深烙印在历史记忆中。

11 月 16 日，国民党军队攻占山海关，25 日占领锦州，直逼沈阳，东北局和"东总"遵照中央"让开大路，占领两厢"的方针，于 11 月下旬从沈阳迁至本溪。航空队奉命由辽阳、本溪转场通化。转场时，能飞的飞机分批飞往通化，不能飞的二十多架飞机，由陆路转运。没有机械运输工具，只好把机翼卸下装上大车，机身安上机轮，把机尾绑在大车车架上，用牛、马倒拖着走。一路山道盘旋，风雪浩歌。

大队人马刚到通化，黄乃一、刘风等还未来得及擦把脸，日本飞行员佐藤就找来了。

佐藤是先期驾机飞通化的，由于途中飞偏了航，在桓仁县郊外雪地迫降，撞坏了螺旋桨。他怕自己穿着日军飞行服受到老百姓攻击，就凭着手头的日文飞行地图，朝着去通化的大体方向，钻山沟、穿森林，忍着饥渴疲乏徒步摸到了通化。他请求领导派机务人员带着螺旋桨同他一道去把飞机修好，由他飞回来。

几位领导考虑到他的身体和技术状况，想另派人去。蔡云翔的眼里更是藏着一丝狐疑。上次去张家口接王弼时，佐藤就驾机向右猛偏，这回同样，迫降地点擦着朝鲜边境。

这是不信任我！佐藤感到屈辱，他情绪激动地执意要去，说，若飞不回来，宁可剖腹自杀。

一直沉默不语的林保毅说话了。他说，偏航主要是大雪后地面目标看不清，空地之间又没有无线电联系造成的，佐藤的技术不成问题，建议仍由他去飞。

出于尊重与信任，几位领导同意了林保毅的建议。这让林保毅大为感动。但他没想到，他自己紧接着出了严重的飞行事故。

来通化之前，林保毅曾把一批日本空、地勤人员派往奉集堡等机场，要他们把那里趴窝的飞机尽量修好飞到通化。听说国民党和美国空军的战斗机、轰炸机现在已飞到了离奉集堡不远的沈阳，他放心不下，他要驾机回奉集堡去看看。

林保毅驱车到浑江江畔的通化机场，找到一架"九九"高级教练机。试车时飞机发动机不太正常，但他相信自己的能力，执意要冒险一飞。但飞机刚离开地面，就升不上去了，费了很大劲，才升到五米高。看来这架飞机担不起这个任务了，他竭力保持住飞机的平衡，欲在江畔的沙滩上迫降。谁知飞机掠过江面接地时，被横拉在江面上用作摆渡的缆绳猛地绊住了起落架，飞机翻着筋斗重重地扣在沙滩上。林保毅摔断了腿骨，昏死过去。

林保毅被迅速送到医院抢救。黄乃一、刘风等守护在病床前，静静注视着林保毅苍白的脸。

几个小时过去了，林保毅睁开了眼睛。当接触到中国同志关切、焦虑的目光时，他感动得热泪盈眶，嘴唇哆嗦，喉中哽咽不能自禁。

连续发生的两件事，大幅加深了林保毅对共产党、八路军的认识，并影响了他后来的精神历程。

航空队刚落脚，曾与蔡云翔一道策划起义的白景丰、何健生、吉翔、陈静山、秦传家等人也来到通化。在曲折坎坷的途中，他们受到了地下党和解放区军民的倾力帮助。路经山东时，他们还曾到海阳县的留格区，把张吉俊等民兵徒手从荷枪实弹的鬼子手中夺得的一架运输机飞到一百多里外的桃村隐蔽起来。

随着环境相对稳定，人员、物资逐步到位，筹办航校的工作开始启动。在临调航空队前，彭真和伍修权曾找黄乃一谈话，要求到通化后迅速选调学生，至于招生条件，可多听听起义人员和收编日本人员的意见。并指出，东北被日伪统治了十几年，不宜就地招收学员，应从部队选调。

招收学员究竟应注重哪些条件？起义人员首先强调文化要高，同时要身体好、年轻、聪明等。而林保毅把政治条件放在首位。他说，你们现在要选的飞行学员，是你们将来建设空军的骨干。飞行员飞上天，他就是飞机的主宰，空中虽然有空域的划分，但那只是假设，空中没有万里长城。地面虽有无线电指挥，但听不听你指挥是飞行员头脑里的事。因此，你们选飞行学员，首先和最重要的条件，是你们认为绝对忠于你们的人。而后他才提出飞行学员须具备的文化水平、身体、年龄等条件及理由。

两种意见引起了激烈的争论。这种争论在后来的教学实践中仍在持续。

最后确定四个条件：一是出身好，来历清楚，有较高阶级觉悟；二是体检合格；三是年轻；四是有一定文化水平。前提条件是从部队选调。

但部队都在前方打仗，到哪儿去招收学员呢？

早在 10 月初，罗荣桓司令员也奉命率山东军区主力向东北进发。在这滚滚铁流中，有一群血气方刚的年轻人还不知道，他们的命运将被时代大潮推向一个传奇故事。

抗大山东一分校是从临沂出发的，一千多名学生跟着大部队，趁黑夜穿过敌人的封锁线，走山野绕过敌人的炮楼，日夜兼程，紧赶慢赶。他们不知要去何地，但能感受到这是一次赛跑，因为美军的运输机群与他们朝着同样的方向飞，从早到晚在他们头上轰轰隆隆响个不停。

到龙口郊区时，美军飞机似乎恼火了，像成群的老鸦贴着树梢来回聒噪打转，那架势像是要把地上的人给铲了。大家迅速趴下，把枪口对准了飞机的肚皮。机枪班长侯书军骂骂咧咧直想搂火。这时他接到命令，只要飞机不先开火，不得对飞机射击。飞机张牙舞爪闹腾了一通，向大海飞去。侯书军撵着屁股喊，熊包了吧，熊包了吧，我还指望过过枪瘾呢！

夜幕降临了，队伍集合起来。梁必业站到一个石碾子上，他说，我们这是到哪去呀？我们是要到东北去，去长白山上大会餐，鸭绿江边洗个澡，那里的大米白菜炖猪肉，堆满仓库的枪炮子弹等着我们呢！抗大学生这才知道要去东北。他们把枪留给当地军民，换穿里外三层新的黑色柞蚕丝棉衣棉袍和三片瓦毡帽，腰间扎条布带，脖子上还挂了十几个用麻绳串起的火烧。队伍通过被电灯照得通明的码头大街，每个班登上一只小帆船。

小船在大海上犹如一片树叶，顺风则走，无风则停，逆风则退。起风浪的时候，小船被打得东倒西歪，像一个跌跌撞撞的醉汉。船老大怕遇上美国的军舰，不让大家上甲板，十几个人待在又黑又闷的舱内，躺下又坐起来，坐起又躺下，不少人哇哇地呕吐，有人把苦胆都吐出来了，舱内的气味令人窒息。就这么折腾了三天三夜，把大家弄得疲惫不堪，小船终于在辽宁庄河靠了岸。

这时恰逢庆祝苏联十月革命节，他们在一个学校的操场上受到全体师生和中苏友协的热情欢迎。中学生又吹洋号，又打洋鼓，这些新鲜的洋玩意儿使大家又来了精神。

队伍继续前进，步行途经大孤山到丹东，乘上没有帮的光板车，挤挤挨挨地站在光板车上，穿过一个个隧道时耳朵鼻孔都塞满了煤灰。

到沈阳下了火车，大批苏军守在那儿不让进城。苏军说斯大林同国民党签有协议，沈阳得移交给国民党，他们的空降兵马上要来接收。你们不能接收，你们要强行进来，就把你们赶出去。同学们弄不明白这是怎么回事。不知是谁突然唱起了国际歌。很快，歌声响彻车站广场的上空。苏军的冷凛里透出一缕复杂的微笑。双方就在这样一种亲和而又无奈的气氛中对峙着。两个小时后，抗大学生接到撤往郊区苏家屯、准备同国民党空降兵作战的命令。

到了苏家屯，侯书军所在的排进驻一家纺织厂。工厂已停工，厂门大开着，车间里的机器上还放着棉纱和织好的棉布。部队给没有主人的工厂放了岗，但形同虚设，一些不明身份的人照样用马车往外拉棉花和物资。侯书军的七班又被安排在用电网防护起来的日本人家里宿营，住在外屋的榻榻米上。这里的日本女人为防止老毛子强暴，都剃了光头，脸上抹了锅底灰。部队在一些要害地段挖起了战壕，口号是"像保卫马德里那样保卫沈阳"。这是时髦的鼓动性用语，以后到了通化，就"像保卫马德里那样保卫通化"，到了牡丹江，就"像保卫马德里那样保卫牡丹江"。这段时间，部队的装备得到了补充和改善，每人发了日军的皮帽子和皮大衣，原来磨光了来复线的老套筒留在了山东，现在配上了油亮的三八大盖。

部队又出发了。到达煤城抚顺，他们惊讶整个城市都被大雾般的黑烟罩着，连麻雀都是黑的，仿佛这里的山都在燃烧，捡起块煤用火柴就能点着。部队好不容易上了闷罐车，还没坐稳，车站又命令全部下车，说苏军要用车往苏联拉机器。部队又徒步前进。沿途不时可见工厂、楼房、铁路，高耸的铁塔架着高压电线越过崇山峻岭。时有一眼看不到尾的苏军车队在身边驰过，搅起滚滚尘土。

1945 年 12 月下旬，抗大山东一分校的一千多名学生到达通化。

这真是个神奇的年代，一方面你两手空空，另一方面仿佛想要就有，说来就来。抗大山东分校的不期而至，解了航空队的燃眉之急。经负责筹建航校的通化地委书记兼后方司令部政委吴溉之和司令员朱瑞报请东北局批准，决定学员从抗大分校选调。随之，由白平、刘西科、何健生等组成了选调小组。

本来想选调一百二十人，"十里挑一"还挑不出来吗？可结果却并非如此。

脑体测验倒是难不住这些小伙子。日本人用的是原始方法：在你面前的黑板上翻动一本挂历式的写着算术题的题本，如"3 + 7 = ?"，每翻一页你要迅速报出答案，这同时还有两人各执锣鼓站在黑板两侧，左边敲锣你得迅即伸出左手左脚，右边敲鼓伸右手右脚，虽然弄得你手忙脚乱，但嘻嘻哈哈连滚带爬的都还能过关。

体格检查的关就不好过了。史沫特莱曾记录过新四军某部体格检查的情况：在"一百八十五名学员中，百分之百有沙眼，百分之二十有疝气，百分之三十有疟疾，百分之二十有骨疡，百分之五十有疥癣。闹肠胃病的人数很多，浸润性肺炎患者有八个。没有梅毒病人"。并说这个统计数字同各连队的统计报表相近。抗大学生也多是苦出身，营养不良以至患有常见病也属自然。

经体检和测验，最后勉强有一百零五人合格，其中有林虎、张积慧、韩明阳、侯书军、孟进、王洪智、张宪志、何培元等人。其实，即使是他们，身体也不见得就很棒，比如林虎就曾在战斗中负伤造成严重脱肛，还患有慢性肠炎。他是因没有专门体检设备蒙混过的关。选调小组还从通化炮兵学校挑选了五名学员。

　　这一百多名学员的命运仿佛还没有写出谜面，就翻出了谜底。他们的生命沸腾了。然而，就如同人民空军的建设还处于冬季板结泥土下的蛰伏萌动期，他们未来的路曲折而漫长。

　　随着队伍的扩大，奉"东总"命令，航空队扩编为航空总队，下设教导队、民航队、机务队和修理厂。

　　1946 年元旦，四百余人集合在通化第二中学的操场上，举行航空总队成立大会。朱瑞受"东总"委托宣布了干部任命：朱瑞兼任总队长，吴溉之兼任政委，常乾坤、白起、林保毅任副总队长，黄乃一、顾磊任副政委，白平任政治部主任。教导队队长是林保毅，政委陈乃康；民航队队长蔡云翔，政委刘风。为了做日籍人员的工作，专设了一个日本人工作科，由从延安日本工农学校调来的杉本一夫任科长。

　　会场的气氛热烈而有力，每个人的心中都蕴集着愉快的冲动，当白起讲话时，这种愉快借机释放了出来。这位前汪伪空军少将腰板挺得笔直，开口一个"弟兄们"，把全场都逗乐了。

　　航空总队面临的主要任务是收集航空器材，完善训练和生活设施，为建立航校打基础。

　　这正是连降大雪的严冬，机场跑道上堆满了厚厚的积雪。一天扫雪时，刘风动员大家好好干，干完了看蔡大队长进行飞行表演。跑道上顿时热气升腾，冰雪飞动。

　　跑道还没完全清出来，蔡云翔就驾着一架英格曼初教机上了跑道。飞机加大油门，往前猛冲，但就是起不来，眼看就要冲出跑道的一刹那，飞机突然摇摇晃晃地猛拉起来，两只前起落架撞到堆积在跑道边的雪堤上，撞起了几丈高的雪雾，一只机轮掉在浑江的冰面上。

刘风飞跑过去，把机轮捡起高举过头顶，扯着嗓门大喊：轮子掉了！轮子掉了！

迫降后，蔡云翔觉得挺没面子，又驾驶另一架英格曼，表演了几套精彩的特技动作。

这个场景就像那段时间的生活，艰苦，浪漫，带着几分危险和刺激。

随着飞机、器材、工具、人员机构等逐步到位，教学工作已箭在弦上。

就在这时，通化的国民党特务和日本军人发动了一场震惊全国的武装大暴动。

第八章 像"破烂王"一样满世界找器材

因为火药布满了东北大地，所有的计划随时都在变化。常乾坤、王弼一行到达铁岭时，东北局已迁至抚顺。常、王二人即往抚顺请示工作。

彭真告诉他们，"东总"已在通化成立了航空总队，下一步还要办航校，到时准备让他俩担任校长和政委。他的中心话题是搜集飞机和航材，他说就像农民不能没有土地，办航校不能没有物质条件，现在迫在眉睫的任务是抓紧搜集飞机和航材。并说要"不鸣则已，一鸣惊天"，意思是要循序渐进，为将来插上翅膀做艰苦扎实的工作。

对于航校的创业者来说，搜集飞机和航材，是一次艰苦卓绝的远征，是一次悬念迭出的历险，是一次举重若轻的战役。

常乾坤、王弼回到铁岭，在附近的平顶堡发现一个日军遗弃的发动机翻修厂，还有地下油库和隐蔽在山洞里的弹药库。常乾坤让尹才升、王琏、林征、欧阳翼、史久一、刘耀西、龙定燎负责把这批物资运往通化，由龙定燎联系车辆和押运人员，并分别给开原驻军二十四旅参谋长、铁岭县县委书记兼县长叶季壮写了条子，交给龙定燎。

常乾坤、王弼随后带着队伍，乘上苏军派的大卡车上路了，开了一段又改步行。他们经开原、西丰、东丰到海龙，一路留意机场和航材的情况。

沿途的机场都曾遭到日军、国民党特务的破坏和土匪的洗劫。有些飞机和航材被苏军拉到乌拉尔炼钢铁去了。老百姓认为是敌产，把飞机轮胎卸下当大车轮胎，或割成块做鞋底，在机翼下砍了许多窟窿找汽油，把汽缸头砸碎化铝，座舱玻璃、仪表、导管、发动机上的电嘴等也都拆走。

此时的东北天寒地冻，滴水成冰，机场虽被厚厚的积雪覆盖，但仍能看出到处是残垣断壁、房屋骨架、弹坑和瓦砾堆。机场上的飞机都被肢解得缺胳膊少腿，内脏能扒的都给扒走了，除了搬不动也无多大用处的发动机和螺旋桨外，所有的飞机只剩下了空壳子。

东丰机场趴卧着三十多架飞机，浩浩荡荡让人为之一震，可走近一看，这还叫飞机吗？

这叫一堆废铁。常乾坤把机壳拍得雪块震落，话锋一转又说，但又叫飞机，这堆废铁准能拼凑出几架飞机来。

尹才升、王琏等人来到平顶堡，当跟着向导进入库区时，差点没把他们乐疯了。这简直就是一座宝库！活塞式汽油发动机、航空仪表，还有修理用的设备、仪表及各种零配件、消防、五金器材等，比比皆是。就像流浪汉一下走进了王宫，看得他们眼花缭乱，欣喜若狂，直想在这满地的宝藏中扑腾。尹才升、王琏赶紧领着大伙清点整理，龙定燎则忙着去联系运输的事。

龙定燎先找到二十四旅，参谋长一听是办航空，态度非常积极，说，需要多少人你说了算，但实在无法解决车辆问题。结果要了一个排担任工厂警戒，两个排负责押运。龙定燎接着去找叶季壮。当时的东北遍地狼烟，国共两军犬齿交错，当他找到叶县长时，国民党军队已冲进铁岭县城，人民政府正往乡下转移。叶县长说，民工和车辆都有困难，粮票倒有一点。所谓"粮票"，就是人民政府买粮食的字条，龙定燎得知用"粮票"可以换钱，就领了三万斤，去粮店换了两千多块钱，作为运输资费。

军情紧迫，搞不到汽车，就赶紧搞大车。龙定燎又费周折找到开原县委书记袭友源，要他支援二百辆大车和几百块喂马用的豆饼。袭书记要民政科长全力协办。科长是个精明的小伙子，他带着龙定燎等人跑了几家大车店，又是动员，又是命令，很快就弄来五十辆大车。当时正值年关，不少车主急于拉年货挣钱，为了尽量减少他们的损失，除适当给些工钱，每拉一趟车还送一个空油桶。

他们先后动员了三百多辆大车，分批把航材运到威远堡，再用小火车运到西丰，又雇用大车送到四平以西的西安，最后在东北民主联军后方司令部协助下，用火车运到通化。经过四五百公里艰难辗转运到通化的航材，计有活塞式汽油发动机二百多台（全新的八十台），崭新的航空仪表一百余箱，汽油数百桶，此外还有一批修理用的设备等。

依靠这一大笔财富，航校的修理厂日后就能运转起来，沿途看到的那些飞机空壳也将被补上五脏六腑，获得新生。

王弼、常乾坤等到海龙后，又兵分两路，王弼带领魏坚、顾光旭等人前往吉林，调查东满、北满的机场设施情况，搜集航空器材；常乾坤等直奔通化筹建航校。

战后的吉林市行人寥落，一派萧条。王弼等到了吉林，在一个深宅大院里过了个冷冷清清的春节。节后，王弼为大家办好苏联红军发放的护照，又分头出发，他带着顾光旭等人直赴北满，魏坚和路夫等则去了东满。

王弼、顾光旭等人乘卡车在寒气砭骨的风雪天地间边走边查，辗转到了哈尔滨。听说平房区有一个日本人遗弃的地下仓库，顾光旭便带人前去搜检。进入阴冷阴冷的地下仓库，见墙边摆着许多大大小小的罐子，就一个罐子一个罐子打开来看，这一下几乎让他们全部送命。原来这里是臭名昭著的日军731部队的一个细菌试验场，这些罐子都是用作试验的器具。他们在搜寻时，嗓子里像被塞进了炭块，火辣辣令人窒息，回驻地不久就出现发烧、昏迷的症状。经医院全力抢救，同去的五人有两个中国人和一个日本人大难不死，而另有一个日本人和一个朝鲜族人献出了年轻的生命。顾光旭是幸存者之一，这位在延安因设计纺织机而闻名的小伙子虽然捡回了一条命，但却受到严重的摧残，说话急时就犯口吃，原本英俊的脸上落下了满脸麻子。

他们以生命的代价，在哈尔滨平房附近的孙家机场和双榆村机场等处发现了不少日军遗弃的飞机。

去东满的魏坚、路夫和李成服也吃足了苦头。他们搭上了苏军防疫巡查火车，火车只挂两节医疗手术车，他们只好坐在车头的煤箱里。他们裹紧毯子蜷缩在煤坑里，被刀子般锋利的寒风扎得浑身发抖，手脚红肿。火车走走停停，苏军的医务人员给沿途哨所值勤的官兵打预防针，补给食物。魏坚几个人什么也没带，会讲俄语的路夫与车上的苏军军官再三交涉，才弄到一个大列巴（面包）充饥。就这样连冻带饿熬了两天一夜，终于到达延吉。此后，他们向南到图们、珲春，向北越过天桥岭、老爷岭到东京城、温春、牡丹江，又从牡丹江过五林河经林口、穆棱、勃利、倭肯、依兰等地。沿途处处可见被积雪掩盖的日本人尸体，还有一群群扶老携幼的日本妇女端着饭碗沿街乞讨，儿童啃食着黑黑的饭团。

东满"胡子"猖獗，一路上险象环生。"办航空"在自己人中间是块响亮的牌子，是畅通无阻的通行证，可"胡子"不认你这个。从牡丹江过五林河时，大股"胡子"摆出拦截的架势，牡丹江军区首长方强、李精璞派装甲车护送他们硬是冲了过去。到了倭肯，盘踞在这里的七股"胡子"也设障刁难。晚上，他们同土匪头子谈判，酒越喝越高，气氛却越来越冷。一个土匪头子假装喝醉躺下掏枪，路夫机警地用胳膊碰碰魏坚，同时猛扑过去，一把抓住了他的手枪。经过机智勇敢的斗争和晓以大义的劝说，土匪才放行。

东满一线是日军进攻苏联的主要基地，机场设施和航空器材很多，但几乎全被苏军炸烂烧毁。他们此行的最大收获是保住了牡丹江的海浪机场。当时机场上停放着几架苏军通信机，他们一进入机场就被苏军抓了起来，当路夫说我们是共产党的军队时，苏军又一下变得热情起来，不但接受了保护机场的要求，还请他们喝伏特加酒。正如魏坚后来在一首诗里写的："海浪！海浪！你是人民空军的摇篮！"海浪机场将成为东北航校的一个重要基地。

常乾坤到达通化后，根据需要和已掌握的情报，抢在国民党军进占一些城市之前，布置精兵强将，先后派出十几批人员，抓住时机搜集和搬运航空物资，这其中有他在途中见到的东丰机场、王弼搜寻到的哈尔滨孙家机场的大批飞机，公主岭的发动机、螺旋桨等大量器材。

稍后被任命为航校机械科长的张开帙带着中日人员杀到南满。他们是搜运工作的主要力量，先后搜运了四列火车的航空物资。

他们先去抚顺，搞了二十多车皮从油页岩里提炼的航空汽油拉回通化，解决了飞行断油的燃眉之急。随之甩头杀到东丰，这个机场的主要机种是"九九"高级教练机，大约有三十架。

张开帙按拆卸、装车、拉运、卸车分成小组，在此基础上制订全盘计划，然后去迁到梅河口的"东总"，向参谋长肖劲光和已调任后勤部长的叶季壮要民工、大车和火车车皮。航校的牌子还真叫响，他们二话没说就应承了所有要求。

大家白天又拆又运，弄得满身油垢，晚上睡在铺满秸草的屋里。这是艰苦，还有危险。东丰机场处在民主联军控制区边缘，敌机几乎每天都要来袭扰，他们是敌机来了就藏，走了就干，有时敌机从低空悄悄地飞临机场突然开炮，只能就地卧倒，趁敌机俯冲射击后拉起的空隙，再跑到停机坪边的掩体隐蔽。有一名学员就是在运送发动机途中遭到敌机突袭，为搜集航材献出了年轻的生命。

艰苦，险恶，工具不足，他们奋战了个把月，把三十来架"九九"高教机全都拆卸装上火车运走。这些飞机将成为航校教学的主力。

完成东丰机场的任务，张开帙等即奉命速抵激战中的四平前线，据说这里有飞机和器材，但刚到四平，又奉林彪的命令掉头撤往公主岭。

他们在公主岭机场的土质机库里，发现一批"九九"高教用的八–13发动机、螺旋桨等一批航材。第二天下午，张开帙在一所中学找到了刚从四平撤下来的林彪。可能是几昼夜没睡觉的缘故，林彪两眼通红，满脸倦容。他坐在走廊的长凳上听完汇报，只问了句怎么办。张开帙提出要一批大车、一批民工和一些钱。他马上叫来管后勤的同志如数开了条子。他们拿着条子，顺利领到了民工、马车，直奔机场。

当地人刚从日寇铁蹄下解放出来，还搞不清国民党和共产党。凭觉悟是不行了，为了在没有起重设备的情况下把东西抢运出去，他们给每台发动机装、运、卸各个环节都定了价，干完现付。你仁我义，东北人豪爽，众人一声吆喝，一下就把发动机举了起来。上火车也不好办，火车正在紧急运送部队，一列列车皮刚靠站就呼啦上满了人，航材只能见缝插针搭车，这里塞一台发动机，那里塞一个螺旋桨，不知装了多少趟列车，天亮后才把器材都运了出去。其间敌机来扫射，打死了骑兵部队的几匹高头大马，噗噗地淌了一地黏稠的马血。

离开公主岭，张开帙又率队转身北抵哈尔滨，和航校续派人员会合，一头扎进平房附近的孙家机场。

孙家机场是日本飞机制造公司的一部分，偌大机库里的设备和器材基本上都被苏军弄走了，只剩下些型架，铆了一半的机翼还吊在型架上。也许是技术系统不一样，苏军拉回去也是废铜烂铁吧，机场上的飞机还在，计有双发运输机、重型战斗机、"九七"袭击机、侦察机、隼式战斗机，大小近二十架。苏联人不要的东西，对一穷二白的航校却是宝贝，他们把剩下的东西统统吃进，连顶铁、铁量规、形状各异的铁块，还有几个重至几吨的平台，拉了个一干二净。马车拉着笨重的铸铁平台，在哈尔滨起伏地带的路上，下坡怕刹车失灵，爬坡更怕刹车失灵，把大家折腾了个够。

这次火车运输更是费尽周折。

当时东北局已决定放弃哈尔滨，负责铁路运输的吕正操坐镇车站，调配和指挥运输人员和物资的火车。车皮供不应求，但对张开帙的要求，铁路局和火车站再困难也要尽力满足，结果凑了二十多个平板车和敞口煤车，把机身、机翼，各种航材设备全都装上了车。但临出发前，司机和司炉却扔下火车头跑了。张开帙赶紧到机务段要司机，军代表答应解决，但要等待。虽说国民党怕中"空城计"，学司马懿终未敢跨过松花江一步，但当时的火药味越来越浓，这二十多车皮物资危在旦夕。他们心急如焚，死缠着面孔黝黑的军代表。熙熙攘攘的军代表室里两部电话响个不停，弥漫着用碎烟梗卷的"马哈洛"烟呛人的烟雾。有人急得大声争吵，有人拍着桌子。时近午夜，他们终于领到了条子。这次他们学乖了，一面用马肠和面包款待司机和司炉，一面派人持枪守着火车头，面带微笑陪着他俩。

火车喷吐着浓烟出发了。由于煤质不好，火车走得有气无力。到了牙布罗尼上煤上水，还买了木柴，好在翻山越岭时给火车加"精料"。听说山上有"胡子"，一百多人的长短枪在火车的前前后后布置了火力网。火车吭哧吭哧地爬山了，越爬越慢，最后像耗尽了力气的汉子，吭吭地喘着粗气，挪不动脚步。大家就跳下车，有的帮助递木柴，有的推车皮，也不管什么"胡子"不"胡子"了。车轮又一圈一圈吃力地转动了，一圈一圈，艰难地爬上了顶峰。

"我们胜利啦！"大家站在顶峰上纵情欢呼，激昂的欢呼声在夜空和群山间引起如雷如洪的轰鸣，如果有"胡子"恐怕也要被吓跑了。

几个月里，他们在抚顺、东丰、公主岭、哈尔滨搞到一列火车的航空汽油，一列火车的发动机、螺旋桨和两列火车的飞机。此外，还在公主岭和哈尔滨接收了三个小型机械加工厂和技术人员。在这些成果的背后，是巨大的体力和精力的付出。回到航校，张开帙竟还在睡梦中猛推妻子的下巴，口中喊着"快！快推火车！"

从1945年10月到1946年5月，航校的创业者们为搜集飞机、航材和设施，投入了巨大的生命能量。

他们敢向虎口夺食，如刘风带人冒着P-51飞机的扫射，在战火中的长春抢出了一批降落伞、电嘴、导管、风挡等航材。他们奋而"智取华山"，如魏坚、张开帙等在与国民党军抢占哈尔滨马家沟机场的战斗中，冒险在跑道上堆放木材、油桶等障碍物，使敌机无法降落，仓皇而去。他们勇于苦战过关，如郦少安等人为搬运从朝阳镇机场搜集到的残破飞机和发动机，先后使用了大车、木船和火车，当用木船载运飞机时，他们风趣地说，咱也有航空母舰了；又如林虎和李宪刚把在敦化机场的残破飞机卸块，只有十七八岁的他们历尽千辛万苦弄到大车、火车头、车皮，把飞机运往目的地。

他们一个一个地寻找飞机轮胎、仪表、铝皮、胶皮垫子，一桶一桶地寻找汽油、滑油，连老乡已装到马车上的机轮、散落在民间的空油桶都找了回来。他们中间有人累坏了身体，有人被细菌武器染上慢性疾病，有人在抢运时被火车轧断手脚落下残疾，更有人为搜集航材献出了宝贵的生命。

他们冒着大风大雪甚至是炮火硝烟不分昼夜四处搜寻，足迹踏遍了东北的三十余座城镇五十多个机场，甚至连机场周遭的山沟、村镇也梳篦了一遍。各地党政机关、民主联军、土改工作队和广大农民群众帮助摸情况、提线索、当向导、看管器材，支援运输工具和人力，提供了像道路对车轮、江河对舟船一样的支持。

这一切换来的成果是：各种飞机一百二十多架，航空发动机二百多台，酒精二百多桶，航空仪表二百多箱，各种机床设备等物资二千八百多辆马车。这就是航校以至人民空军最初的家底和基石。

刘亚楼后来说，贺龙靠两把菜刀创建红军，我们是靠破铜烂铁创建空军。靠搜集敌方的飞机和航材起家，在世界空军史上绝无仅有，它透出窘迫和无奈，也透出一种强大的精神，一种在逆境中迎头而上，如赤手空拳的斗虎英雄一步跨上虎背，挥拳打虎的精神。

第九章　通化暴动似乎来得正逢其时

送走王弼不几天，1946 年除夕就到了。吃过年夜饭，常乾坤叫张开帙打电话告知刘风，说他们明天就去通化，谁知刘风只急促高声地说了一句："这里有暴动！你们在海龙等着！"

此时，通化城弥漫着炒瓜子、煮饺子的气味和浓烈的火药味。新生的航空总队将迎接急风骤雨般的考验。

就在这天，通化支队后勤部军械股长沈殿铠被他姑父刘铁杆叫到一个僻巷小屋。刘铁杆说，今夜国民党和关东军要联手暴动，兵力五万，还有飞机、大炮、坦克，共产党就要完了。他要伲儿搞八百条枪，许愿事成后给官、给钱，玩日本姑娘。沈殿铠一脸的贪婪，说，日本女人无所谓，但钱不能少。刘铁杆咧开大嘴带领满屋的土匪拍巴掌，并把暴动计划和盘托出。暴动时间是 2 月 3 日也就是大年初一凌晨 4 点。

沈殿铠出了门就快三步慢三步地回到支队，向上级做了汇报。因后方司令部司令员朱瑞正率主力在外剿匪，城内力量薄弱，情势万分危急！政委吴溉之和通化军区副司令员刘西元意志如铁，当即宣布全市紧急戒严，部署部队和机关进入战斗状态，同时派人火速捉拿暴动头目孙耕晓和藤田。

通化是吉林省东南边陲的山城，日军溃败后，这里聚集了十万日本居民和溃散日军，从长春、沈阳逃来的大批伪官吏，来自重庆、西安和北京的众多国民党特务，市郊长白山中还隐藏着由藤田实彦少将率领的三千拒降日军。国民党通化特区书记长和特派专员孙耕晓借助暗中涌动的邪恶情绪和反动力量，勾结藤田策划暴动，企图推翻人民政权，策应国民党即将发动的军事进攻。孙耕晓已为暴动成功拟写了新闻稿，标题叫作《孙猴子大闹天宫》。

吴溉之、刘西元派出的行动小组将正在啃牛蹄喝壮胆酒的孙耕晓一举抓获。这是孙耕晓万没想到的，因为他一再叮嘱手下的人，"行动时要化装，走路时三步一回头，拐弯抹角时注意四下张望"。行动小组又按孙耕晓供出的地址去抓藤田，未抓到藤田，但抄获了由藤田起草的暴动计划。

暴动计划是用日文写的，吴溉之当即把航空总队日工科的杉本一夫调去翻译，并审讯孙耕晓。暴动计划可谓周密，但后来的事实证明多属异想天开。孙耕晓和藤田从想象的力量中抽出大把飞刀，分别镖向电厂、公安局、电报局、广播电台、后方司令部、专署、市政府、县大队和医院等。其中有一条是想象飞行总队的二百余日本人占领机场，用飞机轰炸支援地面攻击。吴溉之随译随审随即采取措施。为保卫航空总队和几十架飞机，从朝鲜族李洪光支队拨出一个连派往航空队。

航空总队驻在市内法院的院子里，接到防暴通知后，即责成驻在郊外机场的刘风负责机场戒备。机场戒备的重点，一个是停放在机场的修好和待修的几十架飞机，一个是据说要参加暴动的二百多名日籍人员。机场名义上有一个警卫连，三个排长，但实际只有三个班的兵力。刘风让警卫连守护飞机，由学员队武装看管日本人。

学员们都闻惯了硝烟味，一听要打仗，个个激动得摩拳擦掌，烧旺炉火，煞紧了绑腿。他们收了日本人的手枪和军刀武装起来，把日本人集中在三间大房子里，轮流在门窗外警戒。在沈阳弄到的三八大盖到航空队就上交了，武器不够，他们把高跷也算上了。

此时，一批学员在市内大光明剧院刚演完抗日话剧《讨还血债》。话剧是林虎编写的，说的是一位女学生向鬼子献花，用花束里的炸弹炸死了鬼子。他们刚离开，暴徒们就蹿上舞台，把这里当成了一个据点。

刘风正为战斗力不足焦急时，朝鲜族李洪光支队一个连六十多人驰抵。刘风加强了全机场的警戒，同时搜查了日本人的宿舍，发现停在机场上的飞机挂了炸弹，从日本人的铺草下搜出几件隐藏的武器，有的是把长指挥刀砸成两截当两把使，没有把柄的一截用布缠起来当把手。

这是一个危险信号。刘风用电话报告司令部。司令部指示要严密监控，并说从捕获暴徒口供中确认，有一个叫小赤的日籍飞行员计划驾机为暴动助威，命令立即将其逮捕审讯。政治部主任白平带保卫科干部立即对小赤进行审讯。小赤十分顽固，嘴角下撇，几个小时一声不吭。他时不时地看表，凌晨4点，他突然开口说，是要暴动！暴动头子就是林保毅！话刚说完，全市电灯突然三明三灭，第三次熄灭时，西北凤凰山上腾起三堆大火，火车汽笛嘶鸣，枪声顿时大作。

1946年2月3日凌晨4点，大批日本死硬军人、汉奸、特务、土匪、地痞从潜伏的阴暗角落里冒了出来，头扎血斑巾，打着枪，挥着马刀、棍棒，穷凶极恶地喧嚣着扑向支队司令部、县政府、公安局、电报大楼等目标。红十字医院留用的四百多日军医护人员冲进一间间病房，用手术刀和剪刀扎向中共伤病员的动脉和喉管。一场血腥的生死大搏斗迅速到达高潮。

机场的临战之弓也拉至满月。刘风把小赤的供词报给后方司令部，吴溉之当即命令就地处决林保毅。在此之前，已处决了一大批暴动的内应分子，其中有通化市樊鹏飞市长的两名警卫员，市政府的文书、秘书，多名县大队干部。此时暴徒已在围攻司令部，在这万分危急的非常时刻，必须有铁的手腕和果决。

就地处决林保毅？在司令部当翻译的杉本一夫顿觉头脚俱寒。杉本一夫1939年被俘后参加八路军，是最早的"日本八路"，也是日本人在华反战组织发起人和领导人之一，深谙共产党的政策。他一面向吴溉之提出不同意见，阻止枪决林保毅，一面用电话急告航空总队副政委黄乃一。黄乃一让杉本一夫把话筒交给吴溉之。

我采访黄乃一时，年届八十七岁的他刚做过两次手术，身体相当虚弱，当忆及此事，仍引起了他表述的冲动。当时，他在电话中有根有据地提出反对意见，说林保毅曾汇报过日本人想闹事，他本人绝对不会涉嫌暴动，个别人的口供不足为据。吴溉之说，你能担保？黄乃一说，我用两条生命担保。吴溉之说，哪两条生命？黄乃一说，一条是血肉之躯，一条是政治生命。

在黄乃一和杉本一夫的坚持下，就地处决的命令遂改为就地审讯。林保毅对这一生死变故直到回日本后才知晓，当时对黄乃一异常感激，但后来听信否定的说法，转而对黄乃一产生了深刻的误解。

黄乃一和顾磊随后把林保毅、白起、蔡云翔等请到法院后院的一间屋子里，以日本清酒和罐头款待，同时调来一个班执行监、护双重任务。

副政委顾磊与林保毅留下继续交谈。

顾磊问："这次暴动事前你知道，是吗？"

春节前夕，伤腿痊愈不久的林保毅刚带领部下脱去日本军服，举行了换装典礼，佩戴上东北民主联军胸章。他理解这种带有质疑的询问。

他平静地答道："事前我听说过，但不是说要暴动，是说要杀替共产党办事的日本人。我并不相信，当时就向总队领导汇报过。"

"你的部下有没有人参加？"

"这我不知道。"林保毅摇了摇头，"他们中间有人向我报告了这件事，我对他们说，任何人不得卷进事件中去。"

"有人参与了这件事，你不知道？"

"不知道。"林保毅回答得很干脆，"谁要参加了，是他个人的事，应当受法律的制裁。我希望你们仔细调查。"

"好吧。"顾磊站了起来，"对不起，请把你的手枪交出来！"

林保毅顿感巨大的委屈，这比作为战败者交枪时更难以承受。他连忙说："我的这支手枪，是民主联军首长伍修权同志送的。"

"不管是谁送的，我暂时替你保管一下。"

林保毅痛惜地从腰间抽出珍爱的手枪，递给顾磊。

审讯林保毅的这段时间，市内正在进行血与火的激战，漆黑的夜空爆闪着火光。

设在县法院院子里的航空总队机关，位于县政府右邻。总队干部和朝鲜族支队某连部分官兵在大门外筑起沙袋工事。他们架起机枪猛扫，从侧翼配合县大队，击溃了冲到县政府门前的暴徒。支队司令部设下口袋阵，一气斩杀二百多个鬼子。朝鲜族支队一个连冲进医院，毙俘穿着白衣的恶魔一百余。在电报大楼，公安大队在黑暗中猛扔手榴弹，与暴徒拼刺刀，把暴徒打得往玉皇山奔窜。总攻的冲锋号吹响，通化支队、炮兵中队、公安大队、专署大楼的警卫连、工人自卫队冲向纵横交错的街道和房屋。枪口喷吐着火舌，手榴弹炸响沉雷，暴徒被打得狼奔鼠突四处逃命。老百姓也投入了战斗，他们拎着镐头、铁锹、木棒、菜刀，发着喊追寻逃命的暴徒。一个暴徒一头扎进李淑兰家的鸡窝，李淑兰用菜刀狠剁，她女儿拿酒瓶猛砸，暴徒一命呜呼。

天蒙蒙亮时，吴溉之指挥军民包围了攻占公安局的暴徒，并要杉本一夫操着日语用大喇叭喊话。暴徒用手榴弹回应。炮兵中队架起野战炮，三炮巨响，暴徒们就叽里哇啦大叫着投降了。

"二三暴动"镇压下去了。但代价是惨重的，最惨的是一百五十三名伤病员被切断动脉和喉管而死。其中一个日本病人金野，与杉本一夫同路从延安来，是杉本一夫送他住的院，他的惨死使杉本一夫痛悔不已。悲愤的老百姓把浑江冰面砸开，将一千多具日伪暴徒的死尸扔进冰窟窿喂了王八。

在这场惊天动地的大风暴中，航空总队机场有惊无险，是因为藤田和孙耕晓把机场的日本人当成了自己的力量，小赤拍胸脯要带飞机去轰炸助阵，谁知这只是痴人说梦。但是，这给林保毅造成了不小的麻烦。

林保毅被软禁在一间小屋里。他的心境是平和坦然的，相信事情终会水落石出。他借着这段寂寞时光，专心致志地拟写一份教学指导纲领。

几天后，藤田被抓获，使得疑云消散，混沌澄清。后方司令员兼航空总队长朱瑞来到林保毅的小屋。朱瑞告诉他，暴动与他无干，党对他是信任的，同时指出他的部属中确有人怀有异心，他过于自信部属对他的忠实，险些铸成大错。

林保毅表达了感动和自责。他说自己在日本军人中是个精明的军官，但在中国共产党人面前还是个小学生。

航空总队撤销了林部队原来的建制和上下隶属关系，对日本非技术人员进行了甄别清理。

通化暴动也可以被看作一个机遇。如同从阴阳界返回的林保毅更有力地渗入他未来的事业一样，经过这场生死考验，航空总队的肌体被锤炼得更加紧密、更加强健。

第十章　航校甫一成立就遇上了"老爷岭"

　　1946 年 3 月 1 日。通化。在这个时空的交叉点上，中国航空史上一座划时代的里程碑拔地而起。

　　初春的通化乍暖还寒，阳光闪动着清冷的暖意，收缩板结的积雪堆积在街道旁、墙根下。通化市第二中学被常青松柏和人工纸绢所装饰，透出冬天里的愿望。五百余名学员和日籍留用人员集中在不大的校园里。

　　上午 10 时，何长工、朱瑞、吴溉之、常乾坤、黄乃一、白起、林保毅等走上设在校舍回廊下的主席台。何长工头戴苏联红军的羊皮直筒帽，也许是受过伤，看起来行动不太方便。他走到用毛毯蒙着的桌子前站定。这位东北军政大学校长奉中央之命在通化主持工兵学校、炮兵学校、坦克学校、航空学校的筹建。

　　一个不起眼然而意义深远的庆典开始了。一个微弱而又气礴云天的声音借何长工之口宣告：

　　东北民主联军航空学校正式成立了！

　　建立自己的航校，是萦绕在共产党人心头的一个梦，一个坚定的信念。从大革命时期，到内战时期、抗战时期，中共抓住一切时机，把自己的优秀分子一批批送到国民党航校、苏联航校和盛世才的航校培训学习。如果自己有航校该多好！而今这不再是梦。航校，在战争的废墟上呱呱落地！

鞭炮锣鼓一片喧腾。官兵们击掌庆贺。他们是在代表历史和未来庆贺。

接着，何长工代表党中央、东北局和"东总"，宣读了航校领导的任职命令：校长常乾坤，政委吴溉之，副校长白起，副政委黄乃一、顾磊，教育长蔡云翔，副教育长蒋天然，校参议兼飞行主任教官林保毅，政治部主任白平，训练处长何健生，校务处长李连富，供应处长蒋金廷，学生大队大队长刘风、政委陈乃康，机务处长田杰，修理厂长陈静山。

这是个奇特的组合，其中有革命军人，有汪伪起义军人，有留用日本军人。此名单还有两点值得提及，一是和通化暴动有关，林保毅从副总队长改为参议、专职教官，失去人事权和领导权；二是名单中没有王弼，他并没有如彭真透露的被任命为政委，也没有出席开学典礼，原因是他想另办一所机械学校。

念完命令，何长工发表了即兴演讲。他时而背起双手，时而举臂摇晃加强语势。

他问学员当中有谁吃过敌机轰炸的苦头。队伍举臂如林。他说，是呀，空军的巨大威力在第一次世界大战中就显露无遗，我党从创立之初就看到了这一点，就为建立空军做努力，但条件不具备，我军吃够了挨炸挨打的苦头。抗战胜利了，我们有一点条件了，我们急需建立自己的空军，急需建立自己的航校！现在，这个伟大使命就落在了你们的肩上！

这是人民军队有史以来第一所真正意义上的航校。代号"三一部队"。

新生的航校艰难起步。一方面，组织机务人员和学员继续搜集飞机和航材，同时抓紧修理飞机，修复一架，试飞一架；另一方面由日本飞行员带飞有飞行基础的同志，如刘风、魏坚、吴恺、张华、于飞、顾青等，争取尽快恢复飞行，为飞行训练做准备。

但训练尚未开始，国民党飞机便频繁袭击通化机场。蒋介石对中共建立航校感到震惊，急电杜聿明派机摧之，欲扼杀于摇篮中而后快。同时，航校连校舍都没有，人员仍分散住在老百姓和日侨家里，借作集体食堂的房子也是里外通风，饭吃到半拉就冻得冰冷。在如此滋味的生存境况面前，有人畏惧了、动摇了，在沈阳招作日语翻译的两个伪满"国高"学生开了小差。

形势急转直下，国民党军队攻占了沈阳、辽阳、铁岭等地，直逼梅河口，通化日趋吃紧。3月中旬，"东总"把黄乃一与军大校长何长工、兼职炮校校长朱瑞、炮校政委邱创成招到抚顺。"东总"果断决定：四所学校立即到北满选址，另起锅灶。

会后，黄乃一急着找到伍修权。航校成立后，虽说吴溉之任政委，但他身兼通化地委书记和后方司令部政委等要职，航校的事根本无法顾及，航校政委的担子实际压在了黄乃一的肩上。黄乃一自感年轻，又不懂航空技术，挑这副担子力不从心，希望王弼能来当政委。伍修权说王弼的抱负在机械工程上，他正带着十几个人在北满筹办航空机械学校。黄乃一软磨硬缠，建议集中人力物力，先办好一所航校，以后有条件再分开办。伍修权答复等航校转到北满再说。

拟迁新址要考虑机场、交通、住房、社情等条件。经飞机侦察和在北满的王弼建议，新址选定在牡丹江。航校确定让打前站的同志带着一列火车的航材、航油和不能飞的飞机先走，到牡丹江安顿下后，飞机和剩下的人员、物资再随后撤离通化。

航校成立才一个半月，就为战局所迫从地面和空中向牡丹江迁徙。

这是继辽阳、本溪迁通化后的第二次大搬家。火车尚未正常运行，沿线各站都有苏联军人把守，找机车，找司机，获准通行，每到一站都要费很多口舌和烈酒。

长长的列车在看得见和看不见的崇山峻岭间艰难地蠕动。上老爷岭山坡，一个车头拉不动，必须另有一个车头在后面推，但无法找到另一个车头。就像张开帙他们搜集航材时一样，坐车的人都跳下来推车，远远看去如同一群蚂蚁在搬运一截长长的树枝。拉呀，推呀，咬牙呀，冒汗呀，车头呼哧呼哧开足最大马力，一步步挣扎着移动。当火车终于爬上高坡，大家被汗水和灰土弄得脏鼻子脏眼的，像是刚从地下钻出来的挖煤工，但大气还没喘匀，乐观的气氛就开始弥漫。

有人说："咳！人推火车，说怪不怪，咱还要举着飞机上天呢。"

另一个说："先别吹，等你有了儿子，那时和他们吹起来，你就说爸爸曾经把天地翻了个个儿！"

几十年后黄乃一回忆说，那情形正是我们艰难办校的缩影。

这列火车拉完第一趟，又折转头拉第二趟、第三趟。后两趟途经梅河口的铁路交叉口时，都遭到了敌机的轰炸和扫射。列车就像一个决心，穿过闪闪火光、滚滚硝烟，坚定地驰往目的地。

此间，能飞的飞机分批由空中转移。这个任务全部交给了日本人，林保毅和领受任务的飞行员感动得流下了热泪。士为知己者死，他们没有辜负这份信任。但也出现了意外，一架刚修好的双发运输机，由副校长白起亲自试飞后交大冢等四人飞往牡丹江，不幸坠毁在市内的一家发电厂，造成机毁人亡和一场火灾。此外，十五架敌轰炸机4月21日突至通化机场，盘旋投弹半小时之久，炸坏了最后七架能飞的飞机，造成重伤一人，轻伤五人。损失是惨重的。

新址初安，黄乃一即西往哈尔滨，找到"东总"政治部主任谭政。由于吴溉之不可能来牡丹江，黄乃一经与常乾坤商量，再次请调王弼到航校当政委。这一次如愿以偿，"东总"于5月15日任命王弼为航校政委。王弼具有丰富的航空工程知识和经验，对航校后来的发展功不可没。而王弼能到航校，不能不说与黄乃一的胸怀有关。这一趟还要到一部电台。

黄乃一随之去长春会同王弼一道回航校。途中，他们北绕佳木斯察看机场，拜会了佳木斯市委书记洛甫，提出如果形势所迫，航校很可能需要迁至佳木斯。

洛甫即张闻天，是红军时期党中央核心人物之一，他对创立航校喜于言表。他说，多年来国民党的飞机就像讨厌的老鸦，整天带着不祥之兆压在头顶上。1935年，毛主席长征到荥经县茶合冈时，突然飞来三架敌机投下炸弹，警卫员胡长保把毛主席扑倒在地，毛主席脱险，而胡长保被炸穿腹部英勇牺牲。在此前后，董必武曾被敌机扔下的炸弹溅了一身土，幸好扔下的是颗臭弹；身怀六甲的博古夫人在一次空袭中被弹片击中头部，招致流产。长征中，敌机像蚊子一样弄得红军无处藏身，一枚炸弹曾炸坏周恩来办公室旁的一所房子；贺子珍为保护伤员，被一枚炸弹炸伤十七处，头部负重伤，昏迷了好几天。

历数灾患，洛甫说，建航校、建空军是天大的事，全党全军都应不遗余力地支持。

王弼、黄乃一到林口时，铁路被土匪切断。刚到手的电台发挥了作用，他们向牡丹江军区发报，请军区通知航校派飞机来接。蔡云翔和何健生于次日开一架运输机把他们接到牡丹江。等飞机的间隙，他们察看了一家原来由日本人掌管的火锯厂，这家木料加工厂规模不小，此时已停工。

牡丹江的条件要比通化强。机场跑道完好，虽说房屋全被炸毁，但牡丹江省委将伪满时的市公署大楼和附近一些小楼房划作航校校部。这些房屋的木制门窗、木制隔墙和地板被人拆走，修理后居住也还舒适。

学生队也住进了不远处的一栋楼房。经王弼提议，航校派管理科长蒋金庭组织林口火锯厂恢复生产，为修建房舍提供了大量木材。

通化的物资还没全部转移出来，梅河口就失守，铁路彻底中断。航校指派欧阳翼率领包括十七名日籍技术人员在内的小分队，设法把滞留在通化的二十八架破飞机等剩余物资弄过来。欧阳翼时任航校材料厂厂长，在抢收器械时被毒气和细菌所伤，患上"回归热"。他在病床上接到任务，二话没说，就率小分队直下南满。

欧阳翼这一路多被看不见的"老爷岭"所困，不妨作为大搬家的注脚做一详述。

他们日行八里，露宿森林，徒步翻过长白山，抵达通化。当时有三大困难，一是拆卸二十八架破飞机没有工具，二是敌机不断来袭，三是火车运输须绕道朝鲜走国际线。前两个问题，他们依靠地方政府和驻军，跟敌人斗智斗勇解决了，最难的是后一条，因为按国际交通线条文，军用物资不得通行。

欧阳翼也真有办法。苏军不让通行，谈判也白谈，这边满载物资的火车随时都会挨炸弹，车站何站长都快急疯了。欧阳翼就出了个点子，他与何站长带着足有十多头猪的猪肉、五箱香烟和酒去苏军司令部慰问。这一慰问就慰问出了感情，苏军司令员和参谋长大包大揽，一口答应。第二天晚上，由十五名苏军押车离开集安车站，沿国际交通线过鸭绿江，到朝鲜境内的满浦。

同样因为那个条文，火车在朝鲜又卡了壳，要想通过，除非金日成批准。欧阳翼去朝鲜军事委员会求见金日成。值班大尉说，要持单位介绍信申请，并排队等一个星期。欧阳翼又去实为驻朝鲜办事机构的黎明公司，相当于大使、副大使的正、副总经理朱理智和李士敬听说运航空物资，态度非常热情。李士敬当即给金日成打电话。金日成答应马上接见，时间定在7点半。此时是凌晨5点。欧阳翼激动得热泪盈眶。当他们如期来到军事委员会，金日成已在门口等候。那位大尉军官惊讶得张大嘴，指着欧阳翼对身边的人说，这个人真是了不起，几个小时就见到了金日成元帅！

金日成在国宴厅招待他们。金日成说，在国际线上运军用物资会造成误会，我方工作很困难，不然就把这些物资暂留朝鲜，由朝鲜航校代管，这样安全些。欧阳翼说，听说刘风与金元帅并肩在长白山的原始森林里打过游击，我代表他请求金元帅给予支持。金日成说，刘风现在做什么？当年我们在一个连，他当连长，我当指导员。

当谈完"刘风"这个话题，金日成拍了板：你们把物资伪装好，晚上行驶还是可以的。三人举杯向金日成表示感谢。

火车顺利到达朝鲜的最后一站南阳，北面就是图们江，十五名苏军见任务完成就此告辞。

谁知他们刚走，火车就被驻南阳站的一个团苏军团团围住，欧阳翼等全被扣押。苏军司令员马特尼科夫说，我代表驻朝鲜苏军最高司令部逮捕你们，你们没经过苏军同意，运输军用物资是目无法纪的。欧阳翼严词以对：我们得到了金日成元帅的批准，你应尽快与满浦联系，了解情况，你们不应扣留我们。欧阳翼又借上厕所之机，与图们市在车站的办事人员取得联系，给图们市卫戍司令姚斌捎一便条：我们被捕了，失去了自由，请速来营救。这位办事员潜水过江去找姚斌。

在办事员返南阳之前，马特尼科夫与李士敬接通了电话。马特尼科夫向欧阳翼致歉，率部欢送他们跨过了图们江。这批物资终于在 5 月底全部运抵牡丹江。

第十一章　在生土地上垦荒和开学之殇

　　常乾坤在粗糙的黑板上写下了"伯努利定律"的公式。他边写边用柔和的语调说，飞机为什么会飞呀？飞机会飞，就是这个加上这个。写完，他拍着手上的粉笔灰问：你们懂不懂呀？

　　不懂！一双双年轻的眼睛掩不住茫然、敬畏、渴求。

　　这时可以把他们称作"土八路"，黑板上的公式对他们犹如天书。

　　常乾坤说，我知道你们不懂，当初我也不懂。不懂不等于学而不懂，反倒是学习的一个条件。

　　航校正式开课了。学员分三个班：飞行一期甲、乙班和一期机械班。年龄超过二十三岁的姚峻、孟进、吴元任、阮济舟、龙定燎等十二人分到飞行甲班，张积慧、林虎、李汉、韩明阳等三十一人分到乙班，机械班有侯书军、张宪志等四十人。王弼提出3月1日是朝鲜的一个惨案纪念日，经他建议，航校代号契合开课日，由"三一部队"改为"六一部队"。

　　如果说航校是在战争的废墟上建立的，那教学可以说是在未经耕耘的生土上垦荒。

　　这需要耐心、小心翼翼，需要奔腾的热情和坚定信念。

　　常乾坤、王弼等校领导都亲自讲课，他们尽量讲得直观易懂。王弼讲课时常在学员间的通道踱步，他一边拍着学员的脑袋，一边说，汽油是哪儿来的呢？汽油是人变的。怎么变的呢？人死后埋在地下，若干年后就变成了汽油。

教员主要是日本人，他们是按常规教程讲课的。

林保毅走进课堂。他紧着面孔，谦卑的气质里透着孤傲。他试着在黑板上写了一道几何题，然后用征询的眼光看着学员们。没有反应。又写一道物理题。仍然是大眼瞪小眼。他又写了一道乘法算术题，用咬嚼不清的中国话说，会答的，请举手。举手者寥寥。林保毅很响地咽下一口唾液，抛开带来的教案说，第一节课，我们来学习四则运算。

按常规教学，得先学理论，日本教员按部就班，照本宣科，飞行原理讲得尽心尽力，头头是道。

学员们也很努力。最初没有课桌和板凳，他们发扬抗大传统，把背包当凳子，把学习本放在膝盖上记笔记。他们聚眉瞪眼撇嘴攥拳屏息使暗劲，脸被紧张和激动烧得发红，蒸出袅袅热气，结果却像坐飞机翻筋斗晕头转向，云里雾里越陷越深。虽是个个聪明机灵，不少人曾是首长警卫员，像林虎还会编话剧，但毕竟多是放牛娃泥腿子，参军后补的识字班，在抗大也只学到诸如"树叶是绿的是因为有叶绿素""点豆腐用的是氯化钠"这类浅显的知识，如此基础要想掌握抽象的理论知识，就像老虎咬天，咬住的是虚空、失望和愤怒。

知识那个贫乏呀，不要说放牛娃了，就是"知识分子"又怎样？曾经从牡丹江市请来一位翻译，他自我介绍开口就说："同学们，本人曾在天津留过学……"

一股焦躁的潜流在翻涌。

白努力！白努力！不如到前线打仗痛快！"白努力"取自常乾坤在黑板上写的那道公式：流体力学的"伯努利"定律。

学员开课的同时，教官训练班也开课了。为了增强师资力量，也是为了增加中国籍飞行教员的比例，航校成立了教员训练班，成员有刘风、吴恺、魏坚、张成中、于飞、张华、顾青等十二人，由日本飞行教员和蔡云翔、吉翔等进行带飞训练。他们都曾开过飞机，在通化已开始恢复性飞行，但长久不摸操纵杆，技术尚生涩。

经过快餐式填鸭式囫囵吞枣的理论补课，就跟教官上了飞机，有的跟飞英格曼初级教练机，有的跟飞"九九"高级教练机。飞行装具显得窘陋、土气，飞行眼镜由普通风镜代替，飞行服和飞行帽是自己动手用棉布缝制的，没有用作坐垫和靠垫的保险伞，就往麻袋里塞上谷草凑合。这都算不了什么，关键是飞机，由于没有降落伞，生命的安危全都押在飞机性能状况上。

常乾坤、王弼和林保毅走到飞机跟前，一架一架地检查。他们发现零件的连接处不是用开口销而是用铁丝穿缝起来的，林保毅吃惊地问组装人员：这样能行吗？他的部下打立正回答道：行！我们研究过了，没有关系。请飞飞看吧。

一眼就可看出，这架飞机的两扇螺旋桨都锯短了，这是由于其中一扇的尖头破损了，就各锯去几厘米，以达到平衡。这行不行呢？林保毅跨进机舱，用替代安全带的麻绳把身子捆在座椅上。他要亲自试飞这架飞机。马达响了，他驾驶着这架用手工七拼八凑的"老爷飞机"飞了起来。

停机坪上的许多飞机都是用数架报废飞机拼凑而成的，右翼是一架飞机上的，左翼是又一架飞机上的，尾翼是第三架飞机上的。没有防风罩，又找不到树脂玻璃，就用赛璐珞装在铁管焊成的框子上代用。螺旋桨最紧缺，往往是把弯曲了的桨叶用铁匠炉加热砸平，放在平台上测量较正后接着使用。两架飞机用一副螺旋桨是常有的事，这架飞机飞完，立刻拆装到另一架待飞的飞机上。起落架上的轮子往往也是轮换着使用。

驾驶这样的飞机，无疑要冒巨大的风险，随时都可能被隐藏在机体某个角落里的劫数击中。

谁也没料到，致命的打击竟会来得这样快。

1946年6月7日，飞行训练开训的第二天。上午，飞行科长吉翔在讲课时特意强调：下午就要上机训练了，大家一定要注意安全，飞机高度不超过一百米发生故障，只能作直线迫降，不许作转弯飞行，否则有失速的危险。

当天下午，林保毅驾"九九"高教带飞魏坚，吉翔用英格曼初教机带飞许景煌。吉翔和许景煌驾机起飞后，还未进入第一转弯，飞行高度还不足一百米，发动机就发生故障熄了火！吉翔当然知道该怎么做，但前方是铁路桥和农田，他想保全飞机，他冲犯大忌企图做一百八十度转弯返场迫降，但运气并没有光顾他，飞机在转弯过程中失速，直坠地面。

在现场的常乾坤、王弼等飞跑过去。晚了，满脸鲜血的吉翔已停止了呼吸。许景煌的脖子卡在前舱的风挡上，肿起老高，人昏死过去。他当即被送到牡丹江医院，魏坚和日籍教官黑田的妻子在医院守了三天三夜，他才被抢救过来。

祸不单行，一个星期后，又一个噩耗在航校上空炸响。教育长蔡云翔驾双发高教去通化接运钞票途中失事，蔡云翔牺牲！

是不是日本人搞的鬼？蔡云翔死在第二次出发，第一次出发刚起飞两个轮子就掉了，为了把油料烧光好迫降，他驾机在牡丹江上空转圈，惹得炮兵学校开枪放炮，最后凭借高超的技能着陆在学员用麻袋铺的迫降场上，才逃过一劫。

教员班的一些人本来就对日本人怀有民族仇恨和抵触心理，这种心态被接连发生的事故催化为情绪化的猜疑。维修、装配飞机的几乎全是日本人，是不是他们在机械上做了手脚？一时间议论纷纷。

必须迅速查明情况，化解矛盾。常乾坤、王弼把校领导和教员班学员召集到一起。

常乾坤说，经了解，蔡云翔同志牺牲是因为飞机超载过重。"东总"急需把一批东北币从通化运到北满，由于梅河口铁路枢纽被敌机炸断，就要我们用飞机运，蔡云翔主动承担了任务。他在敦化加完油，考虑到通化没有汽油，就往机舱里装了几大桶汽油备用，结果造成飞机严重超载，起飞后拉不起来，在长白山的深山老林迫降时撞在树上，造成机毁人亡。至于蔡云翔第一次起飞掉轮子和吉翔起飞后停车，一方面不能排除人为破坏，要从思想和技术上对维护飞机的日本人做进一步审查，另一方面也不能排除常有的意外事故。

王弼点头赞同，说，即使是人为破坏，问题也是发生在极少数人身上，大多数日本留用人员是值得信赖的。你们看，林保毅没有被通化暴动拖下水；佐藤驾机迫降桓仁县，只身步行摸到通化，又自告奋勇带着技术人员去修好飞机飞回来；一批日本人在长春大房身机场搜集航材，紧急撤离没来得及通知他们，过了几十天，他们步行千里找回了牡丹江，都可证明他们是可信赖的。

常乾坤说，大家对日本人有戒心可以理解。国仇家恨永不能忘，但不能用感情代替真理。我问一个问题，在八年抗战中，在座的有谁吃过日寇飞机轰炸的苦头？

有几个人举起了手。他们中间有的负过伤，有的战友在轰炸中牺牲，有的家中房子被炸毁，亲人惨死。

常乾坤又问：谁吃过日寇和国民党空军轰炸的苦头？

几乎人人都举起手。

常乾坤说，所以说，敌人不能以种族划线，复仇的枪口也不能对着一个民族。

王弼接话说，据我所知，我们留用的这批日本人，大多来自社会底层，来自工农民众家庭，他们和他们的家庭也是战争的受害者。我们要团结他们，爱护他们，一来把他们的技术学到手，二来把他们改造成新人。

校领导领着大家分析事故，讨论处理意见，学习党的政策，要求大家站高望远，把对日本军国主义的深仇大恨转为动力，为建设自己的空军努力学习。

蔡云翔和吉翔的牺牲，是航校的悲痛。6月下旬，航校在校前广场为蔡云翔举行了隆重的追悼大会，追认他为中共正式党员。校长常乾坤致悼词。副校长白起介绍蔡云翔生平，称他是中国第一流的飞行员。刚从上海来到航校的钱克英一身素装洒泪悼夫。

林保毅也在追悼会上发了言。他双目盈泪，感情真挚地叙述了他俩相识后的情谊，最后，他像宣誓一样地慷慨陈词："蔡云翔是优秀的飞行员，工作积极带头，不怕困难，不怕危险，是我们学习的榜样。今后我们要更加努力，发挥自己的技术才能，为培养出更多的中国飞行员贡献出我们的一切！"

出殡时，常乾坤亲自参加抬棺。这一幕让起义的同志和日本朋友大为感动。

蔡云翔被葬在朱德大街北头山脚下。墓前纪念塔顶上有架小飞机，螺旋桨日夜随风转动。吉翔也被葬在了那里。

这段时间，国民党飞机也跟踪而至，时不时飞来投弹扫射。在带飞教官班时，蔡云翔驾驶的飞机就曾被一架P-51打得尾部着火。地面还有敌特放火，搞爆炸。

土匪也跑来起哄。牡丹江市四周环山，南有天岭、老黑山、徐山、四道岭、子南山，北有馒头山、钓鱼山、蛤蟆塘山，东有大青山、泡子山等，历来土匪猖獗，《林海雪原》中的"座山雕"和"蝴蝶迷"就出自这一带。

男土匪头子"座山雕"和女土匪头子"蝴蝶迷"捞便宜来了，匪众趁月黑风高打着口哨放着枪冲进了市里，把近郊的航校也包围起来。大队长刘风组织大家用装满土的麻袋垒起掩体，把飞机上的机关炮拆下来架到楼顶上，并在开阔地上埋下用航空炸弹改制成的地雷。土匪东一哨子西一枪地闹腾了一夜。第二天早晨，航校从海浪机场出动两架飞机盘旋侦察，恰好从通化转来的坦克学校的两辆坦克开了过来，把"座山雕"的乌合之众吓傻了，轰地作鸟兽散。

一群学员趁势打了个小冲锋，抓住几个俘虏。

刘风提着日本马刀追上来，气呼呼地训斥学员：谁让你们出击啦？你们都是宝贝疙瘩，出了问题找谁？转身又向土匪挥起马刀，断头去尾的就是一句：说！不说实话就——他做出下劈的样子。几个土匪扑通跪地一个劲儿求饶。小土匪也是穷人，脸上害怕得胡子眉毛一把抓，看不出颜色的衣裳又脏又破，用草绳扎着的腰间塞着两只苞米面饼子和两根大葱，饿小了的身子还拼命地往小里缩。

这本是一出喜剧，但谁也没有心思品哂。

蔡云翔和吉翔牺牲后，航校对所有飞机进行了大检查，把不合格的飞机退回修理厂，淘汰了一批隐患重重不堪使用的破飞机。几架英格曼初教机全被淘汰。英格曼是木制的，经长期风吹、雨淋、日晒及过度使用，框架已糟朽变形，蒙布碎成了片，发动机也如同老人衰弱的心脏。

此时航空汽油也告罄。航校没有汽油来源，只靠东一勺子西一瓢地四处搜集，但这经不住一台台发动机张开大嘴豪饮。汽油是飞机的粮食和血液，断了油，飞机就是一具冰冷的死尸。

没有初级教练机，没有航空汽油，文化低学不懂理论——三个死穴！三只拦路虎！三座令人望而生畏的大山！任何一关过不去都足以置新生的航校于死地！

第十二章　新疆航空队和刘善本奔赴延安传奇

对于新疆航空队的同志们来说，1946 年 6 月 10 日清晨极富命运感的阳光是那样地打动人心。在乌鲁木齐市第二监狱的院子里，他们同被关押的百名中共人员及老弱妇孺登上了十辆大卡车，其中有加起来只有八只眼睛五条腿的五个残疾人。四年的黑牢生涯结束了！"百子回延安"的愿望就要实现了！

狱中党组织负责人、原红六军团政治部主任张子意神情激昂地做行前最后动员：行军途中，一台车就是一个战斗集体。大家要互相关照，非常时刻要车自为战。只要整台车、整个车队团结得像一个人，我们就能胜利回延安！

车子发动了，马达轰鸣了，车下翻卷起欢腾的尘土。车上的人挥动手臂——向工作、学习、战斗过的地方告别。向苦难岁月告别。向受张治中将军委托前来送行的迪化市长屈武告别。

他们能获救很费了一番周折。抗战后期，中共就多次要求释放政治犯。毛主席到重庆谈判，此要求写入了国共两党的《双十协定》。周恩来在各种场合反复敦促此事，还曾与邓颖超以老朋友身份登门拜访国民党谈判代表张治中，要求释放新疆在押中共人员，声言如国民党言而无信，中共将给予公开揭露。新疆这边，有苏联背景的伊犁、塔城、阿山三区革命和打到迪化附近玛纳河的新疆民族军也施予了同样的压力。

1946 年 3 月底，负责处理三区革命的张治中出任西北行营主任兼新疆省主席。他调阅了在押中共人员档案，查明中共在疆领导陈潭秋、毛泽民、林基路已于 1943 年被盛世才秘密杀害。这让他惊撼。由于消息遮蔽，在稍后的 4 月下旬中共召开的"七大"上陈潭秋仍当选为中央委员。

张治中给蒋介石连发三份电报，力陈释放这批人的利害关系。蒋介石拖延不决，直到 5 月中旬，才在多方压力下复电勉强同意。张治中深恐延时生变，经与狱中人员商谈，迅速做出三个动作：一是由新疆警备司令部少将交通处长刘亚哲护送，否掉军统特务机构提出的"押送"计划，降低了途中遭暗算的危险；二是电令甘肃省主席谷正纲，陕西第一战区长官胡宗南、省主席祝绍同等，强调中共人员是经蒋介石同意释放，沿途军警应妥为接待；三是将被释放人员的简历和动身日期电告周恩来。

回延安的这一路上风云诡谲，险象环生。

出发后的第二天中午，车队到达吐鲁番盆地的火焰山。这可是名副其实的"火焰山"，太阳喷着烈焰把沙石烧得一片焦红。空气里流动着火焰，人们像鱼一样张开大嘴大口呼吸，吸进的仿佛都是火苗。刮起一阵风，密密麻麻的沙子像马蜂叮蜇人的脸。一辆卡车的十个轮胎热爆了六个。有人下车小解，隔着鞋烫得直跳脚。

狱中阴暗潮湿，蚊虫叮咬，吃黑窝头、发霉的高粱米饭、只够塞牙缝的腌蒜、盐渍生萝卜，还要经受毒打折磨，不期又遭如此大热煎熬。接二连三有人晕倒。航空队的谢奇光也昏厥过去。最惨的是赵建华刚满周岁的女儿，她张大小嘴急促地喘气，小脸由白转青、转紫，任灌人丹、十滴水，到底也没能抢救过来。大家沉痛地把她就地埋在了火焰山中。

车队晓行夜宿，于 6 月 18 日到兰州。过了兰州夜宿华家岭山顶旅馆，倾盆大雨彻夜未停。如此恶劣天气在陡窄山路上行车极为危险，但山顶旅馆饮用水已竭，车队只好拂晓启程，用铁链缠在车轮上防滑。行至距静宁县十多公里处，遇到一条时令河，平常干涸的河床里奔泻着从山上汇拢来的急流。无桥，无旁的路，只好冒险过河。

第一辆车试探着驶入急流，开到河心最深处，引擎被淹没熄火。焦急之中，忽又从上游传来山洪暴发的吼叫声。山洪转瞬即至，车上十几个人的生命危如悬卵！拉车的钢索太短，把几根结在一起已无时间。水漫车帮，洪水的吼声惊心动魄，同志们就要被洪水吞没！大家心急如焚。先救人，搭车桥救人。对，搭车桥救人！

刘亚哲挥舞双手，强令司机将车开下河，一辆接一辆衔接成车桥。那辆车上的同志在车长的组织下，扶老携幼，踏着车厢板往岸上跑。洪峰咆哮着冲过来了，那辆卡车顷刻间被冲得无影无踪。

大家的心一沉：最后撤离的一位同志没有上岸！有的女同志呜咽着哭了。但是当天夜里她们又笑了，那位被洪水卷走的同志水性好，不知怎么就上了岸，奇迹般地摸到了宿营地。

洪水奔腾而去，那辆卡车裸在几百米外的河床里，车上的衣被什物被冲了个一干二净。车队找了一处浅滩开过河，深夜才到六盘山下的静宁县城。

静宁的下一站平凉，就进入了顽固反共的胡宗南的势力范围。气氛骤然紧张起来。

过了平凉的宿营地是邠县（今彬县），下一站就是西安。刘亚哲忽然接到胡宗南电报，要他把这批人送到咸阳招待所，不要进西安。

不能不想到这里面藏着阴谋和陷阱，1940年，常乾坤、王弼在新疆办航空训练班不成，与学员分乘两辆汽车回延安，常乾坤、王弼、刘风、王琏、吴元任等乘的车先行到西安，后一辆车在平凉被顽军扣押，广东航校五期毕业的郑德和李凡被杀，王春叛变。狱中党组织当时并不知此事，但有此警觉。他们连夜商议此事。咸阳是胡宗南关押和屠杀共产党人和进步人士的地狱。必须闯过咸阳，直接去西安七贤庄八路军办事处。去西安必经咸阳，咸阳大桥设有特务检查机关，如何闯关？能不能用航空队谢奇光的病情做文章？谢奇光过火焰山发病，现仍在高烧昏迷中。对，就这么办。

杨之华是瞿秋白的夫人，与张治中有旧交，党组织就让她去同刘亚哲谈。

刘亚哲是一位有正义感的国民党军官，当医生的岳父母都是中共地下工作人员，岳父因救治红军西路军伤员被马步芳活埋，岳母归八路军驻兰州办事处谢觉哉、伍修权领导，因这一层关系，刘亚哲曾与谢觉哉和伍修权接触交谈，并流露过要去延安的念头。这次护送途中，他以少将身份排难解困，从吐鲁番至七角井一段时有土匪截车抢劫，联系当地驻军出动一个连和两辆装甲车护卫；在平凉把闹着要检查行李的一大批特务、宪兵顶了回去；还巧与安插在护送人员中的军统特务周旋。他本来护送到兰州就交班，是狱中党组织给张治中发报才决定让他护送全程的。此时他也正为胡宗南的电报犯难。

杨之华对刘亚哲说，我们有一个学飞行的同志病得很厉害，发烧40多度，如不抢救，今晚很可能死在这里。必须马上把大家集合起来，直送西安省立医院抢救！刘亚哲心领神会，当机立断。凌晨1点左右，车队夜闯咸阳大桥。陷入咸阳就意味着死亡，闯过咸阳桥就有生路！大家紧张得屏住了呼吸。

车到桥头，探照灯唰地亮了。哨兵举枪喝问：什么车？哪部分的？身穿少将军服的刘亚哲站在第一辆车的驾驶楼踏板上，用蛮横的口气回答：我们是军车！不等哨兵阻拦盘问，十几辆车就轰轰隆隆闯过咸阳大桥。

第二天，1946年6月26日，西安各报都大幅刊登了张治中将军在

91

新疆释放的共产党人回延安途中夜抵西安的消息。消息一出，胡宗南要下毒手就不能不有所顾忌。

胡宗南为阴谋破产气得脸色铁青，犟着脑袋拒不放行。航空队的谢奇光病故。张治中给蒋介石、胡宗南发电报。朱德以十八集团军总司令身份频频向蒋介石、胡宗南发报。周恩来在南京当面与蒋介石交涉。新疆的同志终于在被困第十天离开危机四伏的西安城。

经过一个月三千余公里的艰难行程，他们于7月11日下午到达延安城外的七里铺。万众夹道欢迎，朱德亲迎入城。穿行在笑脸、口号和锣鼓声中时，热泪涌出了他们的眼眶。

回到延安的有方子翼、方华、方槐、陈熙、夏伯勋、刘忠惠、张毅、安志敏、袁彬、赵群、胡子昆、李奎、黎明、吕黎平、杨一德、严振刚、朱火华、丁园、刘子立、刘子宁、金生、周立范、周绍光、云甫、陈御风、王东汉、黄思深、陈旭、吴锋、曹麟辉、王云清三十一人。原来的四十余人，除了病逝和没学出来中途改行的，还有潘同、邓明、彭浩、王聚奎、杨光瑶、余志强、余天照等当了可耻的逃兵或叛徒。

毛泽东、朱德、刘少奇看望和宴请了大家。朱德深情地对航空队的同志们说，我这个总司令现在有飞机，有机场，就是缺你们这样的驾驶员呀。我们已在东北建立了一所航校，你们是党花了很大心血培养的第一支航空队，你们要去当骨干，去培养更多的航空种子。

如果说新疆航空队是闯过生死场回到了延安，那么在此期间，另一路义士则是把脑袋掖在裤腰上实现了飞赴延安的壮举。

6月初的一天晚上，国民党空军第八飞行大队上尉飞行参谋刘善本又悄悄地打开了收音机，他驾机往日本东京送谈判代表刚返回。他凝神倾听着延安电台播送的新闻。国民党积极部署内战。水陆空突击载运军火。冀中形势严重。苏北也在集结部队。刘善本苦闷得都要爆炸了。到延安去！他要冲破黑暗到延安去！

这个决心不是今天才下的。这位农民的儿子怀着满腔"航空救国"之志考入航校，1943年赴美学习驾驶 B－24 轰炸机，1945年5月学成回国，不想却被当局羁留在印度的卡拉奇，抗战结束后才得以回上海。回国后的所见所闻更让他心寒。全副美式装备的国民党士兵塞满美国军舰离开黄埔码头驶往东北，还有成箱成箱的美国卡宾枪、罐头、香烟、橘子、口红。空军头子周致柔到八大队训话：我们有四十个美机械化师，有美国给的几百架作战飞机，三个月内一定能消灭共产党。军费急剧增加，财政赤字猛升，造成工商业大量倒闭，工人失业，物价飞涨，农村捐税田赋沉重，饿殍盈野，抗战胜利后的国统区濒临万丈深渊。他在苦闷的黄浦滩头独自徘徊。他从书摊上偶得毛泽东的《新民主主义论》，又从收音机里收听到了延安的广播。他抓住光明追逐不放。只有共产党能够救中国！到延安去，到延安去！

机会来了。八大队接到蒋介石手令：务必在6月23日前将昆明美军移交的全部无线电器材空运往成都。刘善本的血液急剧升温。他首先以了解气象和飞行情况为由争得了驾机的机会。接着就紧张地做准备，找来西部地图和导航资料，还买了最新出版的进步刊物《群众》《民主》塞在提包底层，备作"介绍信"。他想象将来可能要在山里打游击，还特地买了双海绵底的球鞋。为准备充分，他一再以天气不好为由推延出发时间。这时蒋介石说了不算他说了算。同行的人都忙着进货，好倒运点买卖发小财，都跷起大拇指夸他"够朋友"。

还有一件事很重要，就是飞轰炸机需多人配合，要不要秘密联络几个人一块儿干？思索再三，他决定独胆走一着险棋。当时国军貌似比共军强大，而且特务密探大行其道，时间又紧迫，行动稍遇不测就会胎死腹中。他准备了两把手枪，把命运押给了自己的智谋和胆识。

22日，七架 B－24 飞到昆明装上满舱器材，计划24日飞往成都附近的新津机场。刘善本激动难抑。若能把这一飞机的无线电器材带到延安去多好！但事不凑巧，24 日陕西、山西、绥远一带下大雨。他只好跟着别的飞机飞成都。

机翼下云海翻腾，这就像他的心情。这趟就这样失败了吗？他不甘心。他悄悄调整无线电罗盘，终归没找到延安电台，美制无线罗盘使用波长范围是二百到一千七百五十千周之内，而延安电台是短波。他想不如飞张家口，张家口电台波长在一千三百千周附近，完全可用来导航。他向右调整航向，并把副驾驶张受益和机械士唐士耀手枪里的弹夹退出来，想到重庆上空把事挑明，不从者可跳伞放生。他随后把他俩和领航员李彭秀叫醒，说新津的导航台没出来，重庆台的声音倒挺大，不如先飞重庆。但理由并不充分，他们谁也不同意。刘善本变戏法把弹夹还原手枪。

飞到新津，来接器材的空军通信学校实习工厂厂长老陈，同刘善本是老熟人。老陈接完货想搭机去昆明。好极了！我们后天就走。刘善本的脑子里飞快地抓住了一个大胆的计谋，心生一个险招。老陈三十多岁，气质干练，与机上的人均不相识。刘善本当着大家把老陈吹了一通，又同他搂着膀子照相，登上吉普车在机场兜风。

26 日早晨，刘善本驾机穿云升空。对正昆明航向，调好自动驾驶仪后，他站起来，暗中拍了一下他身后老陈的肩膀，老陈就随他出了驾驶舱。当穿过炸弹舱，进入后舱，刘善本突然用极冷峻的口气说，老陈，我们前面几个人要飞到延安去反对内战，你老站在那里会引起他们怀疑。瞬间跌宕让老陈脸上的血色跌失，两眼发直，一屁股蹾在二层甲板上。这时尾甲板上还横竖躺着几个人，刘善本想起他们是搭机的通信学校毕业生，信心陡然又增。

刘善本回到前舱，闩上门就大呼："糟了，糟了！"几个人忙问出了什么事。刘善本的真紧张和假紧张一起堆到脸上，说后舱全是八路，带着手枪和集束手榴弹，要求送他们去延安，否则就拉响手榴弹和我们同归于尽。驾驶舱顿时像发生了地震。炮筒子脾气的张受益想摸枪，但枪已被刘善本踢到座椅底下。刘善本见他们信以为真，就暗示说，我的朋友老陈也是共产党，你们看怎么办？张受益说要跟他们讲理去。刘善本一把拉住他，说，你不能去，免得你毛里毛糙闯了祸，让大家跟着遭殃。大家也都帮腔。他坐下来叹口气说，管他呢，去就去，反正延安也不是外国。

刘善本就势说："对，反正延安也不是外国。我们抗战八年没死，这要死了多冤，送就送他们一趟吧。老李，你找出地图来量一量。"

绰号"鬼样子"的李彭秀是个危险人物，他眉头打结嘴角下拉地拍了拍图囊说，没带西北地图，这是没办法的事。刘善本装着西北地图的提包在后舱，就说，我去告诉他们没有西北地图，不能飞延安。到了后舱，刘善本又把老陈等人吓唬一通，叫他们不要到前面去。取了提包又到前舱，说，他们说不成功便成仁，还不知什么时候把地图塞进我的提包里了。张受益说，准是你同他兜风的时候，这人一看就是老特工。刘善本大智大勇，就这么无中生有两头借枪把两拨人整熨帖了。

磁罗盘调到了飞往延安的航向上。

越往前飞，云层越厚，云中的雨也越下越大。两个机翼尖被埋住了，座舱里也一片黑暗。"鬼样子"动起了鬼点子，说，我们在云中乱飞一气，把后面的人晃晕了，抓活的！刘善本沉着脸混在发动机和大雨的响声里哇啦几句，谁也听不明白。秦岭最高峰是四千多米，飞机上升了高度，打开了氧气。"鬼样子"又冒鬼点子：后舱没氧气，我们继续上升，把他们憋死！刘善本恨得牙根疼，说，"鬼样子"你要干什么呀，是要跟大伙过不去怎的，要把我们往死路上拖呀！张受益被点爆了，也提眉瞪眼叽里哇啦地把"鬼样子"骀了一顿。"鬼样子"缩脑袋了。

过了秦岭就没什么高山了，雨也小了，飞机下降高度，座舱亮了，任唱歌般的云絮在机头飞掠。前下方出现了一个云洞，在黑云大雨中憋了一个多小时的飞机轻推机头欢快而去，猛见一座长满青葱树木的高山插入白云，机头又急速拉起。左下方出现了一条河流，河东有一座小城，应该是甘泉。航向改飞十度，掠过连绵起伏的山岭。忽见三条河汊，一片开阔地依势展开。

应该是到了延安了。但既不见城市，又不见机场。隋唐小说上都写到过大破延安，可见延安不小。到过延安的飞行员曾说过，延安机场虽是三合土压的简陋跑道，但也不短。刘善本驾机打着盘旋正疑惑着，张受益喊了起来：看，那边有房子！果然，那是一座青色砖瓦房。向右转弯，一条笔直的跑道出现了。左边山腰上也出现了密密层层的窑洞。

绕过宝塔山，飞向跑道。万一下面开炮怎么办？刘善本赶紧叫放下起落架和襟翼，关掉油门。

用了一个点刹，飞机停住了。万一是国民党的机场怎么办？刘善本没关发动机，随时准备起飞。

外面下着小雨，一边的深草里有两个穿灰色军衣的士兵端着枪猫着腰跑来。刘善本的担心和发动机声一同消失了。后来刘善本说："一阵狂烈的喜悦涌上了心头，涌上了眼角，我掏出手帕擦呀擦呀，可是眼睛怎么也是模糊的，我真想仔仔细细看一看延安，看一看多年来我梦想的地方。"他从窗口伸出手热情地挥动。他往飞机下走。"鬼样子"扯扯他：让后舱的共产党下去好了。他跳下飞机。后舱窗口伸出个脑袋问：这是到哪儿啦？

刘善本抑制不住愉快、兴奋的心情，拉长了语调答道：延——安——到——了！

1946 年 6 月 26 日，也就是全面内战爆发的当天这一历史时刻，刘善本在黑云翻滚的天空举起炽烈义旗，给发动内战的蒋介石集团以沉重的一击。它"点燃了一盏明灯",此后起义飞机一架接着一架,至1949年6月,共有五十四人携二十架飞机飞上这条光明的航线。张受益、唐世耀、唐玉文也加入了起义,李彭秀按自己的意愿被送回国统区。

6月26日晚,延安举行欢迎大会,会址就在他们飞到延安上空时最先看到的那座青色砖瓦的杨家岭礼堂。当刘善本等人到达礼堂门口时,等在那里的一群人中走出一人,他微笑着握住刘善本的手:"毛泽东。欢迎你们到延安来。"晚会开始时,朱总司令致了欢迎词。随后观看文艺节目。

舞台上,一对男女青年扭着秧歌走出来。男的黑裤白褂,头扎白羊肚毛巾,手敲一面小铜锣;女的绿裤红褂,扎印花头巾,敲着红绸腰鼓。他们边敲边唱:"蓝蓝的天上出太阳,边区的人民喜洋洋……"

刘善本等人同穿着土布衣服粗布鞋子的毛主席和朱总司令坐在同一排长条凳上。他们呼吸到了延安自由、澄澈的空气。

也就在这一天晚上,李先念、郑位三率中原军区部队冲决三十万敌军的围逼,开始了震惊中外的千里大突围,波澜壮阔的人民解放战争揭开了序幕。

历史的潮流滚滚向前。这其中的每一股激流都在从历史大势中汲取无尽力量的同时也推动着历史大势。就像春天来临,所有渴望自由的绿色生命都将顽强地冲破冻土、残雪、岩石,汇入那曲盛大的欢乐颂。

第十三章　用辩证法破解三个"死穴"

一个伟大的事业必然要走一条伟大的道路，这条道路之所以伟大，不仅在于它宽广、明亮，更在于它充满艰难和曲折。航校开课伊始就迎头撞上刘少奇和任弼时说的"意想不到的困难"：没有初级教练机，没有航空汽油，文化低学不懂理论……

问题如山，怎么解决？校务会开得像炒爆豆。校长常乾坤和政委王弼时常争得面红耳赤、拍桌子打板凳，吵到激烈处怕影响下属就改用俄语。常乾坤的四方脸历来宽厚随和，王弼瘦削的下巴透出精明灵活，但他们对航空事业的执着是一样的，否则王弼不会绕开通化到哈尔滨坚持要办机械学校，后来刘亚楼也不会因意见分歧对部下抱怨常乾坤太固执，刘亚楼说，他这个人太难说服，我们开会摔茶杯摔了一地。常乾坤学领航，王弼学工程，这也会造成思维的差异。坚持自己的角度，其底色是忠诚和责任。

争论是民主的体现，是党和军队的法宝。一个人聪明，是当他形成一个想法时，又能从反面试图推翻这个想法。一个集体也同样，搞一言堂或当和事佬搞折中，会导致集体愚昧。他们争论，也发动大家争论，激烈的争论激活了思维和智慧，其本身就体现为深刻有力的辩证方法。最终，他们握住了开山斧和金钥匙。

化解教学的"死穴"是在以什么方法教学的争论中进行的。

当时教员全是日本人，他们都受过正规训练，他们主张按常规先学理论、原理，再逐步接触实际。在国民党航校学习过的一些同志和汪伪起义人员支持这个意见。但事实摆在那儿，这个办法难以行得通。从山东抗大来的学员，都是苦孩子，多数连四则运算都不会，硬叫他们马上去啃代数、几何、物理，弄得他们晕头转向，叫苦不迭，他们把这比作"老牛拉破车"，还编顺口溜说"枪炮一响，手就痒痒，学不懂，憋得慌，飞不上，等得慌，不如打起背包上前线去打仗"。透出焦虑和不安。

另一种意见是以实物教学、直观教学为主，先要求学员知其然，不必知其所以然，跨过书本理论，尽早学会飞机的操纵、修理技能和简单构造，然后再补理论课。这就好比先学会开枪放炮，而后再学枪炮的构造和弹道原理。有人已在尝试，效果不错。好处是形象直观易懂，能调动学员和教员的积极性；二是学习周期短，能快速掌握使用技能，因为战场上随时需要，日本教员随时可能撤走。

两种方法在程序上恰好倒了个个儿。日本人虽因蔡、吉之死受到怀疑和冲击，但他们良好的职业修养使他们坚持自己的意见。

常乾坤、王弼赞同后一种方法。常规教学不行怎么办？闯！打破常规，开拓创新，一切从实际出发，走自己的路。实际上，人民军队从创建以来，武器装备就一直处于逆势，一直是实行"拿来主义"，由敌人这个供应大队长提供，拿过来就用，弄懂原理是下一步的事。此法不是没有缺陷，如同盖房子不先打地基，不合规律。但什么是规律？淮南为橘，淮北为枳，树与泥土、气候的结合才是规律。

但他们不武断行事，不以势压人，而是以一个研究者的身份参加讨论，发扬民主，激发群众的积极性和创造力。

最后，两种同意见达成妥协：用实物教学为主的方法试行一段，边走边看。

飞机仪表、机件等器材搬进了教室。台上放个实物，教员边拆边讲它的构造、性能、功用，学员果然一看就懂，成效大增。

气压高度表并不复杂，冢本在黑板上画来画去，在挂图上指来指去，讲了好几天，学员还是满头雾水。这次，他把气压高度表带到课堂，每几个学员发一只。他一边讲，一边拆装，让学员也跟着动手。他讲各个零件的名称、功用、相互关系和动作，他讲到哪里，学员守着实物就看到哪里，摸到哪里，一堂课就弄了个明白。这堂课激起了冢本的积极性。汽化器里面的油路比较复杂，看不见，摸不着，解剖图学员看不懂，要讲清楚是个难题。受形象教学启发，冢本想了个办法，他吸一口马哈洛香烟，从一个孔吹入，同时堵住其他孔，让烟从预定的油孔冒出来，学员们也学着对汽化器吹烟，脑子里的油路也通了。

一个"竹蜻蜓"很容易就说清了螺旋桨产生拉力的原理。实物教学成功地走上了讲堂。全校教学热情奔涌高涨，大家围绕实物教学制订方案，夜以继日地赶制图表、模型、解剖实物，在延安学过木匠和铁匠活的同志在做模型时展示了手艺。报废的飞机被分解成机身、机翼、机尾、座舱、发动机搬进了课堂。航校拿出巨款，采购建材和工具设备，调拨大批实物，把学员大队大楼后院的一排原为仓库的筒子房隔开，改成飞机、发动机、仪表、电器、军械、基本作业六个专业实习教室。

常乾坤、王弼抓全盘工作，并亲自授课，百忙中还不辞辛劳编写教材，常乾坤编写了《空气动力学》《飞行原理》等，王弼编有《航空发动机学》。我在采访中曾见过一本《空气动力学》，粗糙的土黄纸质已旧损变脆，我从中感受到了热血、心智、朝晖和暮色凝聚的那个时代清新蓬勃的气息，不由得心生敬意。

日籍教员原来整天被教学弄得愁眉苦脸，而今创造发挥大显身手。御前喜久三过去学的是冶金建筑，叫作"铁骨建筑设计"，他对飞机构造和飞行动作课也做了精心设计：他先领着大家参观飞机，操纵传动各个陀面机翼面，说明它们都有什么用途，然后，他张开双臂当机翼，翻转手掌比作飞机倾斜、转弯，撅着屁股低头推杆算是飞机下降，反之则是上升，起伏旋转简直像是在跳舞。讲授发动机时，他说发动机的供油就像人进食，供油量过大吃撑了，会消化不良，使得马力下降人没力气，排气管放炮打屁喷黑烟，只有供油量和进气量混合得适当，发动机才有劲。

冢本讲发动机原理另有绝招。八-13甲发动机的九个气缸呈星形排列，每个气缸要往复四次才完成一个工作循环，那么九个气缸怎么协调工作呢？大家弄来弄去琢磨不透。冢本给五个学员从一至五编上号，让他们按一、三、五、二、四号围成圈，伸出右手同握一根木棒，然后按一至五号的顺序，分别口念进气、压缩、工作、排气，推着木棒转磨圈，只转了几圈，他们就大致领会了气缸的对应关系和工作原理。

实物成了拐杖，一下子离开还不行。翻译人手不够，冢本有一次讲课没带翻译，也是讲发动机的气缸，老是什么"电子""电子"的，龙占林听不明白，就举手问发动机上的"电子"是指什么。"什么你的电子不懂？"冢本问。不但龙占林，大家都摇头，冢本就把大家领到发动机实习教室，一看实物都明白了，原来冢本咬字不清，把汽缸点火用的电嘴说成了"电子"。翻译人员也不是什么都能讲得清楚，由于对专业技术不熟悉，有时翻译少不了杜撰，如把操纵杆译成"驾驶管"，把飞机座舱译成"飞机座篓"，座舱内的活动照明灯叫"小老鼠"，螺旋桨叫"大扇子"，起落架叫"飞机腿"，整流罩叫"帽子"，不一而足，过去这样翻就把学员带进了绕人的迷宫，而今成了无意的小幽默。

学员都是十里挑一百里挑一的人精，缺的是知识，而不是智慧，实物教学开启了他们的智慧。在热气腾腾的教室里，他们嗅着金属和机油的气味，耳听眼看手摸心记，很快就熟识了各种仪表、机件，不仅知道它们叫什么名字，还知道它们肚子里都是什么样子，内部有些什么零件，相互如何传动，装在飞机的什么地方，起什么作用。看清了活塞连杆和主轴的装置，再没有人认为是螺旋桨带动活塞转动的了。了解了飞机的构造、机翼的形状，也就明白为什么同是装着发动机的汽车不能飞，而飞机能飞的道理了。坐进飞机座舱，也不会被五花八门的仪表、开关、把手、按钮弄得眼花缭乱、晕头转向了。

实物教学搭起了通往天空和像天空一样的抽象理论的感性桥梁。

攻克没有初教机的"死穴"也是在争论中形成了统一的意志和力量。

常乾坤提出：没有初、中级教练机是一下子改变不了的现实，能不能越过初、中两级，直接上"九九"高级教练机训练？

不能。林保毅说，世界各国都采用循序渐进的三级训练法。

是学员的体能不能适应呢？还是操纵系统太复杂掌握不了呢？常乾坤在探索新路。

学员文化太低，有些技术他们掌握起来会更困难。林保毅恳切地说，在日本，培养飞行员通常要先飞两三年的初、中级教练机呢。

能不能在地面多练，上天由教员多带飞呢？

学开飞机不像学走路，倒像是学游泳，飞机是不能在空中停下来的，直上高教风险太大。

学员们说，不入虎穴，焉得虎子？我们甘冒风险！

反对意见似乎更有道理：这违反科学，想一步登天，只怕飞得高，摔得惨。

常乾坤犹豫了，主张直上高教的人犹豫了。木质的英格曼只有一百多匹马力，飞起来很慢，像蜜蜂一样嗡嗡叫；"九九"高教是全金属的，发动机有四百五十匹马力，平飞时速二百五十公里，比初教机快了近一倍，比较起来，直上高教的风险系数不言而喻。但我们只有"九九"高教机，除了直上高教别无良策。

东北局和"东总"支持直上高教。我们从来就是在战争中学习战争，从来就是在激流中学习游泳，从来就是在没有路的地方踏出路来。

曾在血与火中冲锋陷阵腾跃翻滚的学员的勇敢精神遇到了挑战。他们被激得嗷嗷叫。闯出一条生路来，否则死路一条！

常乾坤一掌劈在会议桌上。没下过水就学游泳，没学会走就跑！做第一个吃螃蟹的人，三步并作一步走，突破常规，直上高教。

常乾坤和王弼并不急行蛮干，而是大胆决策，小心求证。他们发动大家以科学精神具体分析直上高教的困难和不利因素。主要问题是，"九九"高教机比英格曼初教机速度大得多，初学飞行者不易掌握；这种飞机方向不好保持，着陆时容易打地转；再就是这些被称作"老爷飞机"的高教机，都是七拼八凑组装起来的，设备缺东少西，没有通信设备，甚至连个航行时钟都没有。但这是过不去的坎吗？常乾坤根据飞机发展的有关数据，指出现在的初教机比过去的作战飞机还要快，同时随着技术进步，安全系数也提高了。"九九"高教虽然速度较大，但其性能也优于初教机，飞起来也要稳当。教官训练班的学员都已放了单飞，他们认为通过增加地面练习和空中带飞时间，采取相应措施，困难是可以克服的。航校决定首先在一期甲班中进行直上高教的试验。

校领导每天都蹲在机场，与教员一道把握各个环节，严格要求，一丝不苟；他们又站在学员的角度细心学习和体验每个动作要领，像学员那样提出问题，勤学苦练。开飞前后，常乾坤、王弼和林保毅带着机务人员一架一架地检查、测试飞机，要求像姑娘绣花一样把准备工作做得细致入微。

日籍机务人员精心修理飞机。飞行乙班的学员也参加了地勤工作，煮滑油、擦电嘴、搬螺旋桨，最累的是用摇把启动发动机，摇得满头满身大汗，因机器老旧，有时摇一个上午也点不着火。

每天上机场的汽车上都爬满了人，除了留出一块给司机看路的前挡玻璃，其他地方站趴吊扒横竖都是人。汽车也老得发动不了，得费劲吃力地推到桥拱上往下放，反复多次，直到噼里啪啦放炮冒黑烟。

7月下旬的一天，天蓝日丽，空气中混合着阳光和青草的气味。一架"九九"高教的尾翼拴上了红布条。这是新飞行员放单飞的标志。

第一个放单飞的是吴元任。他随常乾坤第三批赴东北，与刘玉堤等滞留张家口，6月经赤峰到航校，即编入一期甲班。他刻苦勤奋，加上在延安工程学校和新疆航空训练班学习过，有点基础，训练进度神速。两天前，常乾坤告诉他准备让他先行单飞，他激动得不行。常乾坤说，你这一飞，事关航校的生死存亡，不能有半点差池。吴元任双脚一靠，浑身上下都透着渴望，说："我有十分的信心！"

有把握吗？常乾坤看着吴元任坐进机舱，又一次问林保毅，要不要再带飞几个飞行日？

林保毅说，我看没问题，他飞得很棒！

近几日，林保毅亲自带飞训练进度最快的吴元任，他坐在后舱压根就没动手，任由吴元任来回飞起落。虽然只带飞了十二个小时，林保毅感到他完全可以放单飞。林保毅也体察到常乾坤的心情就像天平：一边是盼着学员能早点放单飞，另一边替他们的安全担心。

常乾坤一声令下。吴元任驾机滑行。机头抬起来了。飞机离开了跑道。飞机飞上了天空。

当飞机返回，安全着陆在跑道上时，机场上的人群欢呼着一拥而上，像迎接英雄一样，还有人往他脖子上套了一只用野花野草编的花环。

直上高教成功了！没下过水就学游泳，没学会走就跑。虽然只飞了一个起落，但却是了不起的一步。吴元任的成功迅速扩及全班。甲班十二名学员平均只由教员带飞了十五小时，就驾驶"九九"高教实现了"一步登天"的梦想。

燃料荒这个危及航校生存的"死穴"不破，航校就如同初生儿断了奶。航校领导万分焦急，一方面派人进一步搜索日军秘密油库，一方面派副教育长蒋天然通过"东总"向苏联求援，结果两头落空。

"东总"决定："航空学校有飞行粮食（航空汽油）就办，没有飞行粮食就不办，就停。"

没有退路，只有靠自己的力量，靠群策群力，靠大胆探索，靠闯。

据林保毅说，太平洋战争后期，由于美国海军切断了日本与中东的海上运输线，使日本的汽油来源断绝，听说当时日本空军做过用酒精代替航空汽油的试验，不知是否成功。白起副校长也说，二十年代他在法国留学时，也曾听到过用酒精做飞机燃料的传说。

张开帙也提供了一个启示性线索，说他在搜集航材时，曾在朝阳意外发现日本人从木材中提炼的两桶"松根油"，用作汽车燃料。他还说，在国统区，长途汽车的驾驶室旁都有一个烧木材的炉子，启动发动机前，司机助手都要呼呼地摇风扇扇火，用烟雾作为汽车发动机需要的燃料。

飞机上装个炉子烧木材显然不如烧酒精更具实验性。但酒精的发热量远小于汽油，能不能行呢？

就当此时，"东总"发来一份材料表明，在1945年初，美国第三舰队在菲律宾以西的南海击溃日本从印度尼西亚及婆罗洲北运石油的船队和护航舰队，又猛袭驻广州、海南岛及台湾日军，致使产于东南亚的石油无法北运，驻中国东北的部分日本航校只得用抚顺生产的无水酒精代替汽油进行训练。

同时发来的另一份日军材料与上述相悖：日军在用酒精代替汽油的飞行试验中摔死三十一人，关东军司令部下令停止研究、试飞。

这时，航校机务人员发现有的高教机上的汽化器喷油嘴有两种尺寸，这会不会是一个用于汽油，一个用于酒精呢?

不管日本人是否试验成功，这些信息起码是一个启示：酒精代替汽油有某种可能。航校决定进行试验，成立了由白起牵头的攻关小组，成员有蒋天然、陈静山、顾光旭和日籍人员邢部利保、原田辰好等人。蒋天然是个激情似火的人，过去当工人十个手指被机床冲掉八个，他负责哈尔滨办事处，接管当地的两家酒精工厂，筹备生产高纯度酒精。两厂分别由徐昌裕、胡华钦和郦少安、熊焰负责。

时任东北局书记、财委会主任的陈云大力支持：为了航校建设，准备把一百万东北币扔到大海里去。

攻关小组把一天掰成几天地干了起来。他们对酒精与汽油的燃点、燃速和能量等进行分析和比较，发现酒精的热效率虽低于汽油，但通过提高酒精纯度，改造汽化器喷油嘴增大喷出的酒精量，是可以产生很大马力的。于是，从汽化器入手研究改装燃料系统，同时抓紧研制高纯度酒精。

他们在"九九"高教上一次次试验，从试车到滑行，经历了无数次失败和改进，终于达到了预期效果：当酒精纯度提高到百分之九十五，喷油嘴口径增大为二点五毫米，同时调整进气阀、排气阀的间隙和点火位置时，发动机的最大转速为每分钟两千零三十转，达到了飞行要求。由于用酒精难以直接启动发动机，又加装了小汽油箱，开车时先用唧筒注入汽油数次并与启动车配合发动，然后再转换使用酒精。

与此同时，高纯度酒精的研制和生产也搞得热火朝天。哈尔滨马家沟和太平桥两个酒精厂均受战争破坏停产，在东北局投巨资援助下，两个厂迅速修复了机器设备，调集了大量的高粱、玉米、煤炭等物资。两厂开展亡国奴诉苦运动，并设立奖金，调动了工人和技术人员的积极性，经过多次试验，突破一个又一个难关，使酒精纯度达标，并大批量生产。当蒋天然带着两小瓶样品到东北局汇报时，"东总"后勤部长叶季壮笑着对陈云说，咱这一百万没扔进大海，是扔到金库里了。

这中间还有一个插曲。9月的一天，市警察局请办事处负责同志去开会，局长陈龙通报了一个敌特情况：国民党为搜集情报和破坏酒精厂的生产，派遣其北满特派员潜入哈尔滨，企图打入办事处组建的贸易公司，同时还委任一酒精厂前经理为北满保安副司令，胁迫办事处雇用的勤杂工搞暗杀活动。这个特务网成员已全部被抓获。

事事俱备，最关键的一步是空中试飞。

本来就是"老爷飞机"，又是用没有成功经验的高粱米蒸煮出来的酒精去试飞，这无疑要冒极大的风险。谁上？我上！大家把执行这个任务视为光荣，请缨的手臂举如笋林。航校领导慎重考虑，把任务交给了飞行经验丰富的白起和日籍飞行教官黑田。

1946年9月初的一天，牡丹江畔的海浪机场上汇集着紧张、疑虑，预期的欣悦、激昂，初凉的小秋风和灿烂阳光。

白起和黑田登上了飞机，黑田是前座，白起是后座。试车后，飞机滑出对正跑道，黑田举手示意要求起飞。信号员扬起了放飞的白旗，老"九九"一声咆哮，犹如一匹烈马拖着浓浓的黑烟狂奔起来。不一会儿，奔马变成了飞马，腾上百米的空中。它绕着机场飞了小小的一圈，稳稳地滑落到跑道上。

在当时条件下，用酒精代汽油是个了不起的创举。对中共航校用酒精做燃料进行飞行训练，国民党空军作为重要情报送到了蒋介石那里，美国航空杂志也做了专门报道。

航校在绝境中起死回生了。一把镢头不能给自己一把镢头，航校借助被激活的三个"死穴"，创造了历史奇迹。

第十四章　他们的到来将为天空增辉

这段时间，在人民空军的历史中灿若星辰的人物和群体先后在航校亮相。

1946年8月，时任"东总"参谋长的刘亚楼首次来航校视察。自1932年缴获漳州守敌张贞的"摩斯"飞机，这是他第二次见到属于自己的飞机。在这中间，他的人生命运经历了极富传奇色彩的转捩与演进。

1932年初夏，刘亚楼率部从漳州回师赣南，跨过于都河桥撤离苏区西进，突破乌江，智取遵义。1934年10月，随中央红军西进北上，四渡赤水，巧涉金沙，抢渡大渡河，征服夹金山，踏过松潘草地，翻越六盘山，于1935年10月抵达陕北吴起镇，完成英勇悲壮的两万五千里长征。其间，刘亚楼率部充当先锋师，击溃敌军的围追堵截，战胜恶劣的气候和环境，浴血百战，功绩显赫。

1936年6月，刘亚楼到瓦窑堡红军大学学习，半年后毕业留校，1938年1月任抗大教育长。同年4月，被派往苏联伏龙芝军事学院深造。入学第一年主要学习俄语，补习文化；第二年攻读政治、战术理论；第三年除规定课程外，博览群书，开阔和深化了学习内容。三年苦读，学识锐长，为今后参与指挥解放战争，也为创立人民空军打下了坚实的基础。1942年，由于新疆军阀盛世才公开反共，从苏联回延安的通道被切断，学成的刘亚楼被分配到苏军远东军区实习，化名"撒莎"，少校军衔。1945年8月，他随苏军进入祖国的东北。没想到刚踏上阔别七年的国土就险遭枪决之冤，幸亏及时洗除误解才免遭一劫。

刘亚楼随苏军进驻大连，化名"王松"，充当了驻大连苏军司令部与中共大连地委的联络人。1946年2月，他找到来大连养病的罗荣桓，要求归队工作。林彪赏识这位老部下。苏德大战前夕，林彪在苏养伤，他俩都参与了第三国际将领关于对德作战的讨论，各国多数将领认为战争将从苏联的粮仓乌克兰打响，刘亚楼的判断与林彪不谋而合：战争将在白俄罗斯爆发，因为希特勒的摩托化部队和闪电战术注定要选择那里。但决策者认为希特勒不会再步拿破仑后尘。后来的事实应验了刘、林的判断。5月，经罗荣桓、林彪推荐，东北局报请中央军委批准，刘亚楼被任命为东北民主联军参谋长。

刘亚楼就是带着这样的奇崛命运和它所锤炼确认的精神品格来到航校的。

他察看了机场、飞机、宿舍和教室，详细询问了人员、训练等情况。当时民主气氛浓，下面敢说话，他了解到常乾坤和王弼开会时老是讲不拢，群众感到航校没有主心骨。他用严格的标准分析了航校的现状。在全体党员干部会上，他扳着手指头一桩一桩数点工作中克服的困难、取得的成绩，激赞大家不畏困难、艰苦奋斗的创业精神。

但这还不够，远远不够！刘亚楼的语气和眼神倏地变得冷峻起来：我们的领导还存在主观、片面、不深入的现象。你对起义人员和日本人的思想知道多少？你对他们的团结、教育、改造做了哪些工作？效果如何？弄不好是要出问题的。

刘亚楼双手叉腰，俯身向前：你们知道肩上的担子有多重吗？毛主席、党中央很早就想建立自己的空军，1932年打漳州时缴获了一架敌机，毛主席看了这架飞机，说只要我们脚踏实地打下去，我们也会有自己的空军。当时我坐在那架飞机里，心早飞到天上去了，心想我们要是有自己的空军该多好啊。但那时没有条件，那架飞机开到瑞金，没有油料和器材，只得扔了。1930年在湖北也弄到过一架，还打过仗，后来拆散埋藏在大别山山沟里了，争取过来的飞行员也被国民党捉去杀了。

没有空军不行哟同志哥！刘亚楼放慢语速说，1933年藤田整编后，我当二师五团政委，在第五次反"围剿"的大雄关战斗中，我率团攻木嵊鱼附近的制高点久攻不下，师政委胡阿林亲临火线指挥，被敌机扔的炸弹击中，壮烈牺牲。胡阿林，大个子……

他眼圈潮红，鼻翼翕动，抓起茶缸把满满一缸水一气喝干，说，现在我们办航校，将来还要办空军，同志们，你们肩上的担子重哇！

8月20日，刘亚楼以总部名义在会英楼饭店为蔡云翔等起义一周年举行庆祝宴会，起义人员及家属均被邀。会英楼是牡丹江最好的饭店，菜是小鸡炖蘑菇、坛子肉、酸菜炖粉条等东北名馔，酒是刘亚楼带去的伏特加。

"我今天是在会英楼上会英雄。你们都是了不起的英雄，蔡云翔、吉翔是英雄，你们也是英雄；你们提着脑袋起义是英雄，办航校也要当英雄。"刘亚楼与白起等互敬爽饮，几杯下肚，面色酡红。他说航校的条件很艰苦，关切地问大家习惯不习惯。白起说投奔革命就准备吃苦，过来后心里踏实。

"革命队伍讲民主，同时纪律严明，大家要加快适应。"刘亚楼接着说起这么一件事：他随苏联第一远东方面军主力从格罗迭科沃地区向穆棱、牡丹江方向突击时，先头分队攻占了佳木斯外围的一个制高点，由于空军与地面部队联络失误，空军误炸了占领制高点的苏军，指挥员以为是值班参谋刘亚楼误传军令，当即将他扣押，准备就地枪毙。刘亚楼用手砍着自己的脖子说："要不是报务员的记录证实我传达的命令准确无误，我这颗脑袋早搬家了，这酒也喝不成了。"

席间气氛热烈，暖情感心触肺。刘亚楼要大家有个准备，航校还要搬家，将来的条件会更艰苦。

王海和刘玉堤，这两位在未来朝鲜战争中威震长空的英雄，也于这一年夏天来到航校。

1945 年底，在威海中学读书的王海带领同校十多名热血青年跋涉千里，投入临沂人民革命大学学习。半年后，品学兼优的他作为干部团一员，汇入奔赴东北的滚滚热潮。1946 年 6 月，经莒县、诸城、高密、平度等地，风雨千里步行至龙口，乘木船渡黄海、渤海，从辽宁庄和县登陆，再乘汽车到丹东，与航校第一批入学的山东抗大学员走的是同一条路线。路上艰辛，海上颠簸，别人吃苦，他吃苦中苦，因为他和邹炎负责打前站，早出发，晚休息，为大家生火做饭，烧热水洗脚消除疼痛和疲劳。王海在中学时是体育积极分子，跑步、游泳、足球无所不好，还是三项中长跑冠军，身上的肌肉有棱有块，打前站对他倒是个愉快的差事。

到了丹东，他们面临三个选择：留地方工作，到航校或坦克学校学习。

留地方工作颇具诱惑力，说是当地干部奇缺，凡是来自关内、经过战争考验的，就是伙夫、马夫，大小也能当个营长。

王海毫不犹豫地选择了航校。

他有一个童年梦。他的家乡威海曾是英殖民地，在威海与刘公岛之间的海面上常有英国的水上飞机起落。小时候，他看到一架飞机在空中拖着长长的布袋，另一架飞机跟着它"咚、咚、咚"地开炮，他不知这是打空靶，十分好奇。有一次，飞机翅膀一斜栽了筋斗，头冲下摇摇晃晃坠到地面，他跑过去一看，翅膀原来是木头的，糊着油布，里面还有钢索、滑轮。这东西怎么能飞上天呢？他富于挑战的天性死死抓住这个神秘的疑团，以至决定了他的一生。

王海和邹炎等六人选择了航校。他们每人领到一身蓝色军装、一顶中山帽，经沈阳、长春、哈尔滨，再举着松明步行五天五夜，穿过幽暗潮湿的长白山原始森林，到达牡丹江。王海没想到，他们全都被插进了机械班。然而他的童年梦越燃越旺，后来终于如愿以偿进入飞行二期学习。

刘玉堤是 6 月初从张家口出发的。前一年，他随常乾坤到张家口，弄到一辆卡车，人多坐不下，常乾坤带着一批人乘卡车走，刘玉堤等步行到平泉被战火挡回。

当时油江顶替王弼任晋察冀军区航空站站长，航空站主要任务是管理和维护机场、飞机和航材，迎送过往飞机，曾接送过周恩来、马歇尔、张治中的军事三人小组；此外利用几架破飞机组织学习飞机的构造及飞行理论，滞留张家口的刘玉堤、吴元任、徐昌裕、熊焰、胡华钦、李汉、马杰三、邱一适等都参与了工作和教学，后来分批都转到了东北航校。1946 年 10 月形势恶化，油江带领航空站转移器材，炸毁机场，撤往根据地，编入晋察冀军区摩托管理处。

吴元任先期到东北航校，常乾坤听他汇报了张家口的情况后，立即发电报急召刘玉堤等去东北。

刘玉堤一行乘卡车刚到赤峰，就说前面战事吃紧，让他们返回。刘玉堤说什么也不退了，他搭上一辆做买卖的大车直奔开鲁，又步行走过科尔沁草原。鞋子磨穿了，脚磨出血泡，把内衣撕成布条包住脚继续往前走。到了通辽，当地的党政领导乌兰夫见他穿得破破烂烂，又黑又瘦，让伙夫为他炖了一锅羊肉，还送给他一双布鞋、两块银圆。随后乘火车到达齐齐哈尔，当地驻军的后勤部长试图说服他留下当参谋，并配给他一杆大枪，但他仍然执拗地往前走。搭大车、扒火车，步行，当乌兰夫送给他的鞋子也露出脚指头时，他终于抵达牡丹江。

他几乎是跑着进航校的，几乎是跑着进常乾坤办公室的。门一推开，他敬了个礼，激动得半天说不出话来。这下心里踏实了，他早就认准一个理：跟着常乾坤就是跟着飞行走。

刘玉堤急急地讲了自己在张家口的情况。当问到常乾坤爱人曲彬时，常乾坤的眼圈忽地红了。去年，曲彬跟刘玉堤和吴元任从张家口去东北没走成，后来随李汉到了航校，由于离开延安时刚生过孩子，身体病弱，经不住一路艰辛坎坷的折腾，已经病故了。刘玉堤木愣了一会儿，问小孩呢，雷雷怎么样了？去年从延安赴张家口过铁路封锁线时，抱着雷雷的警卫员抱不动了，急哭了，刘玉堤说把孩子给我，他用背包带背上孩子，穿过封锁线一气跑了一百多里地。常乾坤说，孩子好好的，小身子长得撑开了。

刘玉堤对常乾坤提的唯一要求是学飞行，但他却被分配干机务，因为他在张家口边学边干领到过"机械师"证书。这对绷着劲儿一心想学飞行的刘玉堤来说，就像兜头泼下一盆冷水。得到消息后，他没头没脑地跑到校外，面对着广袤的平原大雨滂沱地号哭了一场。他不死心，一百个不死心，他三番五次递交申请书，几乎找遍了所有的校领导，一遍遍地苦苦请求，甚至是哀求。功夫不负有心人，他终于被插入飞行乙班学习。

这一年秋天，又有徐怀堂、王中笑等从战斗部队、机关学校选送的一百多名年轻人从山东临沂新四军军部开拔前往东北。在赖传珠率领下，他们搭乘民工的木轮大车队行至栾家口，换上黑色学生制服，分组登上机帆船渡海，到长山岛登陆，本想稍作休整，岂料岛上正大肆流行鼠疫，群众叫"火烈拉"，有的全家死绝，只得再下海航行。在海上航行两昼夜到达丹东，有的人水米未沾牙。辽东军区司令员肖华来看望大家，说新区急需干部，动员大家留下来，大家都铁了心去航校，无人回应。接着乘火车绕道朝鲜，每到一站都有苏军上车检查，自己还要下车

113

找水、捡柴、搞粮搞菜，常吃夹生饭。车到朝鲜东北边陲南阳站时，守桥苏军只放行火车，坚决不让人员过境，于是决定趁黑夜涉水过江。夜幕降临时，他们脱衣赤脚，由朝鲜同志当向导，手拉手一步步蹚向对岸。此时已是初冬，图们江的水砭筋扎骨，弄得人浑身颤抖，下身提拎。好在是枯水季节，水只淹及小腹。上岸后又乘原车北进，当火车快到牡丹江时，正好有训练飞机掠过上空。我们的飞机！大家顿时欢呼雀跃起来。

一批批热血青年就是这样不辞千辛万苦，以坚韧不拔、百折不挠的精神，走过绵延不绝的羊肠小道，走过颠连起伏的群山，走过激流奔腾的寒水，走过汹涌澎湃的浪涛，走过腥风血雨战火硝烟，怀着同样的理想从四面八方汇集到航校。

第十五章　最艰苦的学习和最艰苦的生活

　　年底，航校又向北挪了挪，使出九牛二虎的力气把沉重而破旧的家当搬到了东安（今密山），连一颗螺丝都舍不得落下。

　　东安位于穆棱河畔，东南不足五十公里便是中苏界湖兴凯湖。县城人口逾两万，街市脏乱萧条，周围村庄全是草顶泥墙。校址是李汉和师秋郎夫妻选的，是县城西北角一个小山坡上的旧日本兵营。当时师秋郎正怀身孕，想吃酸东西，好不容易在小摊子上发现了一瓶挂满虫屎的山楂片。旧兵营的破房子只剩下焦黑的残墙断壁，顾光旭率先遣组给房子加上梁架，盖铁皮瓦顶，装上门窗。

　　在航校历史上，初到东安的几个月是学习和生活最艰苦的时期，也是理想之火熊熊燃烧的时期。

　　冬季的东安天寒地冻，机场上坚冰厚雪，无法组织飞行，航校决定停训一段，集中精力补习文化。那是个新与旧大搏斗大裂变的时代，航校领导都是理想主义者，他们给学员也是给自己提出了严苛的要求：半年之内，数学从加减乘除学到三角几何，物理学要掌握基本概念，并尽可能学通飞行原理、飞机和发动机构造，掌握领航学、气象学等基本概念。任务如大山！难不难？难。上天难不难？难。上不上？上！

　　航校说，我们没有资本，学习是我们唯一的用之不尽的资本。

　　航校深一脚浅一脚摸索自己的教学之路。前段实物教学，刺激兴趣，建立信心，现在回头补习文化，教材是边收集边编写边用。由于条件所限，空勤地勤，大班小班，这课那课，穿插变化，随时改进，随时拼花组合。

那段时间，学员简直就是生活在概念中，"头发上都沾满了概念"。他们发誓要"狠冲猛闯，攻下文化堡垒；勤学苦练，突破理论难关"。

每天八小时数学、物理、几何课，晚上要做大量习题，做不完不睡觉。由于进度快，能弄懂最好，弄不懂先吞到脑子里，然后慢慢消化吸收。走路，吃饭，如厕，一个个聚眉凝神俨然思想者。几个人凑在一块儿如同哲学家，探讨这探讨那，争个不休。有的把公式写在手上，有的口袋里装满纸条，吃饭时拿出来背，恨不能拌在饭里一口吞到肚子里去。睡觉做梦也是满脑子的代数、物理、几何，说梦话嘴里往外蹦概念，有时早上翻身坐起，开口就同邻床争辩，被邻床一巴掌打醒，一笑了之。把学习想象成打仗是普遍的方法，不信连死都不怕还怕这些公式定理，他们把各学科当作敌阵地，又从中分出一个个敌据点，他端着枪揣着炸药包发着喊往上冲，一个劲地往上冲，拔掉敌据点，摧毁敌阵地。眼圈是红的。大冷天要往脸上拍凉水。

学员拼命学，教员也是边教边学。日本人只教授专业技术，文化教员是能者为师，不管是干部还是学员，凡是学过代数、几何、物理的都上讲台。

比如有这么一节数学课。教员是刚入校的学员卜刃，是个十八岁的高中生，他讲的第一课是代数的基本公式 $X+Y$。他刚讲 X 和 Y 代表两个未知数就卡了壳。他问大家明白不明白他讲的意思，台下一片茫然。王中笑提问说，为什么 X 和 Y 就代表两个未知数呢？是什么道理？卜刃也转不过弯来，说，没什么道理，就是 X 和 Y 代表两个未知数。王中笑和卜刃这一问一答使全班同学都糊涂了，一团乱麻越扯越乱。

这堂课大家听得云里雾里，卜刃大哭了一场，对当教员失去信心，不愿教了。这时王中笑反以区队长的身份做卜刃的工作，还拉了几个文化高一点的同学同卜刃一道研究教学方法。

第二天，卜刃抖落第一节课的阴影又来讲课了。还是讲 X 和 Y。他边讲边在黑板上写：一个人加一头牛等于几个人、几头牛？一棵树加一只羊又等于几棵树、几只羊？他说，一个人加一头牛只能等于一个人加一头牛，一棵树加一只羊也只能等于一棵树加一只羊，但如果还不知道有几个人和几头牛，要把它们相加怎么办呢？就要用 X 代表人，用 Y 代表牛，也就是 $X+Y$，因为人和牛不是同类项，不能混在一起，这就是 X 和 Y 代表两个未知数的道理。上了这堂课，大家反映，这样就容易懂了。

起义人员于飞本是飞行员，也被拉来教文化课。他学过机械工程，有数理基础，但从未教过课，他是边琢磨边教，有时甚至是现趸现卖，讲一小时的课要备课四小时以上。他讲过代数、三角、飞行原理，还讲过气象学和政治理论，由此被戏称"万金油"。对气象他完全是门外汉，又没有现成教材，他就收集当地的气象谚语作为教学材料。有一次他讲"日落云里走，雨落半夜后"，还真灵，那天傍晚太阳落进了黑云，夜里真的就下起雨来。

航校调动了一切教学资源。卫生队的指导员麦林学过俄语，就充任俄文教员。学员们的舌头不听使唤，发音怪声怪气的，她就幽默地说，当初彼得大帝到欧洲学习文字回国后，把一些字母发音给忘记了，就成了这么个怪样子。蔡云翔之妻钱克英也担任了语文教员。

那段时间，学习的艰苦不仅在于学习本身的难度，还在于生活条件的异常艰苦。那段时间全校上下都是用骨头活着。

东北的冬天猛如虎。教室没有地笼、火墙，靠汽油桶改成的"憋里气"煤炉取暖，温度也只能保持在零下18摄氏度，有的学员把毯子披进了课堂。手冻得像猫咬，无法写字，脚也冻麻了，只好停止上课，站起来跺脚起哄,这时几位"歌星"就一展身手,唱得身子发热了再接着上课。钢笔冻得不下水,就揣到怀里焐焐。

早晨出操,寒气逼得人透不过气来。一次出早操,有个叫石昭庭的学员说他鼻子和耳朵有点麻,大家被他的红脸白鼻子逗得直乐,一位有经验的同学说不得了啦,赶紧抓起雪替他揉搓,直到搓得发红。这位同学说,幸亏发现早,要是马上进屋烤火,鼻子耳朵准得烂掉。不少人手脚生了冻疮,红肿溃烂。

最难过的还不是白天,夜里气温低至零下40多度,更是奇冷无比。外面大雪纷飞,北风呼啸,门缝瓦隙间透进斗大的风。一期甲班不论飞行教员、学员,还是地面机务人员,全都住在一个破旧榨油房的二楼上,睡的通铺。晚上生的炉子半夜就熄了。在被窝里冻得缩成团,自嚎"团长",实在睡不着就爬起来原地跑步。用被子蒙着头睡觉,第二天早晨,呼出的热气在被头上结了一层厚厚的冰霜。墙上窗户上到处是冰霜,炉上坐的水成了冰坨子,鞋也冻在地上,有时被子上还蒙了一层细细的雪胎。有诗为证:长夜风雪吼欲狂,衣单被薄镀银光,冰窝子里论蓝天,当个"团长"入梦乡。

上厕所是最难挨的事。厕所是用木板钉的,四面透风,大便时又冷又硬的风就像铁铲子在屁股上猛铲,铲红铲疼铲麻木。"有人说天冷得边解小便边结冰,要带根棍子边解边敲,还真是这么回事。"最痛苦的要算飞行乙班的林虎,他在抗战时负伤造成严重脱肛,上厕所多,拖在外面的一截肠子每次都冻得硬邦邦的,回宿舍后肚子要痛老半天,但硬挺着不敢说,怕不让他飞行。他当时还是个十七八岁的孩子。宣传队有一位十几岁的姑娘,上厕所双脚冻得失去知觉,回去用热水泡,以致双腿被锯从此残废。

如果穿得暖盖得厚,倒也有助于御寒抗冻,但恰恰相反,在这方面恰也是航校最艰难时期。航校没有固定供给,一切都需四处筹措,但党政军都困难，大环境就这么困难。衣装的来路是五花八门，有延安纺车纺的，有老百姓支援的，有缴获敌人的，衣单被薄自不必说，经长途跋涉、搬家时胸抱肩扛，有的已破烂不堪，来不及打补丁的露出了棉花。

衣不暖被不厚，吃得饱吃得好，体内燃料充足也成，但又是恰恰相反。主食是吃口发糙的高粱米或玉米楂子，如能加点小豆蒸煮，那简直就是珍品，最困难时吃过榆树叶掺和的玉米饼子。菜是一色的萝卜白菜咸菜，吃豆腐是改善，吃肉是奢望。胃里寡得慌也会跑到街上吃上个煎饼就白菜炖豆腐，但也只在领到津贴时来上一顿。每月的津贴是两万东北币，大约是今天的几元钱，抽烟的连烟都买不起，有人跑到老百姓的烟地里捡烟梗子烤干捣烂用纸卷了抽，还因烟性烈叫它"炮台牌"。

学习压力大，夜里睡不囫囵，营养跟不上，人显得面黄肌瘦，年纪轻轻的，有的还在长身体，连上楼梯都费劲吃力。有位姓孙的学员体虚含疾还硬挺着，有一天半夜突然吐血，吐了大半脸盆，终是没熬过来。

另一方面，每个人心里都揣着学飞行的理想，都燃着一团火，都有一台强有力的发动机。林虎自幼落孤，父亲爬火车做买卖冻死在途中，继而母亲在发大水闹瘟疫时病故，林虎被送进了孤儿院，后被一个开杂货铺的老汉领回家，岂料这家的老太太拿他当童工使唤，经常不给饭吃，饿得他在狗食盆里抓狗食吃。十岁时他跑了出来，参加了八路军，从此，他有了真正的家，有了做人的身份，有了幸福的憧憬和前程。航校学员大多是苦出身，与林虎有着相似的心路历程。走向新的人生本身就是他们走向新的人生的动力。

大家气冲斗牛，以顽强的意志同知识难关和冰天雪地斗争。用战胜知识难关的经验战胜冰天雪地，用战胜冰天雪地的经验战胜知识难关。双倍的动力取得了惊人的进度。怎么个惊人？山东来的一百多名学员乍到牡丹江，航校就搬往东安，临上火车向他们交代学习计划，五天后下火车，他们中一些从未接触过四则运算的人竟学完了小学算术全部课程。再举一例,学完一本平面三角学从函数到解三角方程的全部内容,只用了四十课时,这在正常教学也是难以想象的。半年后学完三门基础课时,新课本也编就,每本都有两指多厚,他们自己翻着都咋舌。当然,学得糙在所难免,也有跟不上中途淘汰的。

航校基本建设也有进展,利用东安原日本鱼类加工厂和冷藏库,加上从哈尔滨、公主岭搜集到的车床和设备,建起了飞机修理厂、机械厂和器材厂。

那段最艰苦的日子,常乾坤、马文、王弼等校领导常常吃住在学员队,想方设法改善学员队的生活条件。组织捡柴、弄煤,割乌拉草把床垫厚垫暖、做鞋垫,到上级部门和兄弟部队搞棉衣棉被毛毯。开展文娱体育活动,堆雪人比赛,拔河比赛,唱京剧,出洋相。对干部学员私下带枪打猎睁一只眼闭一只眼,偶有汤热香浓的狍子肉或野狗肉端上餐桌,为唇齿肚腹带来小小的狂欢。

又有诗赞曰:学习到东安,炒豆做间餐,林海猎走兽,狍肉成佳宴。

第十六章　如果都想着"毛泽东知道我"

天寒地冻中柴煤奇缺，衣食匮乏，生活极度贫困；另一方面，敌军占据了大中城市，猛攻战略要地临江，危机四伏。有人动摇了。军务参谋吴树声在日本皮靴的后跟上挖个洞，把航校人员和装备编制表藏在里面，企图带着礼物叛变投敌。他在潜逃时被军区保卫部门抓获。

在此之前，东安警卫部队在裴德稽获了拆卸旧营房木料的大车队。东安市政府已有令，拆房要按破坏公共财产罪处以死刑。车主们一口咬定是航校修理厂管理员佟文治所使，地方政府遂指控佟文治为主犯，向航校发通报要求交出罪犯，以正法令。航校自有理论，拒不交人。

正在东安整顿后方机关的"东总"参谋长刘亚楼又一次来到航校。去年8月，他到航校发现不少问题，并提议调整了领导班子，由"东总"秘书长马文任第一政委，王弼改任第二政委，黄乃一改政治部主任，白平调"东总"另行分配。这次他感到事态严重，又亲到航校处理。

刘亚楼作风果断，他发现航校问题成堆，决定开展一次小整风。

都有哪些问题呢？

一是有人对守着几架破飞机不能飞，只能纸上谈兵失去耐心，对在这种环境里能否培养出空军"种子"产生了怀疑。有的学员见分到兄弟部队或地方的同期战友进步快，当了营连干部，自己还是个学员，引起思想波动。二是机械班学员不安心学机械，想学飞行，因为人们用两种眼光看待穿皮衣的飞行员和身着满是油污的工作服的机务人员，而且听说飞行员将来是师级待遇，航校的气氛似也有此暗示。三是乙班学员对让甲班先飞有意见，认为是培养"老头飞行员"，航校在牡丹江时就因飞机少，决定让甲班先学飞，让乙班帮着加油、启动，飞不成还当"保姆"，加重了不满。四是中日人员之间的隔阂加深。中国学员本能地对日本人反感，到东安后，自己吃拉嗓子的玉米楂高粱米，还尽量供日本人吃大米白面，不满情绪就冒头：咱是同你刀枪相对杀出来的，而今你是俘虏，还牛什么。起义人员也常在技术上与日本人叫板。而日本人感到委屈，几个月来勤勤恳恳地传授技术，特别是干机务修飞机，一身油泥一身汗，被新到的学员误以为是勤杂人员。于是乡愁泛起，伤感弥漫，渐而刮起一股回国风，东安的一条街上常走动着愁绪满腹的日本人，这条街被约定为"望乡街"。

刘亚楼说，解决这些问题都有大道理，都有政策摆在那里，关键是看你用不用，怎么用。

比如如何处理与日本人的关系，在1945年底彭真和伍修权同黄乃一谈话时就已明确。他们说，林保毅的部队是侵华空军，受法西斯和武士道毒害较深。他们答应为我们效力，主要是由于日本战败，他们为生计迫不得已，而非自愿，更非觉悟。但既然他们愿意帮我们培训飞行员，当老师，就不能把他们当俘虏对待。我们的方针是：生活上优待，人格上尊重，工作上严格要求，思想上尽力帮助。他们究竟为我们工作多久，能否尽力，要看整个形势的发展，更重要的是看我们的工作，看我们能否按照党的正确方针政策做好教育争取工作。日本人信奉"军人以服从为天职"，做好林保毅的工作尤其关键。

刘亚楼说，一年多来，航校对工作方针的把握是好的，日本人受到感化，工作诚恳。但工作不深入，没有把工作方针播撒到群众中去，生根开花，长成一片。中日人员闹别扭，你们只能在政策与感情间摇摆。对日本人工作也不深入，航校有个由日本人负责的日工科，不能把它当成传话筒，只出不进，要把它当成纽带和桥梁，要宣传教育，也要倾听了解日本人的心声。他们教我们技术，怕不怕将来被我们一脚踢开，回国被杀头？怕不怕我们被国民党打败，被捉去杀头？老大不小的婚姻无望，苦闷不苦闷，安心不安心？我们要回答这些问题。

常乾坤说，我们已同当地政府联系，吸收一些日本女青年到航校当护士、卫生员、保姆，为他们的婚姻创造条件。

刘亚楼面露不悦，接着自己的思路说，非常时期，人员复杂，你们的工作有困难。航校人员成分混杂，有中国人、日本人、朝鲜人，中国人有革命军人、起义军人，革命军人也来自不同的解放区。他们思想作风各异，有的干部在老部队配警卫，现在搬家要背长枪，站岗放哨。但不管什么人，都有他信服的大道理，关键是要把工作扎下去，扎深扎透，要埋头苦干。

思想政治工作网络按照刘亚楼的布置张开，它伸到航校每个角落，触到每一个人。一切为了建立人民空军。一切献给人民解放事业。革命有分工，行行都光荣。日本人昨天是军国主义受害者，今天是我们的老师。

讲的都是大道理，但它具体、诚恳、亲切，在本质上符合革命者及人民群众的根本利益，符合他们梦想的命运。

做日本人的工作主要靠他们自己的进步力量。日工科科长杉本一夫是员干将。他出生于京都一家印染店，1938 年被派往华北采石厂当监工，被俘后在晋东南八路军司令部新年庆祝会上宣布参加八路军。杉本等三人宣誓后，朱德登台向他们致贺。八路军优待俘虏，总司令亲如老父，使他上了第一课。此后他在政治上进步很快，发起在华日本人最早的反战组织"觉醒联盟"，做了大量反战工作。1945 年 9 月，他率在延安的二百多日本人经东北回国，为协助中共东北局处理八十万日侨问题留了下来，继被派到航校。

杉本一夫坚信：中国革命是为了解放穷人，日本穷人应与中国革命站在一边。日本人多是农民和渔民出身，以"勤劳奉仕"入伍，思想与人格被铸进冰冷的刀锋，在中共航空队的民主气氛和对他们的关怀、信任的感化下，他们的阶级意识正在苏醒。杉本一夫建议，要把日籍人员为中共服务的意义提高到为世界人民也是为日本人民服务的高度，同时中国人员在技术上要服从他们。航校吸收他的建议，把处理好中日人员关系的原则归纳为四条：一是中日人民利益一致的国际主义原则，二是服从中国共产党领导的原则，三是技术学习上尊师重教的原则，四是日籍人员不担任行政职务的原则。

杉本又发起"日本觉悟联盟"，推动自我教育、自我改造，促进日籍人员的人性觉醒，把人的尊严从武士道的尊严中剥离出来，把被动无奈的命运变成了主动把握的人生。

群众反映大的还有驻哈尔滨办事处及酒精厂领导铺张浪费的问题，比如开工时专门请了洋乐队助兴。蒋天然等人组织酒精生产有功，不但解了飞行训练无汽油的燃眉之急，还大量供兄弟部队做汽车燃料。功是功，过是过，有问题照样打屁股。反过来也一样，2月航校成立机务处，下辖三个厂和一个机务队，蒋天然被任命为处长。

对吴树声带情报叛逃和佟文治指使民工拆房两案，刘亚楼铁面严查。

吴树声很快被押到航校开宣判大会，执行枪决。他叛逃不光是弃苦求乐，还因为他为国民党做事的父亲被镇压。

佟文治拆房子的事存在误解。当时拆日军营房的木料蓄冬柴在各机关部队已成风气，每天去裴德的马车不下百辆。为解决做饭和取暖的烧柴，佟文治受命修理厂副厂长顾光旭急去裴德拆房，佟文治出高价雇了十来辆铁轮单马小车，但已晚了一步，只拆卸收集了一些零残木料。来往捣鼓了三次，第三天晚上，顾光旭一脸严肃地对佟文治说："老佟，不要再去裴德了，政府已有严令，再拆房是要枪毙的。"佟文治大惊，忙将此令通报车主，并辞退车辆。不去裴德，得另想办法，据一位在兴凯住过的炊事员提供的情况，佟文治在兴凯的山沟里发现大批日伪加工出的木棒和留存的原木，他急到市政府办了通行证，雇车忙着往返兴凯拉木棒。就在这当口，去裴德拆房的车主不顾佟文治的告诫，照样去拆房，并以五百元一车卖给修理厂。事情终于酿成恶果：车主被抓获，要被就地枪毙，就众口一词把责任推到佟文治身上。

此事影响巨大。地方政府执法如山，要枪毙佟文治。校领导坚持实事求是，据理力争，不同意枪毙。刘亚楼到后，地委书记吴亮平请他催促航校交出佟文治。常乾坤、王弼等校领导力陈事实，坚持认为枪毙佟文治于事不公。刘亚楼坚持以事实为据，但又不能不顾大局，就提出折中意见。经上级批准，军地双方各让一步，改为刑事处分，在东安卫戍区军人大会上公审，判处佟文治有期徒刑五年。地方政府似乎为了煞气，把七名车主统统枪毙，抛尸于市区至机场之间的雪地里。

在这次小整风中，刘亚楼还明确提出了办校方针。

刘亚楼发现校领导不抱团，老是为训练方法、进度、器材来源等问题咬槽斗气，认为主要原因是办校方针不明确。他根据当时的形势和航校的任务，本着实事求是原则，提出"短小精悍，持久延长，培养航空基本干部"的办校方针。要旨是：立足现有条件，自力更生，挖掘潜力，多出人才。

小整风结束时，全校人员集中在一个简陋的会场开大会，天气奇冷，无取暖设备，但拉歌声此起彼伏，热气腾腾。

刘亚楼走上台，不知谁领的头，场内一条声要"参谋长，来一个"。刘亚楼生气地把脸扭到一边。拉歌声知趣地停歇了。刘亚楼说，我是来唱歌的呀？你们唱歌，我要革命！

在讲话中，刘亚楼讲了这次包括航校在内的东安军事单位整顿的必要性和成效，从东北和全国的大局出发，从革命的宏伟远景出发，要求加强纪律，加强团结，刻苦学习，克服眼前困难，为将来建立自己的空军做好准备。

他还充满感情地讲了这么一段话："苏联卫国战争中有这么一件事，一名苏军士兵趴在雪地上修理跑不动的汽车，身子伏在雪上，脸伏在雪上，手冻僵了，脚冻麻木了。有人问他天这么冷，你怎么还这样干。他说：'斯大林知道我。'好一个'斯大林知道我'，同志哥哎，这朴实的一句话蕴藏着多么深刻的道理，凝聚着多么巨大的力量啊！如果我们每一个同志在勇猛冲杀、舍身奋斗时，都想着'毛泽东知道我'，那会产生多么神奇的威力呀！"

第十七章　八路军总部航空队的情感之路

　　1947 年 2 月初，由原新疆航空队改编的"八路军总部航空队"和刘善本机组到达东安。

　　八路军总部航空队是前一年的 8 月 29 日成立的。在成立大会上，朱总司令详细讲述了当时的形势，指出蒋介石背信弃义撕毁《双十协定》，点燃了大内战的火药桶，中共中央正领导广大军民进行坚决的迎头痛击。谈到航空队的任务，朱总司令说，就是要及早恢复技术，发挥才能。东北民主联军收缴了一些日本飞机，成立了一所航空学校，但缺少教学人才，教员主要是日本人。民主联军电催你们早去东北，中央决定你们尽早启程。你们立即做准备。

　　朱总司令说，延安人都称你们是"新疆航空队"，延安怎么会有"新疆航空队"呢？名不正，言不顺么。八路军总部根据中央指示，决定把你们这支队伍编成"八路军总部航空队"。我现在命令：八路军总部航空队正式成立。任命方子翼为航空队队长，严振刚为航空队政治指导员。

　　方子翼和严振刚在新疆大牢里的表现令人敬服。有一次审讯，敌人用藐视的口气问方子翼：你不是信仰共产主义吗，你说什么叫共产主义？方子翼说，就是马克思主义。又问，你知道马克思主义三个组成部分是什么？方子翼反击说，我用不着给你上政治课。敌人急了，说，什么上课不上课,你懂个屁,告诉你,从政不能死心眼,不能一条路走到黑!方子翼说,不错,如果我要让你改变信仰,让你信仰共产主义你改不改?敌人失去了耐心,把一张事先准备好的"口供记录"拍到他面前要他签字。"不是我写的,我不签。""签不签?""不签!"上来两个光膀子多毛的家伙操着粗木棒就是一顿暴打。面对暴行和死亡,他们始终从容不迫,坚贞不屈。

9月20日清晨,初阳把土地刷得金黄,八路军总部航空队与随行的刘善本机组自王家坪踏上了去东北的征程。前一天中午,中央军委和中央办公厅在杨家岭设宴为航空队饯行,彭德怀、杨尚昆发表了热情洋溢的讲话。

经朱总司令亲自关照,有关部门为每人赶制了一件斜纹布面的滩羊皮大衣,在牲口应急前线的紧张情况下给每三人配一头牲口,用来驮运行李。

行军路线原定经张家口去热河方向的北路,队伍经绥德从碛口渡过黄河时,接报傅作义正猛攻张家口,战局严峻,遂掉头改走经长治东行至烟台乘船东上的南路。刘善本曾建议用起义的 B–24 空运,因被敌机轰炸遭毁坏而放弃。

而今回顾起那次行军,方子翼将军仍语含感动。他说,总部对我们去东北沿途的党政军机关都打了招呼,各单位的优渥照料,使我们一路上处处感受到革命大家庭的温暖,感受到党政军高级领导对我党航空事业的殷切之心。这对于刚从敌人大牢里出来的我们感触尤深。

当他们途经山西吕梁军区,彭绍辉司令员亲率三个团兵力护送下平川,过汾河,通过同浦铁路封锁线。到渤海区,山东惠民军分区派遣部队全程护送通过羊角沟、昌邑封锁线。到达胶东军区机关所在地的掖县牙前,许世友司令员热情招待了大家。许世友也出自红四方面军,与航空队的不少人相识,大家叙新话旧,倍感亲切。谈及去东北办航校,许世友兴奋得蚕眉倒竖，豹眼喷焰："你们赶紧去、赶紧飞，早点开飞机打老蒋他狗日的！到时候替我多扔几个炸弹，多扫他几梭子，叫他也尝尝头上有人拉屎撒尿的滋味！"许世友亲自挑选了可靠老练的船员和一艘柴油机货轮，并专拨三艘汽艇和两营武装带着小炮护送。傍晚，他挽着方子翼的膀子把大家送到烟台码头，送上船。

一路感动，也一路艰辛，尤其是从烟台到大连的海上，就如同过火焰山、闯咸阳，也是又艰又险。先是遇上七级顶头大风，丈把高的巨浪轰击得船身剧烈摇晃，把驾着飞机风车般转螺旋都不眨眼的飞行好手们弄得大呕黄胆苦水。船行接近渤海主航道时，一片高高矮矮的灯光巍巍而来，突然打开的探照灯像长剑劈开了夜幕，暴露了它是一艘巨型敌舰，要不是船员猛转一百八十度开足马力往烟台方向疾驰，后果不堪设想。避开敌舰，又向北行，可刚越过主航道，柴油机油管破裂引发了大火，又是一次脖子上挂刀的险情。火扑灭了，柴油机不能用，只好用护卫汽艇拖。老船长领着船员在又冷又凶的风浪中苦斗多时，浑身挂满冰凌，终于把胳膊粗的缆绳抛到汽艇上。汽艇拖了一段，老船长修好了货轮上的柴油机。

抵大连后，大连警备司令边章伍安排他们乘苏军轮船到朝鲜镇南浦，由民主联军驻朝办事处接到平壤，再乘火车转赴图们，图们市长兼警备司令饶宾妥为迎送。

这支队伍的到来，为航校这架用杂牌零部件组装的大飞机提供了精良的特殊材料，注入了强大动力。

按林虎将军划分，当时航校人员成分主要有九种：除这批在新疆培训的红军干部外，还有苏联留学回来的、延安工程学校的、在国民党航校学习过的、山东抗大的、汪伪起义的、国民党起义的、留用的日本人，以及在当地招的翻译等工作人员。由于这批红军干部整体纯正的革命血统，他们身上有一种航校骨干舍我其谁的责任感和优越感。

初到航校，他们就嗅出复杂的人员关系和存在的诸种问题。经过劫难的他们仍是激情如火，锋芒锐利。他们以原航空队党支部名义开了个支委会，主要讨论：目前我们应该如何发挥作用。会议认为，目前我们虽无职务，但应以主人翁的姿态起表率作用，发扬新疆航空队时空地团结、克服困难的战斗精神，做航校建设的促进者。对眼前的诸多问题，既不应坐视不管，也不应急着仲裁是非，当务之急是做思想说服工作，营造一种团结协调的艰苦创业气氛，特别要多宣传党中央指出的航校奋斗目标，坚定大家的信念。他们坚信：信念与目标是奋斗的灵魂，又是团结的基础，不确立信念与目标，奋斗不可能持久，团结的局面也难以形成。

他们铁肩担道义，自信拥有主动发言权。他们自觉进入"小整风"精神执行者的角色，以红军的作风和方式与各类人员接触碰撞。来自解放区的同志是骨干力量、依靠对象。流露出急躁、埋怨情绪的同志是劝导对象。起义过来的同志，航空理论是老师，思想作风是学生。对日籍人员要动之以情，晓之以理，感化，说服，使之心甘情愿为我军效力。红军干部的工作是积极的、有益的、富有成效的，同时也使自身融入九种人混成的群体。但这种介入方式中是否有旁出组织程序、让人感到有老大作风之嫌，从而埋下另一种裂隙？问题不久就将暴露出来。

3月，春训在即。常乾坤、马文、王弼等校领导召集原新疆航空队的部分同志开座谈会，征求他们对工作分配及下阶段飞行训练的意见。经商定，拟把飞行人员统编为一个飞行大队，下辖两个飞行队，飞行一队为教员队，由原飞行教员训练班和新到的十四名红军干部组成；飞行二队由大队干部和一期甲班十二名学员组成，两队分驻东安五道岗机场和桦南的千振机场。相应成立两个机务保障队，新到红军干部十二人编入机械教员训练班。

刘善本机组到东安后，也壮大了航校中籍人员的教学力量。

在从延安来东安的路上，受到特殊关照的刘善本机组人员更是大为感动。同行的红军老革命三人一头牲口，他们是每人一头，每到宿地都被安排住最好的房间，就餐单独一桌，多两个荤菜。其实，感动早就开始了，刘善本一到延安就要求向国民党官兵发表广播讲话，毛主席亲自同他谈，劝他不要急，他的家眷都还在国统区，等妥善安置后再说。他6月26日到延安，7月9日才发表讲话，题目即是："这里的人情充满了温暖。"

更让他们感动的是解放区处处洋溢着党政军与人民群众的鱼水情，洋溢着希望、理想、爱和春临大地的蓬勃生气。刘善本后来说："我初识解放区最深刻的印象有三点：一是党、军队同老百姓真正是水乳交融、鱼水情深，老百姓宁肯牺牲亲骨肉，也要帮助子弟兵，而在国统区，当官的营私舞弊，当兵的巧取豪夺，老百姓恨得咬牙切齿。二是民主、自由空气浓厚，无论党政军民，还是上下级之间，都能赤诚相见，平等相待，哪像国民党内部，逢人只说三分话，尔虞我诈，唯上是从。三是从领袖到士兵、百姓，穿的一样，吃的相似，都参加劳动，真正是有福同享、有苦共尝、有难同当，而那边是朱门酒肉臭，路有冻死骨，衙门八字开，杀人不偿命。古人说得好，得人心者得天下，失人心者失天下。国统区暗无天日，解放区一片光明。飞延安起义这条路我是走对了，我要跟共产党走到底！"

所以刘善本要刻意改造磨炼自己，有马不骑，坚持跟大家徒步行军，拒绝好饭好房，要求与大家同桌同炕，脚红肿起泡了，人瘦了，弄得方子翼、严振刚紧着做解释和说服工作。

可以说，对于刘善本机组人员，这次行军是一次精神的洗礼和铸炼。开始时，有人吃不了苦，时常叽叽歪歪发牢骚，比如张受益，埋怨刘善本把他们弄到这般田地。为安定人心，经晋冀鲁豫军区时，方子翼特地向军区领导要了一百五十法币为他们改善生活。有的人是被迫无奈起义的，这次他们四个人带着五把手枪，八路军总部航空队一支枪也没带，方子翼晚上睡觉都要睁一只眼，怕有不测。后来情况变了，机组几个人都顺了刘善本。

刘善本人还没到航校，"东总"就按中央指示任命他为副校长。稍后，张受益被任命为训练处副处长，唐世耀、唐玉文当了教员。

原新疆航空队的同志后来都成了航校的骨干，如吕黎平和方槐分别任训练处长和政治协理员，严振刚任机务处长，朱火华和方子翼先后任一大队政委，安志敏任副大队长，方华和陈熙分别任二大队大队长和政委等。

"八路军总部航空队"的存在遂像一段绵长的感情之路留在永远的怀念中了。

第十八章　带着自尊跟日本人学飞行

憨了一个冬天，航校上上下下都涌动着求飞的激情。

当残雪融化，冻土翻浆，飞行教员队、一期甲班和机务保障队即分赴五道岗机场和桦南的千振机场。一期乙班和新成立的领航班不久也进入机场。领航班、机械班、场站班也陆续开训。

飞行教员队带上自身行李和航空器材，几麻袋玉米、高粱和油盐，还有备作修整机场用的铁锹之类的工具，乘两辆短脖子日式旧卡车开往五道岗机场。

东安到五道岗机场只有二十多公里，但路况太差，有时还要下车清障修路，车子用了大半天时间才跑到。住处是日伪时期垦荒队遗留的平房，往空荡荡的地上铺一层稻草，便得"黄金床"。机场跑道已被苏联红军爆破毁坏，每隔二十米就有一个约十米直径、一米多深的弹坑。大家甩开膀子用"最大转速"苦战一个多星期，把弹坑填平压实，使八百米长、八十米宽的沥青跑道能起降飞机。

一期甲班同期入驻千振机场。也许是太偏僻了吧，千振机场的跑道未遭日军毁坏，但营区同样是破烂不堪，到处是残垣断壁，遍地垃圾，所有屋顶和门窗都被拆光，由于千振是个农村小镇，修整营区时找不到泥瓦匠，木材要从伊春运，小五金、玻璃是从佳木斯和哈尔滨买的，费了很大的劲。宿在湖南村一个破旧的榨油房里，也是睡稻草地铺。

两个队刚安顿好，林保毅即率长谷川等日籍教员把"九九"高教机飞到机场。

两个机场立即组织开飞，日籍教员每人带飞两至三人。

4月4日，碧空如洗，教员队队员一大早就来到机场。吕黎平由主任教员林保毅带飞。他抑制不住地激动。五年啦，总算盼到了这一天！而且4月4日这一天与他在1938年第一次升空的日子巧合；而且今非昔比，那时是借鸡孵蛋，今天开的是自己的飞机。吕黎平自信即使闭上眼睛也能按程序准确无误地开车。"但我还是不敢大意，因为有这样一个潜在的意识：要干得漂亮点，不能让林保毅看轻了我们中国共产党的飞行员！"

引擎轰鸣，螺旋桨飞转，飞机旋即逆风而起。又回到了阔别五年的天空了，又能从空中俯视大地了，跑道、公路、河流、山脉变得那么细小。吕黎平不由豪情大发："我真想大喊一声：延安！我已经在东北解放区恢复飞行，插翅升空了。您看见了吗?!"

红军学员在学习中保持着积极进取的精神。他们不懂日语，日籍教员多数也听不懂几句中国话，这使他们遇到不少麻烦，需反复磨合，许多动作需要自己勤观察、细体会、反复练、多总结。他们还把在新疆总结出的诸如"胆大心细，沉着灵活，迅速准确"之类的经验用于实践。

由日籍教员带了三个飞行日、十几个起落，吕黎平、方子翼、夏伯勋首批放了单飞。其他人陆续也放了单飞，进度最慢的带飞了三十多个起落。林保毅的评价是：你们坐了四年牢还能做出如此标准的操纵动作，这么快就能放单飞，真是出乎意料。

经过一段技术巩固飞行，进入第二科目空域特技训练，飞盘旋、下滑倒转、俯冲拉起、上行反转等动作，科目完成后由林保毅考核，先后都达到合格的要求。

飞行你是我的老师，在政治上我是你的老师。红军学员认为，人与人的关系首先是政治关系，所以他们主动承担起在政治上引导、团结日籍教员的义务。

在日本航校，教官永远是老大，纪律、斥骂和拳脚并用，法西斯式的训练没商量。但如今林保毅们却是谦卑的，他们教的是老资格的红军干部，有的曾在中央首长身边待过，且坐过四年大牢，而自己是什么身份？在人屋檐下的悲哀挥之不去。

有一次，吕黎平与林保毅谈到了历史。林保毅始终对日本侵华战争抱着悔罪之感，内疚地说，过去我们侵略你们，真是罪过！现在你们却如此厚待我，真是受之有愧。

吕黎平说，历史已对过去做出了公正的结论，现在我们不是在一道建设中国人民空军吗？你是带我飞日式飞机的教员，使我掌握战斗技能，我要向你表示诚挚的感谢！

林保毅动了感情，语调急促地说，那是一定的，一定的！我是真心诚意想为建设中国人民空军多做一些事情，以弥补以往之疚。

但日籍教员对这样的关系并不舒服，往往以消沉表示出不满，但又不能不去适应。吕黎平说，后来，"日本教员对我们的成见不像我们刚到时那么大了"。

千振甲班这边，队长是去年第一个放单飞的吴元任，政指是姚峻，教员也全是日本人，有黑田、内田元五、西谷正吉、石森、鹈饲等。全体学员如饥似渴地投入训练，加上入冬前已训练了一段时间，有一定基础，训练进展得也较顺利。

甲班训练不到一个月，即转往汤原机场，乙班即进驻千振机场。

来千振前，乙班的年轻人在东安进行了地面强化训练。

跨进飞行门槛太不易。林虎文化考试没有及格，他死缠硬磨，最后硬是靠他的聪明机灵显出的潜质过的关；刘玉堤怕检查身体血压不合格，偷偷跑到东安一家药店打了一针，这一针被店主敲去了乌兰夫给他的两块银圆。

这批年轻人在训练中透着人生一搏的精气神。他们每天一大早就坐到练习器上，一转弯，二转弯，三转弯，练得忘了时间，连走路、吃饭都在背诵起飞、上升等一连串的动作数据，站在卡车上也在体验地速，还爬到房顶上看地平线，看飞鸟，看星星，练习目测高度。

课余时间，他们成双捉对地一个做动作，一个站在前头提醒，互为镜鉴。林虎和李汉就是一对，在月朗星稀的夜晚，他俩常常相约到驻地附近的广场上，那儿有几架待修的飞机，他们一个前舱，一个后舱，一个讲，一个做，练习对正跑道、松开刹车、加油门、保持方向、起飞，练习像绣花那样轻柔地操纵驾驶杆……嘴唇冻僵了，脚趾疼得像钳子在夹，手套粘在驾驶杆上，就爬出机舱，在雪地上跳一会儿，跑一会儿，再上去练。看着那些闪着荧光的仪表，闻着那种特殊的混合机油味，身上就生出使不完的劲。

到千振的第二天，全队集合在跑道上，刘风大队长把飞行教员一一介绍给大家，其中有主任教官林保毅、系川、黑田，教员山本、鲍武生、木暮等。刘风接着又宣布了编组，队员与教员共编八个组，刘玉堤、林虎、韩明阳和王洪智编在一组，教员是木暮重雄。

随后，林保毅主持了飞行前的测验，内容是在地面模拟飞航线：日本教员分别站在模拟航线的各个位置上，学员边走航线边做滑行、起飞、上升、第一转弯至第四转弯、下滑、着陆、关车等动作，在每个点都要回答教员提问，如动作要领啦，注意事项啦，遇到特殊情况如何处理啦，等等。未能过关者复习后再重新测验。

5月7日是感觉飞行的日子。感觉飞行会是什么感觉呢？大家渴望这一天，又隐隐惧悚这一天。

头天晚上，满屋子的人都在翻来覆去地贴烧饼，你问我，我问你，又一起跑到屋外去看天气。见宝蓝的夜空干净明爽，星月澄亮，便放心地回到屋里躺下。睡不着，干脆讲故事吧。林虎就讲了个故事。

林虎说，从前啊，有个飞行员喜欢带着他宠爱的猴子飞行，猴子就被放在前面的学员舱里。带得次数多了，这猴子竟然也会飞了。一天，飞行员发动飞机后从后舱悄悄溜下飞机，这猴子没有察觉，就独自把飞机开上了天。

林虎说完了。大家哈哈大笑。

可林虎接着又说，到了空中，猴子回头一看，后舱的飞行员不见了，一紧张，把飞机给摔了。

大家哄地又笑了。

讲完故事，大家又跑出去看天。最糟的要算刘玉堤了，浑身上下就像着了火一样，哪儿的血都在滚沸，他念叨着睡吧睡吧明天就要飞行了。可明天要飞行还能睡得着吗。

凌晨3点，大家就起床了，4点就吃完饭乘上短脖子日式卡车直奔机场。这天的早饭大变样，由平时的小米粥、玉米面窝头变成白面馒头、大碗漂着肉花的白菜炖粉条。

到机场时天还是一片漆黑，飞机已由地勤人员检查完毕，只等着加油了。

给飞机加油是个费时费力的活，当时没有加油车，需把一百米外的大油桶推到跑道旁，倒到小桶里，再一小桶一小桶加进飞机油箱，因在加油漏斗上蒙了一块麂皮过滤杂质，油加得很慢。同时，汽油来之不易，加油时要小心翼翼，不能洒漏一滴。前一年闹油荒，航校不向困难低头，闯出用酒精代替汽油的新路，但酒精毕竟不如汽油，"东总"于今年1月从苏联购得一千吨汽油，为航校解决了油荒，航校也把能挣外汇的酒精厂交给了东北财委。飞行学员与地勤人员一道，足足用了半个小时才加满几百立升容量的油箱。

137

天大亮，万里如茵，阳光如花。两发绿色信号弹像翠亮的小鸟跃上天空。

乙班的首次感觉飞行开始了。机场上顿时马达喧嚣，此起彼落，热闹起来。

木暮重雄小组使用53号飞机。林虎第一个跟木暮登上机舱。这架飞机也是用好几架飞机的部件拼凑的，就像用几件破衣裳凑成的一件"新"衣裳，看上去倒也干净整齐，但颜色深深浅浅很难看，领子袖口衣襟肘拐处打的补丁有五十多个。内胆也老旧得可以，林虎与木暮坐进前后座舱准备开车时，韩明阳、刘玉堤、王洪智几个人就轮流在发动机的左侧摇大摇把给发动机上劲，抢开膀子摇，累得满头大汗，油门接通了三次飞机才启动。

第一个是林虎，第二个是王洪智，第三个轮到韩明阳。

个头矮小的韩明阳带着一个布垫子，把座椅垫高，捆上保险带。信号员扬起白旗，木暮驾着飞机咆哮着腾上天空。座舱里的风呼呼的越来越大，忽地灰土喷弥，还杂着缕缕烂草，把他的眼睛呛得直流泪，什么也看不清，这都是垫在屁股下的破布垫子里面的东西。

他终于像梦中那样飞到了高高的空中，终于像一次次想象的那样从空中看到了大地：弯弯曲曲的小河、行驶在牡丹江上的帆船、在两条发亮的钢轨上奔驰的火车……正看得出神，他的脊背被触了一下，回头只见坐在后舱的木暮伸出右手的食指前后晃动，还伴着脸部表情。他知道木暮是让自己操纵飞机，体会驾驶要领，兴奋得用力抓住驾驶杆，蹬紧双舵，唯恐飞机不听他使唤，什么动作要像绣花一样轻柔全忘了，飞机立即变得像一匹野性十足的烈马，忽高忽低，忽快忽慢，两个翅膀像船桨般一上一下地摆动。韩明阳手忙脚乱地做完两个大转弯，木暮重又操纵飞机，烈马顿时又变得驯顺了。

下一个该是刘玉堤了。当教员叫到他时，他的心又一下顶住了嗓子眼，浑身上上下下地蹿火。飞行的理想就要实现啦！现在就要上天啦！

谁知一只脚刚跨上机舱，眼前忽然冒起无数金星，身体仿佛灌满了铅水动弹不得。

这是怎么啦？刘玉堤急得咧开大嘴，无奈力不从心，身体就是不听使唤，接着一阵黑视，他跌倒在机舱里了。

大家惊呼着一拥而上，慌手慌脚地把他抬下飞机，送往卫生所。

感觉飞行后，乙班正式进入飞行训练。

开始练的都是基本功。学员坐前舱，日本教员坐后舱，教员操纵飞机让学员悉心体会，学员做动作时教员随时提示纠正，同时通过连动装置保证安全。

日本教员特别重视"三舵一致"训练。所谓"三舵一致"，是讲除了侧滑和螺旋之外，做任何水平、垂直机动动作时，手与脚操纵飞机的方向舵、升降舵和副叶都要协调一致，侧滑仪表中的小黑球始终要保持在中间位置，使飞机在各种力处于平衡的状态下飞行。"三舵一致"说起来简单，做起来并非易事，手或脚重了轻了快了慢了哪怕有一点不谐都会被飞机放大，造成飞行不稳甚至危险，要让连续动作都达到这个标准就难上加难。

飞行训练和在地面训练不同，在地面你可以加班加点，可以笨鸟先飞，而飞行训练因人多飞机少，每周再刨去一个机械日用来飞机检查，飞行日只有五个，每个飞行日每人能摊到二至三个起落就不错了，稍有不顺就难说了，有时在机场等个半天也飞不上一个起落。但有限的时间并不等同于有限的训练。汽车、牛马车和飞机能产生不同的时间效率。乙班学员的身上个个都有一台飞机发动机。

用现今的眼光看，那简直就可以称作是悲壮的训练。

肚子里的热能是玉米窝头、咸菜疙瘩。飞行服有的是缴获的，有的是自制的，有的干脆就没有飞行服，多穿几件单军衣，腰上用根草绳扎紧，脚上蹬的还是山东解放区慰劳的象鼻形黄土布鞋。拼凑起来的飞机上满是补丁，里面的设备就更不用提了，没有救生降落伞，也没有无线电装置。机上前后舱通话靠一根半米多长的软管，一端接在学员的飞行帽耳上，另一端接着像氧气面罩似的"送话器"，教员要发话就把它扣到嘴上。地面对空中的指挥和联络完全靠目视和旗语，当飞机滑上跑道，信号员举白旗就是能起飞，举红旗是禁止。降落时看 T 字布，如果 T 字布变成十字，信号员站在跑道中间水平挥舞红旗，意思就是不能落地。必备的航空地图也没有，就用普通地图为蓝本，用白纸蒙在窗玻璃上拓画下来，在上面做标记，画航线。

条件奇差，训练热情却奇高。飞行是生活的全部内容，大家与技术难点死掐，恨不能白天黑夜连轴转，及早掌握飞行技术。在机上练，下了飞机反复琢磨体会。木暮对韩明阳说："韩嘎，你的勇敢，但作为飞行员还要心细，动作要柔和，要像姑娘绣花一样，动作粗的大大的不行。"柔和，柔和，韩明阳索性把这两个字写在飞行服上，写得有碗口大。为了练好"三舵一致"基本功，有的学员嫌穿着鞋袜感觉不灵敏，干脆脱掉鞋袜，光着两只大脚丫子感觉蹬舵要领；还有的在操纵杆上包块布，布里是图钉的钉尖，以此练习轻柔地推拉杆。脚冻麻了，手被扎出了血，反而能提精神。

但条件差还不仅是硬件上的，还有软件，比如师生之间语言不通、作风迥异、文化背景不同等，尤其是当年的敌对留在心头的阴影是那么坚硬。克服软件的不足往往要曲折复杂得多。

在空中，语言不通只得用手势比画，转弯坡度该是多少，日本教员在后舱拍拍前舱学员的头，然后伸出左手，一个手指头表示转弯坡度为十五度，两个手指头三十度，三个手指头四十五度。有的飞行动作要领光靠比画仍难以领会，动作总不到位，日本教员就通过塑料管子发火骂人了，法西斯式的教学方法就冒出来了，脾气大的甚至用连动杆撞击学员的腿部，撞得瘀血，一片青紫。

日本教员对乙班学员不像对红军学员那么客气，时常指责斥骂，甚至变相体罚，这很容易让人联想到日本侵略军杀人放火时的凶悍面孔，联想到他们现在是战败者，也会使人感触到他们严谨负责的敬业精神。这样的师生关系是复杂的。他们是好心，是想叫我们尽早掌握飞行技术。他以为他是老几？我自从参军后还没受过这样的窝囊气呢。要什么威风？要是不想教可以去当俘虏。这不是在法西斯军队，这里是人民军队，这里人与人的关系是平等的。大家议论纷纷，不满越积越深，终而酿成"罢飞"事件。

这天有位学员动作没做好，飞机落地后，日本教员下了飞机就劈头盖脸地大声责骂，还不容分辩和认错，光骂还不解气，又叫这位学员绕机场三角地段跑两圈。这不还是把我们当亡国奴对待吗！学员们压抑着的愤怒一下子爆发了。大家七嘴八舌地说，你小鬼子八年侵华，蹂躏东北十四年，在中国大地上烧杀抢掠，无恶不作，而今投降了，欠下的血海深仇还没跟你清算呢，你反倒还想骑在我们头上逞威，天下哪有这样的理？不听他的，不要跑，我们宁可不飞，也不能忍受如此奇耻大辱！

飞机熄了火。学员们因愤怒聚集在一起。日本教员东一个西一个被晾在一边。直到暮色降临。

当晚，王弼和林保毅来到飞行乙班。王弼首先对学员们的感情和行动表示理解，同时指出，航校的日本教员是我们的朋友，与当年杀人放火的日本人有本质区别。退一步讲，哪怕他昨天犯下过罪行，今天能诚心实意帮助我们学习飞行本领，就不能揪住老账不放。他们是很辛苦的，一个人要连续带飞几个人，只有在飞机加油的间隙才能下飞机吸口烟。

王弼还说，科学技术无国界，没有阶级性，谁掌握了它，它就为谁服务。我们需要飞行技术，他们愿意教我们，我们何乐不为？前方战友抛头颅、洒热血为我们争得这难得的学习机会，我们只有万分珍惜，有什么资格为区区小事就停练？他勉励大家要有心胸，要有眼光，要有建立自己的空军的大志向。

林保毅和杉本一夫用同样的方法对日本教员做工作，肯定的是敬业精神，对他们自觉不自觉地沿袭日军的教学方式进行了严肃批评。

信任的建立要经过漫长的过程，疑虑时时存在，有时甚至还会产生过激反应。

这天，教员内田元五带着学员上了飞机，发现备用的一根细木棍不见了，前后舱遍寻不着，正纳闷间，一位通讯员跑过来，说是航校政委请他去一趟。

到了队部，王弼很客气地请他坐下，随之就严肃地批评说，你的教学有问题！

内田一下摸不着头脑，腾地站了起来：什么？有什么问题？

王弼说，打人不好！

内田更加摸不着头脑了：我没有打人啊！

王弼从座椅后面拿出那根木棍往桌上一搁：不打人，用这个干什么？

内田松了一口气：这是教学用的！

王弼不容置辩地说，我知道是教学用的，可教学一定要用这个吗？

内田顿感到了极大的委屈，板着脸打了个立正，掉头就直奔宿舍，倒在床板上生闷气。

这回是教员"罢教"了。

难道真是批评错了？否则内田怎么这么激动呢？王弼一早去机场检查工作，看到这根木棍，立即断定是教员用来打人的。难道不是这样？他把内田带飞的几个学员找来，一了解，方知是自己太敏感太主观了。原来，由坐在前舱的学员操纵飞机时，由于不熟悉仪表，往往忙乱得顾此失彼，教员坐后舱只能眼睁睁地干着急。学员徐登坤就想了个办法，他找木匠做了一根一米多长的细棍，让教员在后舱欠起身子用木棍指点仪表，告诉学员如何识别。没想到，这根棍子竟引起一场风波。

弄清了情况，王弼赶紧来到内田的宿舍。面朝墙壁躺在床上的内田听见人来也不动弹，通讯员拉拉他，内田一边翻身一边瓮声瓮气地赌气说，今天不飞了！话刚出口，他猛地从床上跳下地，笔挺地站着。王弼伸过手去，歉意地笑着说，内田教员，我不了解情况，刚才批评错了，我向你道歉，请你原谅！

内田的情绪由抵触一下子变成了感动，眼睛霎时汪满了泪水。

王弼接着说，我还应该表扬你，我听说了"蹦三蹦"的故事。王弼的话一出口，大家哄地笑了。

事情是这样的：在训练飞起落时，内田发现学员们驾机着陆时都要在跑道上蹦上三蹦才落定，这是怎么回事呢？这是降落时忌讳的"蛤蟆蹦"呀，这样太危险了。他琢磨来琢磨去，终于发现是翻译把"三点着陆"的"三点"译成了"三蹦"。他赶忙画了一张图，向学员说明"三点着陆"不是"蹦三蹦"，纠正了交流中的错误。

中日两国人员的矛盾不时以各种形式表现出来，但这种冲撞、对立是积极的，他们在冲撞中慢慢走近，在对立中渐渐融合，在相互怀疑中一步步建立起信任和友谊。

比如下级向上级敬礼，学员向教员敬礼，这本是加强军人意识、凝聚战斗力的形式，学员们过去在部队也早已形成了习惯，但要向日本人敬礼，大家就受不了，还因此打起了官司。还有，日本教员每天第一次看到飞机时都要立正敬礼，无论在地面或汽车上都是这样，这本是表达对天空和职业的敬意，中国学员从中嗅到的是法西斯味道，也看不惯。这些虽是一捅就破的隔阂，有时只用一句"你给人家敬个礼，人家也还你一个，也不吃亏嘛"就能化解芥蒂，但就因为缠绕心头的敌对情结曾惹起纠纷和麻烦。

林保毅后来写道："起初，我们对什么都不满意，原因是意识形态不同。在日本军队里，士兵如果敬礼不规范，就要遭毒打。可他们不一样，无论上级下级，在政治上完全平等，教员有缺点也要受批评，校长做错了事也同样会受到批评，这在我们来说是无法想象的。刚开始时，我们按照日本人的习惯，要求他们先敬礼报告：'我飞科目，要上飞机'，然后再上飞机，如果敬礼不规范，我们就命令他们下来重新做一遍。他们明知道这是日本人的习惯，却表现了高度的忍耐性，非常尊重我们的习惯。"

也许这样的事情最终促进了相互间的理解和感情吧，几十年后，当他们重又相聚回忆时，对这些往事本身也饱含着亲切的感情和深深的谢忱。

训练就在这种独异的氛围中推进。这里面既有障碍，又有因对立而产生的动力，还有撩拨着心理和情绪的戏剧性因素。

刘玉堤第一次感觉飞行时晕倒在飞机上，被送到卫生所，医生要他去佳木斯住院，他说："不，我要飞行!"一拖几天，一身身出汗，一阵阵发烧，最后被强行送到佳木斯医院，诊断结果是患了大叶性肺炎。躺在病床上吃药打针输液，内心煎熬度日如年。病情稍有好转就闹着出院，医生开了的那张"不能参加体力劳动，不能参加飞行"的条子出门就让他给撕了。看到同学们在空中起起落落，他两眼冒火，东问西问地取经。

木暮教员除了给小组讲课外，还单独给刘玉堤开小灶。他常领着刘玉堤到机场的草坪上练习推杆等动作，他们面对着面，木暮握着一根棍子比画着做示范，刘玉堤一边跟着推，一边仔细观察，琢磨着该用多大力，看到木暮头一歪表示方向偏了，就赶紧"蹬舵"纠正过来。木暮很严格，每天都叫刘玉堤背一道飞行数据或其他什么，如一转弯该做什么动作啦，起飞时该怎样加油门、推杆、保持方向、蹬舵啦，转弯时是不是要看地球仪啦，二转弯后平飞、三转弯后有什么数据啦等，都要背下来。到了天上，木暮一边操纵飞机，一边用夹中夹日的杂拌话讲解速度多少，高度多少，怎么下滑、转弯、上升，然后叫刘玉堤试着操纵，体会要领。

这一天，刘玉堤的血又在体内发出了喧闹的潮音，他将第一次操纵飞机飞起落。

他在空中飞得很好，可落地时又紧张了，把收襟翼给忘了，只得连续起飞。这下更紧张了，他听人说过起飞时操纵驾驶杆要有五十公斤的力量，相当于提一桶水的力气。他使劲地推杆，没想到飞机像野牛一样嗷嗷地吼着往前猛冲。眼看就要撞到土质的机窝上了，坐在后舱的木暮大为吃惊，用日语大声喊："赶紧松手！赶紧松手！"由于刘玉堤用力太猛，飞机速度太大，木暮的拉劲也大，刘玉堤松手后，飞机的仰角突然增大，刘玉堤恰又手忙脚乱地收了油门，眼看飞机就要掉下来了，木暮赶紧操纵飞机，飞机才稀里糊涂地落上跑道。滑回预备起飞线后，木暮正抬腿跨出机舱，刘玉堤也没顾上，关车时动作过猛，一下把木暮摔到了地下。

木暮痛得歪咧着嘴，气急败坏地厉声嚷道："你这个学员动作太粗，不能飞！"

第十九章　谁来飞战斗机由政治素质决定

教员队紧张的恢复性、适应性训练眼看就要结束了，队员将面临两个去向，一部分人去当教员，另一部分人将由"九九"高教改飞包括隼式战斗机在内的实战飞机。

当时飞机的数量虽不多，但品种倒不少，除了"九九"高教机，还有二式高教机、双发高教机、司令部侦察机、"九九"袭击机、双发重型战斗机、隼式战斗机，还有一架未修复的双发运输机。这些飞机五颜六色，黄蓝白灰都有，加上新一块旧一块的金属补丁，掩饰不住的破和杂。在这些飞机中，最抢眼的莫过于隼式战斗机，因为它不仅状况良好，而且是真正具有强悍攻击力量的战斗机。

在队员们的心目中，谁能飞它，谁就有理由把自己想象成披挂精锐、气势轩昂的斗士。

该机正式型号叫零式，这是因为日本飞机型号是由生产年号与公元前的日本建国年相加，取其末尾的两个数字命名的，如"零"式就是1940加660（公元前建国年）的末尾数，也就是说零式是1940年生产的。以此类推，九九式为1939产，二式即1942年产。隼式战机在当时可谓"两高（速度、机动性）一大（航程）"，一亮相就凶悍逼人。出产当年的9月13日，该机在掩护轰炸机袭击重庆时，一举击落击伤中国空军的二十一架伊－15和伊－16；次年3月14日，又在成都上空击

146

毁八架伊－15。该机还参加了袭击珍珠港，在摧毁美太平洋舰队的战列舰和驻岛航空兵主力中大出风头；并参与同时发起的对驻菲律宾美军基地的空袭，使克拉克机场十八架 B－17 和伊巴机场五十五架 P－40 葬身火海。

具有英雄主义情结的队员们谁不想驾着它驰骋云天，威武杀敌？但隼式战斗机只有五架，由谁去飞？于是在教员队乃至航校引起了一场风波，甚至惊动了"东总"。

教员队的二十一人来路不一，刘风是从苏联回来的，魏坚和吴恺是由中共派到国民党航校学成回来的，方子翼、吕黎平等十多人是从新疆回来的，还有从汪伪空军起义的于飞、顾青等人。不同的经历和近疏关系造成了潜在的两个圈子。

吴恺、魏坚都极想飞隼式战斗机，与他们处得较深的几位起义的同志也不例外。吴恺知道如果不去争取，运气不会落到他们头上，于是就撑头联络魏坚及于飞、张华、顾青、张成中等八人联名给校领导写了一封信，建议由他们去飞隼式战斗机，理由是他们没有带兵经验，而新疆回来的红军干部更适合当教员。这封信还建议到哈尔滨招收一批中学毕业生当飞行学员，因为学生兵文化程度高，接受能力强。两个建议联系在一起，由他们飞战斗机还有一条未明说的理由，就是他们的技术强于新疆队。常乾坤等校领导觉得言之有理，倾向于采纳他们的意见。

到东安校部送信的吴恺回到五道岗后喜形于色，耐不住地把消息告诉相关的同志。事情很快传到了吕黎平的耳中。这让他难以接受，在他看来，由他们这批红军干部飞隼式战斗机是理所当然的事，他们在新疆时就开过性能与隼式相近的伊－16 战斗机，日本人听了都伸大拇指。他还认为，由谁来掌握这仅有的几架能升空作战的战斗机，关系到党的建军方针，关系到依靠谁的原则问题。

吕黎平出生于兴国县的贫寒家庭，六七岁就放牛打柴，八九岁跟父母下地拉犁插秧割禾，十二岁被送到县城一家杂货店当学徒，打小就泡在苦水缸里。十五岁进瑞金红军学校学习，后任军委作战科参谋、红四方面军作战科副科长等职，曾在朱德、周恩来等首长身边工作。他的经历使他对党抱着深厚的感情，遇事习惯用政治的眼光从原则高度看问题。

吕黎平立即找方子翼、方槐、安志敏、夏伯勋、丁园、张毅等商议此事，接着又召开了支委会。经过一番讨论，支委会形成了这样的意见：在目前这样腥风血雨、战火纷飞的阶级大搏斗情势下，必须坚决按照刘亚楼参谋长来校检查工作时的指示，由受过战争考验、政治上坚定的共产党员干部来掌握这几架战斗机，以做好随时升空应战的准备。另外，关于招收飞行学员，仍应从各解放区来航校学地勤的干部中挑选，文化程度高低并不是首要条件，我们这批同志在新疆学成飞行就是有力证明。会后，吕黎平和方子翼又到东安向在机务处和大队当领导的严振刚、朱火华及金生、周立范等通报和商讨了上述情况，取得了一致意见。

随后，吕黎平等向航校主要领导陈述了他们的意见。

但常乾坤、王弼等态度犹豫。常乾坤说，校领导已在信上签名同意了，两位会飞行的副校长也都签名同意了，就要慎重行事啰，否则会影响同非党干部的关系，不利于发挥他们的积极性。他又说，我看让你们当飞行教员没什么不好，这样既能多飞，熟练掌握技术，又可在实践中摸索出一套教学方法，这有利于航校建设。

这是什么道理？怎么还拿白起、刘善本压人？常乾坤的语调是平和的，但吕黎平听得扎耳，在他眼里，技术干部出身的常乾坤太看重技术，认为从国民党航校学习回来的人以及起义过来的人技术好而过分倚重他们，对文化不高的红军干部却显得轻慢。

也许正是这样。1938 年 9 月常乾坤从苏联回迪化后，曾给正在那里学习飞行的吕黎平等讲授过航空理论，当时不单是学员数理化程度低，而且教学水平也够呛，苏联教官讲课时现场翻译常卡壳，翻译的教材错误也不少，常乾坤一到，轻而易举地就把这些问题全给解决了，他对吕黎平等文化底子薄的印象是不会轻易改变的。如果这还不能确定，那后来刘亚楼讲的一段话则直接点明了这一点。在抗美援朝战争之后，性格率直的刘亚楼曾对一位同志说，那个时候常乾坤并不把你们看在眼里，嫌你们文化低、年龄大、技术生疏，他眼里只有魏坚、吴恺、刘风……我那时说，航校的每滴汽油、每根铁丝都要用在新疆回来的同志身上。

还有，新疆队在血火中锤炼出的凌厉作风、曾经沧桑的优越感和扼制不住的流露会不会也给自己制造了阻力呢？

吕黎平等人坚持认为让谁开隼式战斗机关涉让谁掌握枪杆子，是原则问题、是非问题，不能让步，不能和稀泥。也许还有一个被压制在潜意识中的理由，即飞什么飞机将会有一个什么样的前途。见与校领导谈不拢，当即表示要保留意见，按组织原则向"东总"请示。

见航校领导仍不松口，新疆的同志就托付严振刚前往哈尔滨，把情况向刘亚楼和谭政做了汇报，还反映了航校的一些问题。刘亚楼、谭政当然支持新疆的同志。他们表示完全赞同他们的两条意见，并认为航校办校方针出现了偏向，遂发电给航校否定八人联名信，要求采纳原新疆航空队同志的建议。

按照"东总"首长直接、具体的指示，航校决定改由原新疆航空队的同志改装和掌握隼式战斗机。另外，新飞行学员仍从来自各解放区学地勤的干部学员中选调。与此同时对飞行组织做了全面调整，撤销飞行大队，改为飞行一、二、三队，一队驻东安、二队驻千振、三队驻牡丹江，并组建了一个改装隼式的战斗班。十三名担任教员的同志由安志敏和吴恺负责，分赴千振、依东和牡丹江机场，担任一期甲、乙班和二期飞行班的训练任务。

就当各队转驻各自机场时，发生了一起意外事件。

7月13日，被任命为飞行教员的于飞、张华和顾青驾驶"九九"高教从东安转往牡丹江海浪机场。张华飞第一架，接着是顾青，跟在顾青后面的是于飞，每隔五分钟起飞一架，单机跟进。于飞依照罗盘飞了一程，忽觉飞经的地貌与地图不符，疑是罗盘有偏差，于是改由目测铁路线地标飞。于飞在途中折腾了一番，没想到飞抵海浪机场时，只见到张华，而飞在他前面的顾青竟然还没到。顾青怎么还没到呢？不会是出什么事了吧？于飞和张华仰脸盯着顾青驾机可能出现的方向，十分焦急地等待着。但飞机始终没有出现。

几天之后，航校接到"东总"通报，说顾青的飞机落在了苏联双城子机场，要航校把人和飞机领回来。三天后，王弼率刘风、吕黎平和保卫科长张孔修到达绥芬河国境线边防站，领回顾青，飞机由刘风飞回牡丹江。

顾青怎么会跑到苏联去了呢？是迷航还是另有原因？无论是个别询问还是在会上，他本人坚持说是因罗盘失灵、为离开未婚先孕的未婚妻神思不宁而导致迷航。但当时复杂严酷的斗争形势和他曾是三青团员、日伪军人的经历，加上他软弱的性格，最终主导了对他的审查。

顾青说，由于他开的是日本飞机，穿的是日军飞行服，开始苏军以为他是日本人，在确认他是中国人而不是日本人后，一位苏联军官告诉他，飞机的罗盘坏了，原因是和起运磁电机离得太近，已经换了一个，装的位置也挪动了。但谁能证明呢？吕黎平后来写下了另外一种事实："刘风去接飞机时，苏联空军人员介绍说：顾青迫降后经详细检查和试车，发动机和罗盘、仪表均属正常。刘风飞回牡丹江时亦证明罗盘良好。在人证、物证面前，顾青才交代是想驾机逃跑飞吉林，因到鸡西上空向南转弯后飞的时间太长，进入了苏联领空……"在重压之下，顾青依次"承认"自己"想跑到苏联去深造"，当初投诚是"潜入革命队伍搞特务工作"。他反复无常，颠三倒四，结果越抹越黑，越陷越深，被定了受上海三青团使命潜入我军和企图驾机叛变投敌的罪名。

最后的结论是什么？二十世纪八十年代，他得到了平反，经胡耀邦亲批享受到了应有待遇，并当上省政协委员。然而，这迟到的安慰已无法挽回和改变他已流逝在历史中的暗淡命运。当时他被判处有期徒刑两年，"镇反"运动时又被加重判为死缓。

由谁飞战斗机的风波，顾青驾机飞出国境，这期间还出了田士宾自杀事件，这几件事发生后，刘亚楼再次来航校检查工作。

经过调查，刘亚楼确信有必要对航校进行一次整编。他在干部会议上说："航校应以新疆来的同志为领导骨干，在主要领导岗位上，应当是党员干部掌权；在作风上，应当从实际出发，不做过高的空洞计划，应勤俭办校，节衣缩食，细水长流，精打细算，发扬埋头苦干精神。"他还说了他若干年后仍印象深刻的话：现在飞机和汽油都很缺乏，应倍加珍惜，把每滴汽油、每根铁丝都用在我们自己经过考验、在今后的创业中能当骨干的同志身上。同时，他要求大家安心工作，说，航校只有一个校长，一个处只有一个处长，一个科也只有一个科长，总不能给你一个"科员长"干吧。

9月，"东总"任命刘亚楼兼任航校校长，东北军大副政委吴溉之兼航校政委。常乾坤改任副校长，王弼任副政委，薛少卿任副政委兼政治部主任。原政委马文、政治部主任黄乃一调离航校。白起、刘善本由副校长改任参议和大队主任教官。成立了航校临时党委。飞行组织又做调整，成立了第一、第二飞行大队。

整编结束后，航校在给"东总"的报告中说，整编前的组织情况是存在问题的，主要表现一是"不紧凑"，飞行员和机械学员不足二百人，而机关行政和后勤人员却有一千五百人；二是"不精干"，白起、刘善本掌握部分权力造成权力分散，训练处正副处长何健生和张绶益"一系汪伪空军"，"一系蒋匪空军人员"。

第二十章　为飞机站岗也浪漫

夏夜，警卫战士刘宏勋持枪守在机窝旁。星月被厚厚的云层遮住，他几乎什么也看不见，只听到四野里喧躁的蛙叫虫鸣。

忽然，离他不远处凌空升起一发信号弹，把黑暗撕破。小刘迅疾推弹上膛，伏到土堆后，镇定地观察着四周的动静。敌人打信号弹骚扰是常有的事，不打到飞机就不必紧张，否则飞机会着火燃烧。机场周围的电网、铁丝网也经常被敌人剪断，鸣枪的事也时有发生。

航校和机场的后勤工作是随着飞行训练的需要，在摸索中逐步推进和完善的。开始分工没那么细，最早受到重视和形成建制的是警卫单位，因为当时东北战局紧张，社会秩序混乱，伪军、伪警察的残余，国民党特务，土匪到处乱窜，他们不断制造杀人、偷袭、抢劫以至炸桥梁、毁铁路的事件，航校和机场也是他们骚扰破坏的重点目标。

到了1947年夏，航校的飞行训练将在东安、千振、汤原和海浪四个机场同时开花。为了做好机场保障工作，航校抽调了王诚、王念慈等三名干部，又抽出五名学员，组成场站短训班，突击学习场站业务。

没想到短训班还没开训，就出了一桩自杀事件。

死者田士宾是山西五台县人，好胜心强，性格暴烈。他曾是山西抗日决死队队员，作战勇猛，在百团大战时俘虏过日本人。像刘玉堤一样，他也是1941年被选中去延安工程学校学习航空，因形势生变进抗

152

大和军事学院学俄文，也是在日本投降后来到东北航校。他一心想学飞行，认准它为唯一选择，起初没能如愿，后来成立飞行丙班，他才抓住机会进入丙班学习。就当他以极大热情沉浸在飞行梦中时，没想到丙班被解散，他被转到场站短训班。这当头的晴空霹雳，把他从天空重重地摔到了地面，他郁气冲顶，以致精神失常，在宿舍里用一把手枪顶住自己的太阳穴扣动了扳机。

田士宾自杀敲响一记警钟。航校加强了思想工作，常乾坤校长给大家讲形势，讲任务，讲大时代的航空，讲场站工作与飞机翅膀的关系。航校在教育学员的同时也加深了自身的认识：飞机不仅是从机务人员肩头飞起来的，也是从后勤人员的肩头飞起来的。

场站短训班如期开课，在既无教材教具又无专业教员的条件下，由学过飞行的老同志任教，介绍野战机场的一般设施、航空油料、物资保障运输、简易地形测绘、气象等知识。常乾坤说，场站工作的特性要求你们一定要依靠群众、尊重政府、搞好军民关系，这对你们尤其重要。

田士宾的死因涉及的思想及心理问题在当时具有普遍性，在警卫营也比较突出。警卫营的干部大多是老资格，营长乔帮义原是铁路三团副团长，再早是东北老"抗联"的成员；教导员刘西科1946年从延安调来，曾任航校组织科长；一连连长王明华曾是罗荣桓的警卫员；二连连长也是个"三八"式老红军，在四方面军当过营长。人就怕和人比，那时部队很讲资格，他们都有一把子资格，而今跑到航校来带兵站岗，身居二线甚至三线，还多是高职低配，怎么说也像矮塌了一截，低人一头，怎么说也会有一种酸酸的失落感。

各连的兵也有这个问题。一、二、三连都是整连从作战部队调来的，老兵居多，尤其是从三五八旅调来的三连，几乎是清一色老兵，他们转战南北，战斗足迹纵横半个中国，求战情绪十分高昂，现在被调来站岗，痛快豪壮的心性一下子被刹住，人就像被捆住一样难受，很多人鼻子里还灌满了硝烟味，总想到前线去拼杀。

　　搞思想教育历来是共产党人的一大优势。航校针对警卫营的思想波动，以"这里也是前线"为主题开展了教育。这个主题非常准确，抓住了关键，因为"上前线"不仅是一种态度，也是一种荣耀，待遇、身份、个人的成长进步等都含属其中。为什么说这里也是前线呢？近了讲，敌军和土匪时常袭扰航校，威胁着航校首长、机关、飞行人员、地勤人员及飞机、器材设施，而这些都是红色种子，将来生长出人民空军的种子，保卫好这些种子，其重要意义不亚于在战场上与敌人决战；往远了讲，将来飞行员驾着飞机，以猛烈的火力和凌厉的气势打击敌人，这能说没有警卫部队的功劳吗？所以说，战场是前线，这里也是前线。当然，做工作也要讲实际问题，比如说低人一等，你吃苞米高粱，人家飞行员也吃这个，怎么叫低人一等呢？

　　那时人的思想比较单纯，战争把人推上生死线的同时也把人的思想简单化了。战争是思想工作的有力帮手，使道理像事实一样可信而有力。"上前线"的道理一说通，警卫人员再走向机窝时，心情就明亮多了。

　　站岗有劲头了，训练也有劲头了。驻守海浪机场的四连基本都是新兵，该连针对敌人多是夜间行动的特点，加强了夜间训练。连里为夜练想了不少招：一练走夜路，在机场附近到处可见的羊肠曲道中选一条，白天走两遍，夜里反复走，开始有人摔跤，有人陷在乱草丛里出不来，走得多了，对每条小道的长短、宽窄，有多少个弯烂熟于心了，就是闭上眼也能行走如飞了；二练夜间进攻目标，自行选择道路进攻；三是练眼力，方法是用手电筒或香火在某处晃几下，让战士迅速找准那个地方；四是判断方位，把大家带到野地里，让他们根据北斗星来判断方位；五是练夜间射击，练这个最过瘾，那时缴获有大量子弹，动不动就是实弹演练。此外还练夜间爬杆、爬房子，练擒拿格斗，练得新战士个个都成了夜老虎。

后来回忆起来，那时的警卫生活虽然艰苦，却也不乏乐趣。

"试胆"的故事就很有意思。

那时的中国愚昧落后，许多农村来的兵从小就怕鬼怕神，不敢走夜路，练他们的胆子，破除他们头脑中的鬼神观念，就是个事儿。营部北面约四里路有一片乱坟地，荒草萋萋，阳光都显得清冷，连干部白天把战士们带到这里，让他们把各自的帽子等物放在坟头上，夜里再把他们带来，命令他们单个进墓地取回自己的东西。开始有的战士神情挺紧张，当班长李玉福带头从漆黑阴森的墓地取回东西，大家的胆量也大了，一个接一个地完成了"试胆"，最后一个叫沈林的战士，年纪最小，胆子也最小，当他气喘吁吁取回东西时汗湿了棉衣，但也像个汉子似的笑了。

说起来，"试胆"还是二连指导员贾民杰出的招。本节开头提到的小战士刘宏勋，原来也怕鬼，怕得有些神经质，晚上都不敢去机窝站岗，班长把他带去，他死抓住班长的手不让班长走。贾民杰就想到用"摸鬼"给他治治。"摸鬼"也不是贾民杰首创，他十五岁在八路军一一五师当通讯员时，有一天枪毙了个双料特务，当晚高排长要他去把落在死尸上的联络图取回来，贾民杰心里很害怕，但还是硬着胆子去了。当他战战兢兢在死尸上摸索时，不远处突然冒出一声怪叫，吓得他心都要蹦出来了，他本能地推弹上膛，对着发出怪叫的地方就搂枪机，这时忽听有人大喊："别开枪！别开枪！我是高排长。"贾民杰转怕为怒地嚷道："你太残忍了，我差点让你吓死！"原来夜间"摸鬼"是高排长为了试他的胆子设的一个局。

给刘宏勋"试胆"的机会来了。这机会就是1947年初那次因拆房子取木料枪决了七名车主，尸体被抛在雪地里。处决人的当晚，贾民杰拉小刘去机场查岗，途中要路过抛尸地，贾民杰一路讲自己"摸鬼"

的故事，说，世间根本就不存在鬼，再说又不会有人吓唬你。快到抛尸地时，听到野狗的争食咬斗声，小刘一把拉紧贾民杰的大衣。他们吆喝着鸣枪赶走野狗，贾民杰在雪地上坐下，点上一锅烟，说："你看什么事也没有吧？"稳了稳，他拉小刘走到死尸旁，划着了火柴。见到被野狗撕光衣服血肉模糊的尸体，小刘禁不住浑身哆嗦，一把抱住贾民杰不放。贾民杰大声说："放开，不然我就走了！"小刘松开手，贾民杰对每具尸体踢上一脚，有的还给翻个身，然后命令小刘："你照我的样子做，看他们能怎么着你！"小刘鼓起勇气照着做了，做着做着人变得平静了，最后长嘘了口气说："真的是没有鬼，我再也不怕鬼了。"

这事后来被编成了顺口溜：年方十七岁，身高一米八，篮球打得好，英俊又潇洒，样样表现好，就是把鬼怕，带他去"摸鬼"，从此胆变大。

还有"斗狐"的故事，也颇传奇。

有一段时间机场冒出了许多狐狸，不少狐狸被库区设的电网打死，有的在马路上被汽车轧死。这是怎么回事？狐狸为何都往机场跑呢？经观察，原来狐狸是被代替航空汽油的酒精招来的。机场用油罐储存了不少酒精，有的油罐有沙眼，酒精渗出来和雨水积在一起，就招来了贪酒的狐狸，狐狸喝高了也像人一样迷糊，一不小心就送了性命。说来也怪，有一白毛狐狸从不醉酒，在库区出入自如，还逗弄哨兵。它直立起来，舞动两只前爪，旋转跳跃婀娜多姿，哨兵举起枪就出溜得没了踪影，顷刻又变魔术似的冒出来，分散了哨兵精力。老百姓说这只白毛狐狸是狐仙。贾民杰决定会会这只"狐仙"。他同哨兵约好，"狐仙"如再来，他就藏在岗楼里瞄准目标，哨兵先逗住"狐仙"，听到咳嗽就闪开，这时他就开枪。可贾民杰这位神枪手放了空枪，狡猾的"狐仙"竟能抢在他扣动扳机的一瞬间奔窜而去，而且从此便销声匿迹了。

狐狸尝酒精，人也尝酒精。有一个战士在站岗时被酒香逗得嘴馋，就问保管员酒精能不能喝，保管员说兑上水能喝。这下子他觉得酒味更香了，一天上岗时找了个汽水瓶，用一根小胶管插进酒精桶，用嘴在另一头把酒精吸上来，接了一瓶。下岗带回班里，兑了两碗水，晚饭时全班你一口我一口，都叫香。连里对此事进行了严肃批评，搞了两周政治教育，讨论题上纲上线：用酒精兑酒喝为什么是严重的违纪行为？酒精与飞行是什么关系？与创建空军是什么关系？我们应怎样警卫好航空物资？

艰苦而富于情趣的警卫工作是整个场站工作的一个缩影。

场站短训班突击学业务告一段落，学员就奉命分赴各机场打前站。出发时，除了行军背包，带的东西有指南针、皮尺、简易制图用具、T字布等物，还有给地方政府的介绍信。

他们的第一个任务是修复机场。前期开飞的几座机场经临时填补，只能凑合着用，仍需修复。王念慈来到汤原机场，主跑道上满是梅花状分布的弹坑，土跑道上更是杂草丛生，凸凹不平，野兽出没。当时没有任何作业机械，采石取土、除草压地、填坑打桩全靠人力，运输全靠马车。王念慈等积极与当地政府联系，获得当地政府的全力支持，民工们光着膀子，喊着号子，扔出命地干，仅用了个把月，就把道面修复了。

但还有一个问题，就是跑道两侧排水沟的水泥盖板都被附近群众搬走盖房垒猪圈了，排水沟很容易被泥土和杂物堵塞，雨天跑道会挨淹。王念慈就联系地方同志一道，挨家挨户走访老乡，讲明意图和道理。原以为这事挺难，没想到老百姓二话没说，纷纷把水泥盖送了回来，有的愣从房墙上拆下来，在房子的一面墙上留下个大洞。

跑道修复了，但被毁成一片废墟的建筑物和机场其他设施还无力解决。经联系，政府又协助借用了就近的民房。那种平房虽然极为狭小简陋，但也尚可挡风遮雨。

场站是管后勤保障的，在当时的条件下，件件事情都很难。油料保障也是个艰苦的事。

没有铁路专用线，要到火车站去卸油，再用汽车或马车运到机场，贮放在机场破房基上或残存的飞机掩体里。输油、供油设备更是谈不上，装油的桶都是一个一个收集来的旧油桶，经洗涤后使用。由于油中杂质较多，都要经过几次检查和人工过滤，直到注入飞机油箱前，还得由机务人员再精心过滤检查才放心。

有时也直接用铁路槽车运，但也只能用小管子通到一百八十升的小桶里，一桶一桶地装，槽罐的油见底，就改用手摇泵抽，剩下油底抽不出来了，就由人轮流戴上防毒面具，钻进槽车罐内用盆舀，最后的油脚得吸附在纱团上拧出来。因为自己不能生产汽油，外援又无保证，大家视油如血，一滴也不能浪费。

一次在海浪车站，场站的一名战士在卸油时被浓烈的汽油味熏昏过去，掉进了装满油的槽罐里，牺牲了年轻的生命。

吃是头等大事，也要就地解决。战争如火如荼，周围村镇的生活很清苦，高粱米、苞米楂子，只能弄到什么就吃什么，副食更是难以保证。

为了保证空地勤的供给，减轻供给压力，场站积极组织连队开荒，大搞农副业生产，以期主副食部分自给。机场周围人欢马叫，干部领着大伙拉犁耕地，翻出醉人的鲜土味，不久又飘出粮食瓜果的芳香。二连开荒五十垧，用日伪时期积遗的马粪肥田，当年就收苞米十七万斤，蔬菜基本自给自足，随后又购置了两辆马拉胶轮大车，办起豆腐坊、面粉坊、电磨坊、油坊和酒坊五个作坊，养了猪和羊，连队伙食大大改善，一周至少吃一次肉和细粮。二连还向飞行员捐了三大桶豆油和两马车蔬菜。

第二十一章 在敌机的陪练下练硬翅膀

8月的一天，晴空丽日，对飞行是个黄金天气。下午4时，吕黎平和方华各驾着一架隼式战斗机起飞了。

就在此时，机场东北方向冷不丁钻出八架P－51战机，其中的两架压低右翼，啸叫着朝吕黎平迎面袭来。倏然，一长串弹火从他的飞机右侧掠过。吕黎平大惊。迎面的敌机已贴着他的鼻梁向上拉起，扭头一看，后面也有两架敌机占据了攻击位置。他的飞机高度尚不足一百五十米，他迅速做大角度着陆，在跑道中央紧急刹车，解脱椅带跳出座舱。他刚跑出几步，敌机又俯冲下来，连续发射燃烧弹，致使他的飞机尾部中弹起火。他见状又立马返身，脱下上衣去扑火。

地面的同志也奋不顾身跑过来。负责维护该机的邹炎、陈明喊叫着奔跑在最前头。

看到敌机甚嚣尘上的劲儿，方华的肺都要气炸了，这位经历过枪林弹雨的红军老战士血脉偾张，恨不能冲上去与敌人拼死一搏。但他按捺住自己，不要说他的飞机起落架用枣木棍固定住收不起来，影响速度和机动性，最要命的是飞机上压根儿就没有配备机枪子弹。情急之中，方华迅速爬高加速，占领有利位置，做出攻击敌机的态势。这一招果具威慑力，敌机袭击了吕黎平后，并没像往常一样反复俯冲扫射，而是立即逃离，连副油箱也甩在机场西南方的农田里了。

停在起飞线上的另五架飞机全都安然无恙。这不全是方华的功劳，当敌机一出现，担任指挥员的夏伯勋就立即指挥大家把飞机推出跑道，推进机窝隐蔽了起来。

吕黎平飞机上的火扑灭了。看着自己精心维护的宝贝飞机被摧残的模样，邹炎伤心得痛哭不止。

在这次遭袭前后，航校的汤原、东安、千振、海浪等机场频遭敌机袭扰，后来竟至每天必来，每天必扰。

当时，中国已到了两大阵营总决战的前夜。在东北，民主联军从5月开始发起夏季攻势，歼敌六个师，夺城二十三座，但反复攻打东北中部交通枢纽四平未克，局面陷于僵持。聚集沈阳、长春、四平、吉林等大城市的蒋军得以喘息，蒋介石派参谋总长陈诚亲抵东北督战，企图六个月内恢复在东北的优势。正是在这种情况下，蒋军飞机加强了对民主联军重要目标的袭扰。

蒋军飞行员欺负航校没有作战飞机，又无高射炮，驾驶着 P-51 战斗机横冲直撞，常常擦着地皮狂扫乱射。就连没有自卫武器的 P-38 侦察机也敢为所欲为。有一次，几架"九九"高教正在东安机场上空训练，两架 P-38 不知何时出现在它们的上方。P-38 在高空盘旋了几圈，一低头猛插了下来。地面人员为向空中报警，赶紧点燃了火堆。火堆焦急地蹿着火舌，冒着浓烟，可驾着"九九"高教的飞行员以为是烧荒，未加理会。好在 P-38 没有武器，张扬了一通就飞走了。

蒋军飞机的猖狂劲把大家气红了眼。有人提出在隼式战斗机上装备弹药，对来犯敌机来个反击，狠狠揍它一顿，不怕它今后不老实。但"东总"不同意，说这样会暴露目标，会因小失大；说你们的任务就是训练飞行、提高技术、储备骨干，东北战场压根儿就没打算用你们，也用不上你们。大家窝了一肚子火，只好自制一些铁架子，架上机关枪，装在房顶和机场四周的高土丘上当高射机枪使。用机枪打飞机效能几乎等于零，主要是发泄。没法子，气还得憋着。

打不起，还能躲不起？敌机从沈阳飞到航校的机场要两小时，因飞不了夜航，这天亮后和天黑前的两小时，也就是上午8点之前和下午3点以后的两个小时，就可以插空训练。但工作的复杂性和艰苦性大大增加了。空、地勤人员每天凌晨2点就得到机场，一起把飞机推出机窝，去掉伪装，然后加汽油、注滑油、检查、起动飞机。飞到8点停飞后，赶紧再把飞机疏散隐蔽起来，为防止飞机中弹起火，要把油箱里的燃料全部放掉。有的飞机落地时，因导管渗油把风挡玻璃弄得油渍麻花，机务人员来不及找抹布就用帽子和衣服去擦。下午再如此来一个反复。国民党空军费了很大的劲来捣乱，航校照样训练不误。这下该轮到敌人急了。同志们说起了风凉话：这叫你飞你的，我飞我的，井水不犯河水。

敌人当然不会善罢甘休。一天上午，海浪机场的飞行刚结束，十来架"九九"高教机还没来得及隐蔽，就见两架P-51从机场西南方掠地而来。大家被这猝至的袭击惊呆了：完了，机场上的飞机眼看就要毁于灭顶之灾了！正当此时，奇迹出现了。日籍司机佐渡驾着起动车不顾一切地冲上了跑道，敌机被它牵住了鼻子，朝它俯冲下来。这位日本朋友身后不远处的钢板被打了一个洞，距油箱只有十几厘米，但他仍驾着燃烧的车子在跑道上疾驰，冒死引开敌机，避免了重大损失。

这以后，与敌人捉迷藏，在打时间差的同时，还设置了隐蔽空域。如果在训练中遇敌偷袭，跑道上的T字布就变成X字，并升起红色信号弹，正在空中的飞机就立即离场，飞到相对安全的空域盘旋待命。

一天，一名学员在训练中遭遇敌机袭扰，即飞到了穆棱。穆棱是个适于隐蔽的好地方，四周的高山和原始森林构成了天然屏障，地面还有一条土跑道，可供紧急迫降。可飞行途中他却虚惊了一场。他按地图沿铁路做超低空飞行，可飞着飞着铁路忽然不见了。铁路怎么就不见了呢？他急得满头大汗，也顾不得安全不安全了，迅速上升了高度。蛮里蛮撞飞了一阵，才看到一辆冒着烟的火车头钻了出来。原来铁路钻进山洞了。

超低空飞行也是与敌捉迷藏的一招。经验丰富的林保毅告诉大家，超低空飞行有个窍门：用升降舵调整片把驾驶杆调到最轻的位置，并使机头有自动上仰的力量，这样不但操纵省力，而且高度也容易保持，遇到危险情况，还容易上升高度。大家照此一试，果然挺灵。

大家练就了超低空绝活，通过机场时，能看到停机坪上飞机轮胎的花纹和机身上的"补丁"；在山沟里和田野上飞行，螺旋桨的尾流能吹得树梢和高粱穗相互撕打。遇到山峦仰首爬过去，遇到山沟，就顺着山势做蛇形飞行。这样的高难动作，对刚能驾机上天的学员们来说是很吃力的，每次飞下来，都弄得汗流浃背。但也很刺激、浪漫，比如飞越江面看到飞机的倒影时，心中会涌起异样的悸动，引起自豪和遐想。

1947 年夏、秋之际，飞行甲班、乙班、领航班和改装隼式战斗机、轰炸机训练，就是在这样的险恶气氛中紧张艰苦地进行的。

改装隼式战斗机的训练 7 月底在汤原机场展开。汤原机场紧靠老莲火车站，在佳木斯至哈尔滨铁路南侧，离松花江约十公里。经修补的跑道勉强可用，但房舍尽毁，仅存的十多个破旧水泥机堡里住着看守飞机和油料的警卫班。空、地勤人员住在民主屯一户地主的宅院里。

由于刘亚楼的支持，飞隼式战斗机的成员清一色来自原新疆航空队，有陈熙、吕黎平、方子翼、方华、方槐、夏伯勋、刘忠惠、袁彬等。飞行教员班的其他人有的转入轰炸机训练，有的分到各队担任教员和基层领导职务。

民主屯距机场有六七里地。每天大家摸黑起床，就着咸萝卜啃俩窝窝头，就步行去机场。到了机场，飞行员和机务人员一道，把飞机从机窝推到停机坪上，检查、加油、铺 T 字布……天渐渐地亮了。

隼式战斗机是"二战"后期日军主战机型之一，最大时速五百来公里，与苏式伊－16相近，但两者的技术性能迥异。因没有同型教练机，林保毅为制订训练计划费了不少心血。他先让大家驾机在跑道上来回"开汽车"，逐渐加速，当速度大到快要离开地面时收减油门，效果类似模拟训练。第二步是用"九九"袭击机带飞，他坐在后舱，考察和调整每个人的技术和心理状况。上隼式单飞时，由于飞机是单座，教员不能带飞，他就在地面反复详细地讲解，并驾机做示范飞行，用一双似有似无的手扶着大家升空。林保毅智慧、谦诚、敬业，加之一流的飞行技术和教学经验，深得大家敬服。

信号弹升上了曙红的天空。又一天的飞行开始了，搅得人热血沸腾的马达声轰鸣起来。指挥员站在T字布旁，挥动起白色小旗。一架飞机掠过跑道腾空而起。也许紧跟着又起来一架。一架接着一架。天地顿时变得恢宏、生动起来。

这一时期，乙班的学员陆续放了单飞。独自驾机上天，后舱教员坐的位置空了，得压上装满沙的沙袋，以保持飞机平衡，还要在机尾拴上红布条，意思是要大家当心点，让着点。开始主要训练"机场航线起落"。一起一落是飞行的基础，这个掌握不住，就如同行船没有码头，行船也就成为不可能。事实上，起飞、着陆和巡航三个大环节，起飞和着陆不仅是基本环节，而且飞行员的动作多，各方面情况也尤为复杂，稍有不慎就会出险情，比如蛤蟆蹦、打地转、拿大顶，都有人碰到过，弄得不好还折断机腿机翅，甚至伤人。

见同伴们都飞上了天，刘玉堤心急如焚，耳边老是响着"你这个学员动作太粗，不能飞"这句话。从延安到东北，从陆地到天空，他似乎特别不顺。他血性太烈，又太想飞行，结果到了紧要关头总掉链子。感觉飞行前晕倒，这要是发生在独自驾机时，岂不机毁人亡？第一次驾机飞行，着陆时又像收不住的烈马，竟把教员掀翻在地，又是如剑悬顶。

就当他备受煎熬之际，刘风大队长找他来了。刘风跟他讲，我们的飞行学员大都来自农村，要用握惯镰刀锄把的粗手驾驶飞机，一个是难，一个是险，但这不等于就做不到，直上高教做没做到？酒精代汽油做没做到？我们不都做到了吗？和你一道学飞的同志不是飞起来了吗？你的问题是心态不稳，克服的办法是多练，还要多思，这需要时间。刘风还说到教员木暮。刘风说，假如你是一块铁，你想成为一把刀，你说你需要一把重锤呢还是一把空心锤？

木暮也似乎忘了那句近似结论的斥责，仍旧给刘玉堤开小灶，一个动作一个动作手把手地教，一个原理一个原理深入浅出地讲。一有空，他就带刘玉堤去机场草坪，两人相对而坐，针对刘玉堤动作粗重毛糙，用一根棍子比画"大姑娘的绣花"，让刘玉堤细察他的动作，体会用力大小，然后把住杆让刘玉堤拉，看他用力是否适度。带飞时，先自操纵一两遍，再叫刘玉堤做，他在后面把着，拉杆多了就挡一点，拉得少了帮一把。每回做完，总要鼓励地看着刘玉堤说，这次很好！随后平声静气地指出毛病。同时也一如既往地严格，每天要背的数据必须背，在空中哪怕一个细小的误差也要重来，转弯速度大了小了，盘旋中掉了两度，他会果断地说："不行，再来一次！"

训练中每个人都有自己的坎，没有谁能一步登天。韩明阳够机灵了吧？随着训练深入，技术上的难题也不期而至。他在飞了几十个起落后，不期又遇上了拦路虎：每次着陆贴近地面时，一米平飞的高度老是拿捏不准，飞机下沉和拉杆的动作也配合不好，不是拉高就是拉低，歪歪栽栽玄玄乎乎。几次下来，就形成了条件反射，一到一米平飞就紧张发慌，越紧张情况越糟，信心也就愈加不足，形成恶性循环。木暮看着着急，想了许多办法，请其他教员"会诊"，飞行队的主任教官系川、黑田都曾同韩明阳一道飞过，林保毅也亲临研察。经分析，发现是韩明阳观察地面的角度不对，视线距离太近。韩明阳调整了视角，将视线前移，颇费了一番周折，终将拦路虎制服。

甲班的张建华飞特技筋斗时，在地面什么都搞得明白，可一上天就犯晕乎，无论教员怎么示范讲解，无论他多用功努力，翻出的筋斗不是椭圆形，就是偏左偏右，总是打不圆。观察呀，琢磨呀，经黑田教员指导，他摸到了一个窍门，就是翻筋斗前，先在飞机前下方找好一个目标，在推杆、加油、增速、再拉杆上升的过程中，始终要感觉那个目标，当飞机翻过来时，机头要立即对准它。这个窍门帮他攻克了技术瓶颈。

林虎不仅要同技术角力，还要默默地同"脱肛"做顽强的斗争。飞行中空气压力大，体内的东西往外挤压，他做了一个兜子把肛门兜住，少吃饭，少喝水。

飞机和设备的破旧陋缺，也给训练平添了不少困难和危险。

"九九"高教机上没有电台，除了在起飞和着陆时打出红、白旗，地面无法对空中进行指挥，而打旗子的效果又能怎样，如果飞行员目测不准，飞机可能偏出或超出跑道时，打红旗往往都来不及了。有时教员驾机飞在学员独自驾驶的飞机一侧，用摇摆机翼等动作向学员做提示，这样的办法传达的信息肯定不如留下的疑惑多。飞机上缺东少西，甚至连航行表也没有，只得把闹钟挂在脖子上代替。也有人把闹钟绑在腿肚子上，走起路来别有一种武装的凛然。地面练习用的木质小飞机要求自己做，不少人笨手笨脚做得奇形怪状，刘玉堤、李汉则大显身手，做了许多精巧的小飞机分给大家。

7月的一天，日籍教员大澄带飞李向民，飞的飞机破旧不堪，机轮的内胎都露出来了。起飞快离地时，地面人员发现有个轮胎瘪了，但又无法告诉机上的人，急得团团转。一个教员赶紧同一个学员又起飞一架飞机，径直飞向大澄和李向民的飞机，打开座舱盖，用手指着飞机轮子，连比画带喊："轮胎破了！"喊了老半天，大澄和李向民才弄明白是怎么回事。他们驾机接地后一直向一边压着杆，直到飞机速度几乎完全消失，才把杆摆正，飞机倾斜一下总算停稳了。

由于器材无继，连隼式战机上原有的无线电设备也使用不上，联络照样是用原始的手段。有一次，一架能收放起落架的隼式飞机临着陆时，起落架收放指示不灵了，飞行员不知道起落架有没有放好，不敢贸然着陆，只得在空中兜圈子。地面人员看到飞机一会儿拉起，一会儿下滑，都感到奇怪：怎么老也不下来，兜来兜去的折腾什么呢？当飞机终于趔趔趄趄落地后，飞行员推开座舱盖，当头就问为什么不点柴火堆。大家都不解其意。原来，这位飞行员由于无法判断起落架是否放好，就写了一张"如起落架放好就升火堆告诉我"的条子，用手巾把纸条和一串钥匙裹成一团，把座舱盖打开一条缝丢了出去，可左等右等也不见地面有什么反应，最后汽油用尽，只好硬着头皮闯了下来。但从地面看，飞机的起落架早就放好了，而且谁也没看到天上落下手巾和纸条。

设备老化，汽油杂质积淀导致油路不畅，空中停车也是常有的事。安志敏和黎明就遇到过，而且可说是死里逃生。他们驾着一架"九九"高教从东安飞往千振，当飞到一片原始森林上空时，突然砰的一声，发动机停车了！此刻的飞机高度是一千米，如果就这么掉下去，必是机毁人亡。在这生死攸关的时刻，他俩沉着冷静地操纵飞机，保持最小的速度下滑，当要接地时改做侧滑，以降低前进速度。不知是幸运还是不幸，飞机猛地撞在了两棵大树中间，机头与尾部被拦腰撅成两截，巨大的惯性和反弹力把他俩从座舱里抛了出来。也是奇巧，两人均无大伤。他们照着地图往回摸，饿着肚子在蚊虫扑面、虎狼嗥啸的林莽间摸索了一天一夜，终于带着满身泥污和血痕回到了东安。

在此之前，胡子昆和长谷川在驾驶一架双发高教机时，在空中两个发动机都熄火了，迫降时造成机身受损；学员刘扬和教员加藤正雄驾机在空中停车，迫降在高粱地里。

敌机袭扰、技术难关、设备陋缺、自身弱点，以及伴随着这一切的生死威胁和大苦大累……

这些算什么？这对于从逆境中拼杀出来的红军老战士算什么？对于心怀浪漫激情的新学员又算什么？革命英雄主义在白山黑水间熊熊燃烧，在云海风涛间熊熊燃烧。他们用沸腾着青春活力的生命航线编织着自己的命运乃至民族的命运。

各班的训练在荆莽危石间艰难而顽强地推进。在大豆和高粱果实饱满，飘散成熟气息的深秋，隼式战斗机班完成了所有科目，掌握了战斗技能，攻击射击能抵近二百五十米之内开火，特技动作诸如筋斗、上升翻转、横滚等，恣肆奔放犹如醉笔狂草；甲班高教机训练毕业，部分学员被选调改装轰炸机；乙班巩固单飞，科目不断升级；轰炸机和领航班的训练配套进行；机械、场站班边干边学。飞行教员及各班人员相互插动，各班、队根据需要又整合重组，新的训练计划在酝酿之中。

刘玉堤死扛硬拼，在教员木暮和吴恺带教了上百个架次后，终于独自驾机飞上了天空。那一刻，他血脉里的潮音又响了。

第二十二章　歌剧《白毛女》伴随练内功

漫天大雪快而有力地飘落，西北风呼啸搅乱雪幕，掀起雪的旋涡。这就如同杨白劳躲债路上的情形。航校礼堂里，歌剧《白毛女》上演了。

随着角色登场，观众指指点点议论纷纷："这喜儿不是警卫营的大眼睛王淑春吗？""杨白劳是谁，是领航班的李奇吧？""这黄世仁演绝了，没想到训练处的杨劲夫还有这么两下子。""认出来了，是领航班的张执之扮的大春。""你看训练处麦林扮的黄母，真够毒的。"……

剧场安静下来，人们渐入剧中情境。有人抹泪了，啜泣了。有人捏拳瞪眼了。痛苦和仇恨的火焰在蔓延。当台上的黄母用鸦片烟签子扎喜儿的嘴时，情绪爆炸了，怒极的人们站了起来。"打死她！""打死她！"场内秩序大乱。有人掂着条凳往台口冲。有人往台上扔什物。这中间爆出砰的一记枪响。日籍观众满脸茫然肃然，呆在那里。

常乾坤、王弼急忙登上舞台。大声喊，这是在演戏，不是真的，请大家安静！处、队领导也都挥舞两手安顿秩序。

这不能怪观众。

还得说这场戏演得好。虽说演员是按"五音俱全，声音洪亮"在校内现抓的（原有校宣传队员因政治上不纯已清理），但现为教员的导演张成中却很有本事。张成中毕业于延安鲁迅艺术学院戏剧系，在延安就曾成功导演过《白毛女》，那次扮喜儿的是著名歌唱家王昆，扮黄世仁的是后来家喻户晓的反派演员陈强。这次的效果也属上佳，要不是被人眼疾手快挡了一下，从门口冲过来的警卫的那一枪没准会打出个事故来。

要的就是这个效果！这台歌剧就是为配合"三查三整"，为配合诉苦教育赶排的。

东北的 10 月就开始下雪，飞行训练不得不停下来。恰在此时，为提高部队战斗力，加快解放战争进程，以"三查三整"为主要内容的整党运动和以诉苦"三查"为主要内容的新式整军运动在各解放区普遍展开。当年 7 月，刘邓大军强渡黄河南下，人民解放战争已进入战略进攻阶段。

航校开始了"向内的建设"。10 月 21 日，航校新任政委吴溉之向全校排以上干部做整顿动员报告。根据东北局指示和他此前对航校的调查，他着重讲了办校方针、领导、政策、工作、思想等八个问题。至于急待纠正的错误思想和表现，他主要讲了两个方面：一是在训练中，存在着急于参战、依靠外援、重技术轻政治、重实际轻理论、重飞行轻机械的倾向；二是日常生活中，平均主义、自由主义、本位主义、山头主义、极端民主化，以及图享受怕艰苦、不安心航校工作的思想有所滋长。最后，提出了搞好整顿的步骤和要求。

所谓"三查三整"，就是查阶级，查工作，查斗志；整顿组织，整顿思想，整顿作风。新式整军运动的"三查"是查阶级成分，查个人历史，查入伍动机。运动分为学习文件，提高认识；暴露思想，暴露成分，暴露工作；系统检查反省；写历史自传，处理个别人等几个阶段。

这也是一场战役。每个人都感到压力，每个人的脑筋都加快运转，每个人的嘴都必须表达。自查、互查。自我暴露，互相帮着暴露。办公室、教室、礼堂、机库和宿舍，到处笼罩着紧张、激动、清扬和猜疑的气氛。上至校长政委，下至学员、勤杂人员，每个人都需从里到外，从前到后重新亮相。

老校长常乾坤性情沉静从容，平时很少谈自己，现在他必须谈自己。

常乾坤同志在生活中有没有违反规定搞过特殊化？

有的。航校办公室主任蒋天然在哈尔滨管酒精工厂时，出于对校领导的关心，未经商量用酒精厂的钱给校领导每人买了一件皮大衣，还有一顶皮帽子。还有一个干部去大连办事，想到航校不发衬衣，就给校领导每人买了一件衬衣。我都有份。这种做法浪费了公款，滋长了特殊化，会降低领导的威信和凝聚力。我对此负有责任，曾在几次会上做过检讨。平时我还是注意要求自己的。按规定我可以吃小灶，在延安时就吃小灶，但航校的生活很困难，我就同大家一道吃高粱米、玉米面、萝卜白菜和土豆。为改善生活，我还同空、地勤人员一道开荒种地、拉犁耕田，一道上山打柴烧炭、挖野菜、捡雁蛋、打猎，到兴凯湖去打鱼，敲开草塘的厚冰抓泥鳅。

常乾坤同志历史上曾与组织脱离关系是怎么回事？

我曾两度失去组织关系，但现已得到恢复。事情得从头讲起。当初去苏联时，是中共广东区委书记陈延年向第三国际开的组织介绍信，由党小组长徐介藩亲自交给了驻第三国际的中共代表谭平山，但是我去列宁格勒航空理论学校时，谭平山未给开正式介绍信，而是由刘云给学校负责学生政治工作的阚尊民写了一封介绍信。在转入飞行领航学校时，谭平山已回国，找不到陈延年开的介绍信，共产国际不给开组织介绍信，因而断了组织关系。到苏联空军独立航空队工作后，我加入了联共，但后来进茹考夫斯基工程学院时，联共认为我曾参加过国民党，不符合加入联共的条件，我就再次失去了党组织关系。我是在黄埔军校加入的国民党，当时黄埔军校的学生都须加入国民党，我是经中共党组织

170

批准，与其他同志一道集体加入国民党的。从苏联回国后，查到当年黄埔军校党员名册，经王世英同志证明，中央组织部批准正式恢复我的党籍，党龄从 1925 年算起。

常乾坤同志的工作和斗志如何？

我对党和军队的航空事业抱着必胜的信念。1940 年回到延安，我参与了工程学校的筹建和教学。1945 年底到东北后，我与其他校领导同心协力，团结包括日本朋友在内的全校人员，筹建航校、搜寻器材，搬迁校址，攻克理论关，直上高教，用酒精代汽油，编译教材，进行飞行训练。今年下半年，我们又确立了三个阶段的训练体制，颁发了《飞行规则》等多个条令条例，使航校的工作有了一个基础，并逐步走上正轨。在这期间，航校工作也存在不少问题，有的还很顽固。我与王弼同志时有分歧掣肘，有时当着部下用俄语争吵，于工作不利。我对此都负有责任。特别是吴溉之同志提出的问题，我要深入检讨，积极做工作解决。

我对事业的信念来自对共产主义的信念。早年在晋军学兵团上学，受北大来的进步老师影响，开始接触进步书报和新思想。毕业不久"五卅"惨案爆发，太原城也沸腾起来，我在时代大潮推拥下，与共产党员范洪亮等奔赴广州，考入黄埔军校第三期，并于同年 7 月加入共产党。在校期间，我对周恩来、恽代英、萧楚女、张太雷等讲授的政治和历史课尤有兴趣，后来去苏联，又研读了《共产党宣言》《资本论》《政治经济学》《历史唯物论》等书籍。时代的氛围和马列光辉，使我确立了共产主义价值观。

我也曾有过苦闷和惶惑。失去组织关系时我几近绝望。前些时我被改任副校长，加上爱人曲冰刚病逝，也被痛苦缠绕。还有，我离开莫斯科，离开苏联籍妻子和孩子回到新疆时，没能如愿上前线杀敌，又受盛世才的拒阻没能像组织上安排的那样进新疆航空队当教官，时光流逝，技术荒疏，失望和苦闷到了食不甘味、寝不安席的地步。但这些都过去了，它们反而证明我的信念是能经得住考验的。说明一下，后经苏方查实，我的苏联籍妻子和孩子都在德军轰炸中罹难了。

常乾坤同志是什么阶级成分？

我出生在晋南王屋山下的垣曲县毫城村，家有几十亩山地、十五口人，不穷不富。我七岁入私塾，读了七八年四书五经诗词歌赋，形成了符合旧道德的严谨正派的做人态度。十八岁在县城读完高小，只身到省城太原，原想考太原师范，考虑到家庭不堪经济重负，转而考入阎锡山的晋军学兵团。

常乾坤同志学航空的经历是怎样的？

从黄埔军校毕业后，1926年初由党选派，我以第一名成绩考入苏联援建的广东航空学校。在学校里学航空知识，也学驾驶飞机。那种苏式飞机没有座舱盖，飞行员几乎是站着开飞机，强劲的气流搅着发动机的废气扑面而来，每次落地都弄得满脸油污。我通过训练获准单飞，算是我党最早的飞行员中的一个。1926年6月由国民政府公派赴苏联学航空，同行十二人，中共党员有六人。开始是进航空理论学校，我学得不错，对空气动力学颇有心得。一年后进入苏联空军的飞行与领航学校，系统学习空中领航学和空中射击学等专业。1930年1月去了苏联空军独立航空队，当中尉领航员，后升任准校领航主任。这期间把理论用于实践，收获是大的，曾获苏联空军的奖金奖励。1932年12月，进入苏联航空工程最高学府茹考夫斯基工程学院，学习内容有高等数学、物理学、化学，以及飞行发动机原理、构造、设计等航空工程理论，还去飞机和发动机工厂实习，对航空理论有了较系统的把握。临毕业时，我还设计了一台航空发动机和一架侦察飞机，虽达不到应用的程度，但获得了航空工程师和空中领航员的技术职务。

在"三查"中，"查"出了、"暴露"出了常乾坤的立体形象和闪耀着金子光芒的生命轨迹。因为有阴影相衬，这形象和轨迹就像在阳光下一样真实。

整个航校都力图呈现这种真实，都力图呈现确定这种真实的不可缺少的阴影。

苦难家史和身世呈现出来了。勤奋的工作姿态和实绩呈现出来了。燃烧着理想和激情的精神图像呈现出来了。事故呈现出来了。失误呈现出来了。矛盾呈现出来了。吴溉之列举的问题被对号入座：刘风急于参战嚷着要带几架飞机去前线打游击，魏坚开着飞机打熊瞎子犯自由主义……

气氛是紧张激烈的。有人受不了自杀了。

在这种气氛中，人们似乎格外敏感易怒。飞行一队在选整风小组长时，有人提议让林虎当。队长夏伯勋不太了解林虎，开会审查时，说，林虎你说自己十来岁当的兵，你那时到部队能干什么？林虎从这句话里听出了对他人格的怀疑。他年龄不大，资格却老，加上两三岁就沦为孤儿养成的激烈性格，岂能容忍这等侮辱？他一下就火了，说，我还怀疑你是不是叛徒呢！夏伯勋倒噎，气得张口就骂，他同林虎分别坐在长条桌的两边，他抓起茶缸就向林虎砸过去。林虎腾地站起，一把将桌子掀到夏伯勋身上。夏伯勋吼着让人把林虎抓起来，关了禁闭。这事后来是吴溉之解决的，他训了林虎几句，把他放了。

刘善本、白起等起义人员也被安排在训练处参加了"三查"。他们检讨了在国民党和汪伪空军养成的不良习气，表示要自觉改造思想作风，转变人生观。日本人也在杉本一夫和日工科组织下，严肃地投入进来。

运动后期，航校经过严查深挖，共清洗了六十五人，其中本人是伪满警察、地主分子及地方批斗对象者二十四人，其余为土匪出身或屡犯错误不改者。

在运动中，由谁飞战斗机的争论、田士宾自杀、顾青"驾机叛逃"的事又被拿出来检审，要大家从中吸取教训。此时，顾青被关押在哈尔滨东北军区军法处的监房里。

许多事变透彻了，而也有一些事被这透彻遮蔽了。你可以不原谅某一个人，但是，你却不能不原谅历史，不能不原谅历史的逻辑和蕴含在历史中的真诚。任何超脱了历史情境的评判都有可能陷入非理性的泥沼。

整风运动历来就是法宝，是磨刀石和加油机。每当队伍的肌体显出钝重、疲倦，泛出锈斑，就放在这块磨刀石上磨砺，磨出精神的寒光、力量的锋刃、凝聚力、精悍和士气。"通过运动……航校的精神面貌发生了根本变化"。

入冬后几个月，在搞整顿的同时，航校还腾出手来开展文娱体育活动。机关和各队组织教歌、演节目、打球、拔河、赛跑、练单双杠、滑雪、打猎、扔手榴弹，搞得有声有色。校演出队、篮球队也很活跃。日本人也很积极，他们打棒球最上瘾，早晨喜欢在零下 30 多度的严寒中赤着膊跑步。

校篮球队像模像样。队伍由飞行员、领航员和机务人员组成，自己修的球场，白茬木头的篮板还渗出木脂香味。队长是于飞，他带着大家训练体能、训练技战术，有板有眼。刘善本也是队中主力，三步上篮能钻能跳。他们常与地方球队比赛，每次出赛，航校的一帮球迷都要随往呐喊助威。参加牡丹江市篮球联赛，队员们勇猛顽强，敢打敢拼，一路劈斩，最后击败由体育教师组成的牡丹江市联队，夺得冠军。地方观众向航校球迷跷起大拇指，说，你们空军队行，了不起！你们空军吃得好，能冲能撞。航校的球迷们骄傲得走路姿势都端着劲儿，尤其是在女青年面前，个个都牛哄哄的，个个脸上都像是写着"空军"。

每次外出比赛，队员们都穿红色运动衣，上有"六一部队"的印

174

字。还打着一面旗子，上有一个代表空军队的标识。这个标识本是航校机徽，它有一个来历。1945 年 12 月，蔡云翔开着"九九"高教到承德接方华和顾青，因机徽是红五星，飞机一落地，驻机场苏军以为是他们的飞机，赶紧开车来接，当弄清这是中共的飞机时，车上的苏军军官大发雷霆，责怪中共滥用他们的军徽。1946 年，由王弼设计了自己的机徽。这个机徽是红圈套着一个红五星，五角星内有个白色圆底，圆底上有个红色的"中"字。红五星与外圈相接处的角是钝头的，这是因为"东总"有话：航校初建，需谦虚谨慎，不可锋芒毕露。

体育活动搞得多，身体素质大大增强。开春，东安市开运动会，航校夺得篮球、排球冠军。参加田径比赛的成绩也很突出。有一项五公里赛跑，由于当地人惯于爬山远足，很能跑，所以人气极旺，枪声一响，四五十个人呼呼啦啦冲出了起跑线。航校学员王铁政从来没练过长跑，但爱打篮球，能一连打八个"夸特"（两场球）。跑到转弯处，他跑在头一名，道旁有一个人拿着小旗指挥和监视，另一个手托印盒的人往他的臂膀上叭地盖上印，以证明他是按规定折返的。眼看离终点只有十米远了，冠军在望，这时一名朝鲜族市民超了过去，航修厂的一名日本人也超了过去，王铁政眼冒金星干着急。结果获第三，得了一本笔记本。这都怪他没经验，否则得的可是一支钢笔。

航校《白毛女》演得好，消息不胫而走。东安市长特地跑来邀请演出队去市里为工农兵学商各界公演。校领导答应公演三天，要求保证安全，并介绍了在航校演出时发生的意外。

市里各单位对观剧前的教育都很重视，反复对大家讲，在看戏时，千万不要忘了自己是在看戏，千万不要忘了戏里的地主黄世仁不是真的黄世仁，也不要忘了狗腿子穆仁智不是真的穆仁智，要记住那都是演员，是共产党的空军，看到生气的地方不要用石头砸他们，更不能跑上台去打他们，否则你就是打共产党的空军。为防止意外，入场时都要进行检查，部队更是严查，长短枪等武器一律不得入场。

教育都教育了，而且每一幕演完后都有人站在台口打招呼，但入了境的时候仇恨就蒙住了眼睛，就不存在什么记住记不住了。台下的哭声、骂声、喊打声响成一片。当看到黄世仁要强霸喜儿时，又响起"打死"声，部队观众区响起炸雷般的口号声；当看到杨白劳喝卤水时，有个愣头青竟要爬上台阻止他。遇到此类的事，演出队的负责人就赶忙跑到台口喊：同志们，这是演戏，不是真事！大家要注意场内秩序，不要喊叫，不要扔东西。要保证演员的安全！要保证演员的安全！

几十年后，早已回日本的林保毅到中国访问，还对演张二婶的柳明淑提起这令人尴尬而又感动的场面。柳明淑不无得意地说，后来演《江姐》出名的空政歌舞团就是在老航校宣传队的班底上组建的。众人兴奋地合唱了一曲《北风吹》。当年的一大队副政委魏坚还不过瘾，又扯开浑厚的老嗓子唱起了"卖豆腐赚不下几个钱，集上称下了二斤面……"

第二十三章 "鲁班部队"的另一种起飞

　　天地被冻住了，飞行停止了，在各机场和修理厂实习的机械学员也回到东安。他们除了参加"三查三整"，还有一个任务，就是利用这半年之久的"冬季"回炉学理论。学习，实习，再学习，但前次是摸着金属"看图识字"，只求知其然而不求知其所以然，这回是有针对性地学理论，力求深入到"所以然"。

　　说起来，机械一期甚至比飞行教员班都要早，于1946年3月就开课了。11月，机械二期开课。两期共九十余人。1947年春，当飞机的轰鸣声在几个机场响起时，机械学员即被分配到机务队、修理厂实习。讲是实习，实际上也是日籍机务人员忙不过来了，他们被作为生力军拉上了第一线。

　　当年的训练处机械科长、而今八十有六的张开帙将军脸额方阔，满头银霜。他的眼角像京剧演员那样用胶纸吊起，两眼提着劲儿，不老的心性可触可感。讲起当初，飞动的眼神仍追风赶月。他说，机务人员是飞行员的影子，是飞机的保姆和医生。机务队被称作"鲁班部队"。当时能驾着那些丁零当啷的飞机飞上天，"鲁班部队"功不可没！

　　当时，机务人员是异常辛苦的。为避蒋空军袭扰，每天上午8点前和下午3点后飞，一天要两次把隐蔽的飞机推出来，检查，加油，启动；两次把飞机推回疏散地，卸油，检查，伪装。训练中要密切关注飞机的状况，随时排故障搞维护。从凌晨 2 点到机场，一直干到深夜。

机械一期的刘荣华被分配到千振机场，同一位日籍机械师负责维护"108"号"九九"高教机。

由于缺少基本的设备，每道工序都很吃力。加油看似简单，却是既劳累又繁杂的苦差事。先得从很远的地方把汽油桶滚到飞机跟前，不是在水泥地上滚，是在泥土地上滚，滞涩不平滚得很费劲，把油桶滚到飞机旁，已是满头大汗。往飞机上加注也很麻烦，得把大桶里的油倒进小铁桶，再用小桶一桶桶往油箱里灌，油要经过蒙着麂皮的滤网漏斗过滤，加满油箱需用很长时间。起动发动机也是累活，没有蓄电池，得靠手摇起动，脱去衣服咬牙狠劲摇，当手摇把的转速达到每分钟一百二十转，才能带动曲轴转动点火。初春的凌晨天太冷，往往摇几十分钟也未必能起动，只得在发动机下面用炭火烘烤热了再摇。没有充气的设备，得用自行车气筒给飞机轮胎打气，也是咬着牙一泵顶住一泵地打。

这么繁难的工序，刘荣华和日本机械师就是三头六臂也忙不及。好在机组的飞行学员林虎、刘玉堤、韩明阳和王洪智每天都同他们一块儿干，大家排起队来传递油桶加油，轮番用自行车气筒打气、摇手柄起动发动机，每天都是"三排队"。

飞行上天后，刘荣华也得绷着劲儿。螺旋桨短缺，"108"号机同别的飞机轮流使用一个螺旋桨，一架飞机刚落地，他们得赶紧把它拆下来装到另一架飞机上。发动机和飞机轮子也是几架飞机用一个。由于发动机老旧，气缸磨损严重，活塞涨圈难密封，漏出的滑油造成电嘴积炭，为了抢时间，他们兜里都揣着几个电嘴，随时更换擦洗。

每到周六检查飞机日，刘荣华和日本机械师要从每一个铆钉、导管到仪表、发动机，对飞机进行全面检查维护。此时刘荣华就俨然是领导，指派林虎几个擦飞机、擦发动机、洗刷附件，大家都乐意照办。擦飞机也不好干，机身被发动机渗漏的滑油弄得油污成片，还不能用珍贵的汽油擦洗，得耐心擦蹭。但大家干得很愉快。如果天冷，就在机窝近旁找个避风的角落，大伙围着一丛柴火，一边烧电嘴上的积炭，一边有说有笑地海聊。中午把带来的玉米饼子放在火上烤，吃得有滋有味。

当然，机务维护的主力还是日籍人员，他们吃苦耐劳，极为敬业，干活时连借工具、解手都要跑步，"真跟老八路一样"。他们责任心很强，关键的活亲自干才放心，不让学员上手，说，你们至少要学三年徒才行。这就使机械学员对他们的感情很复杂：既敬重他们，又埋怨他们保守，不传技术。有时被日本人责骂几句，这种不满更是跟民族情绪缠结在了一起。凭什么咱吃大楂子，让他们吃白面？光叫咱打杂当下手不行，要赶紧把技术学到手，自己维护飞机，为中国人争口气。

实际上，日本人带徒还是很尽心的。不出三个月，一些学员就有了底气，就向机务处提出由自己独自维护飞机的要求。

严振刚处长对此非常支持，但又很矛盾：学员急于出师是好事，但他们独立操作有把握吗？日本人为安全负责也没什么不对，而他们刻板的做法会不会压制了学员的积极性？这是个跷跷板式的两难问题。严振刚权衡再三，最终还是民族意识占了上风，还是敢于闯关、敢于承担风险的责任感占了上风。他决定先搞个示范机试试。航校领导大力支持。

示范机的任务交给了张宪志和徐怀堂。他们技术好，工作勤奋，干得很出色。尝试了一段时间证明，他们完全担当得起飞机"保姆"的职责。于是就放了"单飞"。于是，示范机就成了航校学员独立维护的第一架飞机。

这件事马上就传染到了修理厂。那里的学员也嗷嗷叫，要求独立修理飞机。

机务人员对于飞机，如果说在机场一线搞维护的是"保姆"，那么在修理厂搞修理的就可称为"医生"。

修理厂归机务处管。机务处成立于 1947 年 2 月，下辖三个厂和一个机务队，另两个厂是机械厂和材料厂。首任处长是蒋天然，不久由严振刚接任。没想到严振刚不出一年就将罹遭大祸。

1947年开春，当一批机械学员赴机场维护飞机，另有一批学员分到了修理厂。

修理厂是干什么的呢？这他们知道，修理厂就是修理飞机的。飞得疲劳、患疾的飞机，在这里经过妙手回春的医治，又会像雄鹰一样抖搂浑身翎光，重返万里云天。尽管也知道一个苦字，但那潇洒的银鹰却贯透了他们对修理工作的想象。

机械一期学员宋协隆就是带着点这样的浪漫感觉来到修理厂的。

当修理厂厂长徐昌裕、副厂长熊焰领着他们参观车间时，那准会让敌人笑掉大牙的场景是他们始料未及的。

走进四壁漏风的破旧厂房，地上是一层踩得脏兮兮的油腻，工作台上和地上乱糟糟地摆着七形八状的零组件。几个取暖用的煤炉冒着黑烟，房梁上挂着一串串灰色的尘蒂，眼看要掉落下来。几个腰扎绳绺的日本人在用榔头砸白铁皮。另一端有几个日本人在搬移笨重的发动机。日本人见到他们，停下手上的活计鼓起掌来。

当走进另一个车间，迎头是一个冒着热气的水槽，槽内煮着黑乎乎的东西，有四五个日本人正在槽内翻动着，用铁刷子、刮刀之类的简陋工具刮洗气缸和导风板上的油垢，看上去像刮猪头和猪耳朵。

宋协隆的心头翻腾着。但顿挫感是短暂的，在一种强大意志的推动下，他的命运是确定的，而且也势将变成他的自觉。

这里的修理可非同寻常，设施工具差是其一，此外，待修的飞机大多缺头少尾，机翼掉碴，五腹六脏严重受损，是"十不全"的破烂货。

困难就像横垄地里拉碾子，一步一个坎。但人架不住逼，一逼就出精神、出办法。熊焰说："把修理厂当战场，向'十不全'进攻，打胜这场硬仗！"机身能修就修，机翼能补就补，机头能换就换，机尾能改就改，把几架合成一架。机上零件也是东拆西补、南挪北凑地串修。

铆补机身和机翼上的窟窿，全靠手摇钻一个一个钻眼，用手锤一颗一颗砸铆钉。工作量最大的是飞机结构修理，破损变形的机翼长桁和机身蒙皮面积大，需大量拆除埋头铆钉，铆接钻孔，成千上万颗铆钉全靠手工钻眼、铆接。

宋协隆的手上很快就磨出了血泡，血泡又磨成老茧。能有一把电钻多好。他果然在机库捡到一把破电钻。像捡了宝贝似的，他急火火地抱着电钻跑回车间，接上电源就往机翼上钻孔，可还没上手，就觉劈脸挨了又硬又猛的一棍，没商量的就是一个倒栽葱，要不是上野师傅眼疾手快扶了一把，还不定会摔成个什么样。原来这电钻漏电！

修补机身的铝板和亚麻布供应不上，只能用白铁皮和薄棉布代替。座舱盖上明胶玻璃紧缺，也得用一般的门窗玻璃代替。民用玻璃不能弯曲，代替平面的风挡玻璃还好办，圆弧形的天窗盖就难了。上野同大伙就琢磨了一个办法，用白铁皮敲打成座舱盖，左右各挖一个洞，再镶上两块民用玻璃。

不仅要吃得了苦和累，还得有耐心。就说修发动机，先得拆解开，用肥皂水在池子里煮，拿铁刷子一件一件刷。洗净的发动机那真叫千疮百孔，又是气门漏气，又是气缸漏油，导管也漏油。这就要耐下心来研磨了，比如磨气缸，先把活塞和涨圈涂上粗油砂膏，放回气缸来回拉，到一定火候再换细油砂膏拉，磨一个气缸得半天时间。磨好了要上台架试车。台架是土制的，搬动发动机全靠人抬肩扛。经试车如果马力不够，还得卸下来重新磨。因发动机在空中停车造成过飞行事故，对发动机的质量要求特别严格，有时竟至返修三四次才合格。

飞机上拆下的零部件都被油污得面目全非，什么都得洗。洗涤零部件的池子原是机务处的浴池。严振刚说，人洗得再干净也不能当零件装飞机，我们现在需要的是飞机。油箱卸下来了，宋协隆和董献真光着身

181

子，抬着舀了少半箱温水的油箱来回摇晃。然后经过干燥，再用汽油浸泡、冲洗。洗了这又洗那，几天下来，汽油熏得人头晕目眩。洗着洗着，董献真突然晕倒了，宋协隆忙和大家搭手把他送往卫生队。途中董献真被风吹醒，一翻身跳下担架就往浴池跑。

机壳和内外器官都修补好了，经重新组装，对操纵、燃油和仪表系统调试合格，然后弄到机场去试飞。

从修理厂到机场的十几里路狭窄而不平整，无法将飞机推过去，只得再将飞机拆解，把机身、机翼、发动机搬上几辆马车，长长的机身得用两辆马车接在一起承载。笨重的搬运又像护送婴儿，人们的心随着上下坡和急转弯起伏跌宕。到了机场，再一次把飞机组装起来。

接着是试飞，为表示负责，试飞要由一位机务人员压座。航校修好的第一架飞机是王弼随机试飞，成立修理厂后修出的第一架飞机由厂长徐昌裕压座，后来就延为制度。试飞成功，飞机即"康复出院"。

修理厂同机务队一样，主力是日本人。他们同样敬业，光膀子苦干，吃白面，手把手耐心授艺，斥骂学员。他们教学员用钢片制小刀，把捉到的麻雀、野猫弄熟了和学员分着吃。他们同学员结下了深厚的情谊。

但情谊是"我们"与"你们"之间的情谊，也就是说，我们就是我们，你们就是你们，这之间的界线是明确而坚韧的。此外，徒弟想摆脱或超过师傅，也是常情和规律。

因此，在机务队学员独立维护飞机不久，由宋协隆提议，修理厂学员也要求独立修理一架飞机。厂领导当然支持，把116号"九九"高教机交给了他们。

宋协隆、岳荣、董献真、肖敬芳、戚杰等获此重任。这是一架仪表全毁、尾翼方向舵伤损的飞机。他们痛快淋漓地抡圆了大干，校长常乾坤也到场加油鼓劲。经几昼夜奋战，一气修好了这架飞机。

116号是由学员独立修好的第一架飞机。航校特派林保毅试飞。岳荣争得跟机压座的殊荣。

坐着自己修好的飞机上天是何滋味？岳荣异常兴奋，但也不免紧张，因为过去试飞曾经停车和着火，另外听说第一次上天会经不起折腾。临上飞机，一个伙伴还激他，说，如果你不吐个死去活来，我就掏腰包请你吃饭。

飞机离开地面绕机场向上爬升。岳荣俯视着越变越小的行人、马车和村落，贪婪地享受着这个新奇的视角。飞机改平后，坐在前舱的林保毅回头示意了一下，便做开了横滚等特技。视野一下紊乱了，岳荣只觉得被一股力压得直不起腰抬不起头，屁股离开了座椅，心脏挤着嗓子眼儿。他死死抓住把手，生怕被甩出去，但就是咬紧牙不吐。

试飞结束了，飞机在跑道上停稳。林保毅竖起大拇指，也不知是给他还是给飞机。伙伴们呼啦围拥上来问这问那，品尝着二手感觉。打赌的伙计妒忌得不行，说，到底是应该我请客还是你请客？

1947 年入冬，机械学员从机场和修理厂回到东安。这些当初连汽车都没见过、把螺旋桨叫作"风车楼"的土包子，已经能独立维护和修理飞机了。

他们乃至机务队、修理厂能有所作为，不能不提到机械厂和材料厂的功劳。张开帙说，维护和修理飞机所用的零备件、工具和设备都是它们提供的。机械厂的班底是张开帙等人早先在公主岭搜集器材时动员到的一家小型机械厂以及后来在哈尔滨道外接收的敌伪的两家小厂。

机械厂的生产充满了把"无"变"有"的过程。没有图纸，照着实物设计图纸；没有检测材质的设备，靠用砂轮打磨出的火花辨别；没有特殊钢材，拣猪和牛骨头烧成炭，砸成粉末，对普通钢材做渗炭处理；进行热处理没有电炉和耐火砖，到东安街上挨家挨户寻找耐火砖；做防锈处理没有铬镍金属，就用发蓝处理代替。就是这样，加工出了技术要求很高的发动机主联杆轴和活塞销子，把隼式飞机的机轮改制成

"九九"高教的机轮，源源不断地为维修一线提供保障。

机械学员经过几个月的实习，虽已能独立维护和修理飞机，但他们有的会做但并不理解，有的因不理解而做不了，他们的眼睛和思维有时还是在别人身上。他们回到东安，就饥渴地投入了理论学习。

训练处把着脉，为他们开设了制图、空气动力学、飞机构造学、航空发动机原理和燃料科学等课程。教员主要是日本人，也有刚从机械教员训练班毕业的中国教员，常乾坤和王弼也常来讲课。就当学习在严寒中穿过一个个白天夜晚有力推进时，发生了一件令人痛心的事。

1948年2月的一天，机务处长严振刚因公赴哈尔滨，在骑摩托车办事时同一辆有轨电车相撞，头负重伤，抢救无效逝世。严振刚参加过历次反"围剿"，经历过长征，当过骑兵团政委，在新疆学机械时曾任航空队党支部书记。到东北航校当机务处长后，他像老黄牛一样不知疲倦地工作，待人处事真诚厚道，深得信任和尊敬。全校为他开了追悼大会，众人扶棺而泣，许多日籍人员也泣不成声。

严振刚的死为机械学员注入了一股疼痛的力量。

桃花初绽的4月，一、二期机械班毕业。经过最后一段的理论学习，他们对工作更加清醒、主动。对如何排除飞机偏航、头重等故障，弄清了理论就敢下手了；对于飞行中飞机拉烟，不仅知道了有哪几种可能的原因，还弄懂了余气系数的道理；也知道了发动机爆震现象，与汽油的奥克坦数有关系……不仅知道该怎么干，还懂得了为什么这样干。边学理论，边补习文化，两条腿交替着越走越远。

新一年的飞行训期开始时，机械学员获得了机械师身份。

这天傍晚，几个同学在跑道旁的草地上漫步。刚吐紫芽的小草散着微苦的清香气。一个喜欢搞笑的同学装着憨头憨脑的样儿，指着飞机的螺旋桨学着另一个同学的口音说，我咋就不知晓？这不就是那个、那个——"风车楼"么！

第二十四章 "第一生命"与 "第二生命"严重失衡

进入 1948 年，航材短缺越来越严重了。

航校于 5 月 20 日召开机务工作会，提出要"开源节流"。会后，机务处副处长顾光旭即赴哈尔滨寻购器材。1946 年初搜集器材时，他曾误入日军的细菌试验场，受细菌侵害险些没死掉，落下了满脸麻子和口吃。这杀骨之痛，转化成发狠工作的动力。这次，当转到马家沟机场时，他得到了一个意外的收获。

被战争夷为废墟的马家沟机场修复得差不多了，跑道上的弹坑已填平。顾光旭看到一个"白俄"正在玩滑翔机，三四十人像放风筝似的拽着滑翔机跑，他坐在机上操纵，能飞个二三十米高。顾光旭心中一动。再一了解，这是一种木制的单座初级滑翔机，德国造，"白俄"说是日本人丢弃的。顾光旭就想，现在可飞的教练机越来越少，而学员在增加，能不能试试用滑翔机训练飞行员呢？

顾光旭兴冲冲地回航校做了汇报。常乾坤说，这是一条开源之路，德国和英国在二三十年代都曾建过滑翔学校，用滑翔机培养飞行员。航校马上决定由王弼、顾光旭等负责研制滑翔机。

当时，航校正处于一种既看到希望又陷入困境的矛盾之中。

1947 年下半年，国内局势大翻盘。一方面，刘邓大军大鸟归林、

185

逐鹿中原，各路大军亦成前倾攻势。东北民主联军也发起秋季和冬季攻势，歼敌二十二万余，把蒋军压进几座孤城。另一方面，国统区经济崩溃，人民斗争的烈火如火如荼。改天换地大势所趋。1948年1月，东北民主联军改称东北人民解放军。

在此形势下，建立空军被急切地提了出来。

1947年12月5日，中央军委在致电东北局时指出："建立空军已经成为我党的迫切任务。"询问东北局"对此有何计划"及航校各方面情况。东北局于12月12日复电军委，对航校的飞机、器材、存油、修理能力、学员人数、训练进度、办校方针以及学校干部等情况做了详细报告。报告提出："航校的方针是利用一切可能条件，培养一批将来建立空军的骨干。根据现有全部器材及干部，计划到1949年底完成训练可单独飞行的飞行员一百二十人，领航员三十五人，机械员二百四十至三百人。如不发生意外，此计划定能完成。"目前的训练进度是："现有飞行学员六十九人，其中有七人现在已能单独驾驶战斗机，十二人明年6月可单独驾驶双发轻轰炸机，其余全部只能驾驶'九九'式高级机；另有领航员二十五人，机械学员一百六十人，内有十七人能单独执行任务，其余明年毕业。"

建空军的目标，激荡起航校新一轮的训练热潮。

春季开训后，战斗机班、飞行一期甲、乙班开始分科训练，有的学习担任教员，有的学飞运输机，有的学飞战斗机，分别在千振、依东、汤原、东安和牡丹江机场展翅升空。同时组建飞行二期，学员从机械班选调。消息公布后，人人争先恐后撞大运，结果机械一期邹炎、王海、侯书军和二期徐怀堂、徐振东、杨扶真等十六人入选。飞行二期于4月进驻千振机场开训。领航班和机械三期继续训练。机械一、二期毕业上岗，从中抽调二十人去哈尔滨工业大学深造，培养高级工程机务人员。校部迁回牡丹江。

与此同时，航校又经东北军区致电军委请调学员。至 6 月，已到航校的有大连汽车学校和东北军大送的七十八人，华东军区四十八人，冀东军区三十九人，晋察冀军区十六人。关内学员出发前后故事颇多。从这样的故事里可以了解到军地领导对航空事业的感情、学员基质以及时局背景等诸多情况，进而又可看到艰难办航校的某些棱面。

华东军区推选的学员出发前，邓子恢副政委给大家讲话。开始是站着讲，张云逸副司令亲自搬来一把椅子，请他坐下讲。邓子恢讲得很动情，大意是：我们受够了国民党飞机的气，你们学出来，我们有了自己的空军，就有出头之日了。今天你们带着全区同志的心愿去，学成后一定要回华东来，我还要坐你们的飞机呢！讲完话，张云逸和邓子恢请大家会餐。八人一桌，每桌四个大黑瓦盆，有一盆红烧肉，一盆炒鸡蛋。开始拘谨，弄得两个首长反复劝：放开吃，不要客气，锅里还有。渐渐就放开了。因为这些精壮的小伙子久未闻到肉香，这一下就如同风卷残云。黑瓦盆空了，邓子恢指着盆连喊："副官，副官，快盛，快去盛！"可是副官过了好久才一脸尴尬地回来，趴在邓子恢耳边说："首长，锅里没有了。要不要再买些来做？"小伙子们都十分肯定地说够了，吃够了。这才作罢。

由华北局所在地惠民县启程，背着背包每天走八十里。先去山东最东端一个叫俚岛的渔村，再乘船去大连。虽然同是山东解放区，但沿途情形已同林虎与王海那两批经过时殊异，由于国民党的疯狂进攻，这块土地上气象凋惨，加上正值春荒青黄不接，沿途凡是能吃的树皮树叶都被扒光吃光。但乡亲们的心没变，仍是"破家支前"，尽其所有把发霉的地瓜干、糠菜窝窝、用榆树皮掺面擀的面条捧给自己的队伍。小伙子们为此感动流泪。而在不同的情况下，年轻人也会露出他们的另一面。

当时不论吃的是什么，饭后每人要交一张餐券，日后乡亲们可凭此到政府换一斤半粮食。走到莱阳附近的小镇徐家店时，有家公营的"大众饭店"可凭券吃到纯苞米面的窝窝头。已断粮数日的年轻人猛一见到黄澄澄的窝窝头谁不犯馋？大家兴奋异常。见村外小河沟里有鱼，就想用鱼佐餐，把河沟两头堵上，攉干水捉了半桶鱼。大家一边煮鱼，一边合计着，既然有鱼，索性省些餐券，吃多少窝头最后按斤两算总账。可饭店经理不干，他大概盘算着无论如何一个人一顿吃不了一斤半粮食，坚持要按每人一顿一券算。大家说，我们几天没吃粮食了，会吃超了的。经理很大方，说，我开饭店的还怕大肚汉？结果，小伙子们连馋带气地吃，吃了一大筐，又吃了大半筐，笼屉空了，还有人嚷着没吃够。经理这下彻底傻了。

在俚岛乘两条机帆船，一路呕吐到了大连。大连的同志听说是空军学员，吃住从优安排，还给每人发了两千元关东币，第二天又组织看电影。这些"土包子"有谁这般神仙过？于是就难免犯晕。周勇进就不知不觉当了一把喜剧中的角色。看电影去时由"陪同"带领，散场后宣布自由活动，自行回招待所。周勇进很自信地从来时下车的那个车站上了车。电车一站一站往前开，可就是不见来时上车的那个站，就是看不到车站旁用两根木桩架着的那个大铁包。电车叮叮当当开到了终点站，乘客都下光了，在司乘人员催促下他也只好下车。他于是又上了一辆往回开的电车，结果又坐到了头，又是没看到那个大铁包。这回真的急了，只好向售票员打听。售票员说，你说的带木头架子的大铁包是变压器，大连多了去了。又指着车头圆牌标的数目字，说不同数目字的车走的是不同的线路，坐车得记住这个。周勇进不信找不到看电影时上车的那个站，就发狠把几个不同线路的电车都坐一遍。就这样坐了七趟车，终于找到了地方。他为多花了六十元坐车心疼不已。

在大连逗留几日，就坐苏联货轮取道朝鲜赶路。这艘货轮俨然一个庞然大物，但苏联人不肯给舱位，愣叫四十多人都待在甲板上。渴了拿自带的茶缸去伙房要，饿了吃自带的干粮。两天后，到了朝鲜的南浦港。苏联船员自顾自搭舢板上岸去了。大家没着没落地熬到天黑，才被接上机帆船。大家又冷、又饿、又困。过了两个小时，船才靠岸停泊。

四周漆黑一片，大家一个挨一个相跟着上岸，还没弄清是怎么回事，迎头突然劈头盖脸地射来一股强劲、冰冷的水柱，顷刻被喷成个落汤鸡。有人发怒地吼："谁？干什么？干什么这样喷我们?!"这才有人回答，才知道是朝鲜人拿着喷管给他们"消毒"。这不是骂咱是"东亚病夫"、是病毒携带者吗！大家感到羞辱和气愤。这里并不是陆岸，而是个荒岛呀。但事情还没有完。特意来为他们"消毒"的朝鲜人喷完就乘船走了。第二天又来了另一帮朝鲜人，又是搞体检。最令人难以忍受的是化验大便，不是让各人便后取样，而是让大家脱下裤子，猫腰撅腚，由检查人员用一根玻璃棍子戳进肛门深处硬掏。大家气得要爆了。当发现医务人员中有一位曾是东北民主联军朝鲜支队的同志，就质问他。他无奈地袒露实情，说，其实这是为了勒索钱财，如果你们事先缴了入境检验费，就不会这样变着法子折腾你们了。他叹道，他的同胞大多是留用的日伪人员，身上有不少坏习气。当时谁也不会想到，这批中国青年中的吴奇和于兴富几年后便在对美空战中血洒长空。

接下来也是磕磕巴巴。从南浦上了闷罐火车，被一辆车挂上走几站，甩到岔道上，不知什么时候突然撞过来个车头，再挂上走上几站……就这么走走停停，磨蹭了七天七夜，带着的几麻袋干饼和两脸盆咸鱼干告罄，才到东海岸的咸兴市，算起来才走了一半路程。这怎么行？于是召开紧急会议，决定立即下车另想办法。几经周折，当地华侨出资为每人买了张客车票，坐上一节挂在客车后的闷罐车。后面就顺利了。

由于通信落后，当越过国界到达牡丹江时，并不知道校址已迁牡丹江，还当作中途停车，就出站购买食品。这时，忽听到飞机轰鸣声，继而低空飞来几架飞机。大家一见到飞机就本能地迅速疏散隐蔽起来。但令他们奇怪的是老百姓一点也不慌张，一问，方知是自己的飞机。小伙子们顿时百感交集，眼泪夺眶而出。

华东军区及冀东军区、晋察冀军区、大连汽车学校和东北军大的学员到校后，军区参谋长兼航校校长刘亚楼看望了大家。这批学员经考试和体检，大部分编入学员三队进行入伍教育和预科教育。后选出十几人学飞行，其余编入机械三期、四期，女生则编入新开设的通讯班、仪表班、气象班。女生各自花钱买了双皮棉鞋，学着苏联女英雄卓娅剪了像男孩一样的短发。

就在航校为将来建立空军扩招学员、扩大训练规模之时，航材及航油却短缺到了几乎是山穷水尽的地步。搜集来的航材，经不住只出不进地消耗、拆东补西地挖潜，也只能是三并作二、二并作一地递减。外援也指望不上，苏联要么就支援飞机，如果只给零部件，日制飞机也未必用得上。

这一增一减，使得航材短缺更加突出，而航材短缺又对扩大训练形成掣肘。在尖锐的矛盾面前，航校提出"开源节流"的原则。一方面要想方设法修理、制造和搜寻器材，一方面要节约使用。

顾光旭发现滑翔机很及时。6月，王弼、顾光旭带领制图员、木匠到马家沟机场开始试制。先仿照"白俄"的那架德式滑翔机画出图纸，并根据中国人特点，重新设计了操纵系统、座椅、脚蹬及拖曳机构；起落撬改为活动轮子，以便利用吉普车牵引。之后让木匠打出木头架子，也就是机身和机翼的骨架，用蒙布一点点蒙好绷紧，再把操纵系统等里外的零部件装上，用钢索把操纵面连接起来。材料都是自产的，木结构用红松，五福布做蒙布，自制的猪血胶当黏合剂，机械零件由航校机械厂制造。

滑翔机制出来两架，接着要试飞。7月27日是个好天气，一大早全体人员一起出动，像簇拥着新娘一样兴奋而又小心地把油漆一新的滑翔机推到开阔的草地上。对正风向后，日籍教员鲍武生又绕着飞机看了一圈，坐了上去。作为牵引动力在前面拽着滑翔机跑的是一辆美式中吉普，这比"白俄"要先进多了。在地面滑行了两趟确认正常后，便升空试飞了。滑翔机在吉普车牵引下滑行了一段飘然离开地面，像风筝一样升了起来。升到十多米高与牵引钢索脱钩。当鲍武生在空中转了一圈，平稳落回草地时，人们又像迎接新娘子一样欢呼簇拥。

此后又两次试飞。结果表明：飞行高度可达八十至一百米，滑翔距离一千至一千三百米，时间一分半至两分钟，操纵系统和安全性正常。

试飞成功。该机被命名为"八一"式初级滑翔机。但它训练学员的效果如何？它的命运又将如何呢？

"开源"的重头还得是修理。机务人员光膀子抡圆了干，一架架飞机被推进厂房，不多日子就修好推了出来。废置的飞机、发动机上能用的零件都拆光了，不能再靠串修，零件只得靠机械厂自制，经反复试验，自制的零件越来越复杂，后来连活塞销、主联杆轴套也能自制了。随着修理飞机的速度加快，对材料厂的压力加大，不但导管、蒙布、涂料等航材，就是锉刀、车刀、锯条、砂布等消耗品都紧张，全厂上下四出搜购，所获无几。当时大连由苏军管辖，在战火纷飞的东北是个世外桃源，与各方都有商贸往来，就想到去大连采购。由于南满在蒋军手里，徐昌裕和欧阳翼又绕道朝鲜乘船到大连。在大连除了从各解放区开设的商行采购外，还遍访旮旮旯旯的旧货摊，觅宝似的寻购活动扳手、套管扳手、卡尺、千分垫、千分尺等工具，偶尔也买到几副苏式飞机轮子和几块航空仪表。最后弄了大半车皮回来，经过朝鲜时，通行证上竟然盖了二十七个图章，足见行路之难。

这一年修理成果硕然，共修理飞机二十一架、发动机九十四台。

与此同时，还从"节流"上挖潜。航校为此发布训令：一、将来不能飞战斗机的飞行员在"九九"高教上要少飞特技，准备将来飞战斗机的飞行员也应尽量节省使用"九九"高教；二、飞航线起落时，每人每天不得超过五次，飞空中动作时每人每天为二十五到三十分钟；三、机场剩下的废滑油，应注意集中保存，由器材厂分期运回，统一处理；四、各机务队速将工具和器材做一次清理，多余的交回器材厂，以便合理分配，调剂使用。

全校喊响了"器材是第二生命"的口号，对千辛万苦甚至是用鲜血和生命换来的每一颗螺丝、每一个垫片、每一根导管都异常珍惜。大家知道，飞机缺零件就像人缺粮食，但粮食还好办，现在飞行员一天都能吃上两个鸡蛋了，而飞机零件是地里刨不出来的。人人都成了吝啬鬼，一个破损零件要反复把弄，在上面寻找利用价值；领发东西都得磨嘴皮子，斤斤计较得面红耳赤。包括油料，擦飞机上的油污宁肯多费时费力，也绝不用汽油。千振机场创造了飞行前地面徒步飞行法。

条件如此拮据，滑翔机当然备受瞩目。8月5日，东北军区罗荣桓、李富春、刘亚楼等亲到马家沟机场观看了它的飞行表演，做出同意航校制造滑翔机并培养滑翔机学员的决定。

8月15日，航校正式成立第一期滑翔机训练班，学员是周勇进、褚福田、耀先、王金台、吴奇、李维义、刘鹤翘、郑国龙八人。他们刚刚入校，就迎头碰上了许多人朝思暮想苦争硬闯而不得的机遇。相比之下，他们的指导员就很背运。此人就是李文模。自从1936年冬跑到延安机场看飞机，跟周恩来说了一番话，他就铁心要"开着红军的飞机上天"。可1945年未获准，1946年恳求挨了批，直到1947年秋党的西柏坡土改会议后，才得以跟东北局代表团走。可还是不顺。先被分到东北局社会部，经死磨硬缠改送航校。航校又把他送去上哈工大，先上两年预料，再留苏五年，再实习两年，这就毕业了。面对这个宏大计划，李文模哭笑不得，立下凌云志时是小鬼，而今已是"经历过长征的小老同志"了，学完了还不成了"老老同志"啦。在他激烈的要求下，又回到航校。经过那么多的坎和弯，李文模这才来到滑翔机训练班，但仍然不是学飞行。面对这些幸运的小青年，他深陷在自己的命运里不是滋味。

学员一到，即开始了训练。讲完滑翔机的结构、性能和操纵要领，就上机练了。八个学员分为两组，先练滑行，再逐步升至一两米、两三米的高度上滑翔。由于滑翔机上只有一个座椅，不能带飞，所以每个课目都得由教员驾着飞机飞，大家在地上跟着跑，边看边模仿体会。学员在机上练时，教员鲍武生就在地上跟着跑，观察学员的动作，发现问题就大声用生硬的汉话纠正。

除了学驾驶，还要学文化、学航空理论、学俄文。滑翔机的维护与修理，连选料、裱糊、钉钉子都是边学边干。

飞滑翔机真能成为飞活塞或涡轮式飞机的桥梁吗？起码，危险是相似的。耀先在练习离地一米平飞时，中吉普拽着飞机还没达到规定的速度，他就急着带杆，弄得滑翔机猛然离地，蹿起四五米高。鲍武生跟在后头边跑边挥着双手喊："再高的不要！再高的不要！"耀先也慌了，又猛推了一杆，致使滑翔机砰的一声掉到地上，摔成了两截。所幸人无大创。不久，另一架也被李维义在落地时碰坏了机翼，推着出去，抬着回来，交给了木匠师傅。

"建立空军已经成为我党的迫切任务。"航校领导深感责任重如山！而像现在这样能完成这个任务吗？能实现预定的指标吗？竭泽而渔式的挖掘能走多远？烦躁、焦急的情绪按捺不住了。8月23日和28日，主持航校工作的常乾坤和王弼先后两次写信给东北军区和党中央，强调器材的窘陋和艰难，急求中央为航校增添五十架初教机、五十架高教机、五十架战斗机和二十架运输机。这现实吗？东北军区严词否决。

而滑翔机的生产和训练也将终止。不过，那是因为情况发生了重大变化。

第二十五章　想要飞机眼睛还是得盯着地上

　　一个新的历史时期正以急促的脚步走来。常乾坤、王弼他们发展航空的愿望比它的脚步还急，他们迫不及待地给毛主席和朱总司令写信，请求中央同苏联交涉，要求援助上百架飞机。然而他们看似与迅猛发展的局势相一致的做法引起了军区的不满，被肯定地认为不合时宜。

　　就在他们发信的第二天，林彪、罗荣桓、谭政联名发布了《辽沈战役前政治动员指示》。"解放全东北"的口号响彻白山黑水。

　　在制定作战方案的东北局军委分会会议上，刘亚楼对敌军态势做了如下报告：

　　敌东北军孤立于长春、沈阳、锦州三点。长春由东北"剿总"副总司令郑洞国带一个兵团及地方部队共十万人防守，已被我围困；沈阳城区及外围新民、铁岭、抚顺、本溪等地，由总司令卫立煌带两个兵团共三十万人防守；锦州城区及外围义县、锦西、兴城、绥中、山海关等地，由东北"剿总"副总司令范汉杰带一个兵团共十五万人防守，态势突出且孤立。

　　刘亚楼说，"让开大路，占领两厢"的方针获得了极大成功。

　　罗荣桓主张战役仍按中央军委"应当首先考虑向南作战"的指示，先歼灭南线范汉杰集团全部或大部，再解决国民党的东北军，如此就势如关门打狗。

"我军主力南进和在南线展开，敌军会如何动作呢？"林彪判断说，义县、绥中、前卫屯之敌必将向锦州、山海关逃跑，长春守敌可能突围，沈阳敌军可能向北宁线增援，华北的傅作义部也可能给予策应。他据此提出：以靠近北宁线的九纵、四纵突然包围义县、绥中、前卫屯敌军，待北面的三纵、二纵、七纵、十纵、八纵、一纵等部陆续南下后，逐一消灭敌军；对华北、沈阳敌军要严密监视；长春突围敌军要坚决消灭。

这都将在血与火中展开。林彪要刘亚楼将此整理成上报中央军委的文稿。

会议又议及战役准备情况，总的是部队士气高涨，求战心切，支前工作也搞得热火朝天。

刘亚楼于是提到常乾坤和王弼给毛主席和朱总司令写信求助大批飞机的事。

林彪的脸一沉。前几天送来一封同样内容的信，被他压在案头，怎么又越过军区直呈中央？军区领导对发展航空向来积极，又向来低调，1946 年设计机徽，就以不宜过早暴露锋芒为由，设计的红五星是钝头的，直到今年 4 月机械班毕业，毕业证上机徽红五星的五个角尖才初露锋芒。

林彪斜了刘亚楼一眼，说，这现实吗？你要苏联给飞机人家就给你？航校那个刘风，去年就要带飞机去打南方游击，打什么游击？

事情似乎很严重。会议决定由罗荣桓负责处理。

1948 年 9 月 6 日，罗荣桓、伍修权于大战前夕的繁忙事务中抽身，在哈尔滨召见常乾坤、王弼、吕黎平、李连富、陈熙、方槐、蒋天然、顾光旭、朱火华等集体谈话。至于刘亚楼是否参与了谈话，说法不一，但确乎没有留下他的谈话记录。

罗荣桓开门见山就说，航校的领导同志给中央和军区写信，提出一些重大问题，但不符合实际，没有考虑到需要和可能，这说明对办校方针并未真正领会。

对 1947 年初由刘亚楼提出，经"东总"批准的办校方针，罗荣桓又做了耐心解释。他说，什么叫"短小精悍，持久延长"？"短小精悍"，就是要求在少而精的器材基础上培养骨干；"持久延长"不是拖，而是要求在训练上以小的代价获得大的收获。如果通常训练一个航空人才需要一年，我们就用八个月或十个月；还要用十个人的器材训练十五个人或者更多一些。这就要求我们要积极研究，改进教学方法。我们办航校是要培养有组织领导能力和初步掌握技术的航空骨干。办校方针就是据此制定的，要贯彻好，而不要盲目贪大求远。

不经罗荣桓点透，许多人还真的不知八字意涵应作此理解，他们的理解是："短小精悍"是指培养人才的质量要高，数量要少；"持久延长"指的是要控制器材的使用，每天飞的时间要少。

罗荣桓讲完，伍修权主持讨论。常乾坤、王弼发言，表示接受罗政委的批评和对办校方针的阐释，并检讨自己在认识上的机械和片面。与会同志也都发表意见。吕黎平发言说，校领导不经校党委讨论，没征求下面意见，就以个人名义直书中央建议请苏联援助飞机，在组织上讲不妥；其盲目扩大摊子，贪多求全的想法也不切实际，应吸取教训。

大家也谈到，近一年来，在军区领导下，航校的规章制度建设成绩可喜，如确立三个阶段训练体制，提出理论教学五条原则，重新修订《淘汰与停飞暂行条例》，颁发《飞行条令》《放单飞规则》《考试制度暂行规定》和《飞机失事等级的规定》等，在正规化道路上迈出了坚实步伐。由于制度落实，这一年没有发生飞行伤亡事故。

会议的气氛是压抑的。最后伍修权总结，当他说到末尾时，大家的眼睛被燃亮了。伍修权说，不要急，飞机会有的，器材、设备都会有的，你们等着到长春和沈阳去捡吧！

集体谈话后第二天，也就是 9 月 7 日，中央军委电示林彪、罗荣桓、刘亚楼部署战略，要求确立打一场前所未有的大歼灭战的决心。随之，东北各路大军和百万民工铁流滚滚，在北起长春，南至唐山千余里的战线上穿插奔袭，围敌惑敌，展开了大规模战役行动。9 月 11 日切断义县敌军向锦州的退路，打响辽沈战役第一战。10 月 10 日，塔山阻敌奏捷。14 日总攻锦州，全歼守敌十三万，堵死通往关内大门。19 日兵不血刃进占长春。前后数日激战辽西歼敌十万。11 月 2 日全歼沈阳守敌。至此，东北全境宣告解放。

在烽火冲天的 9 月 23 日，蒋空军第四大队上尉分队长杨培光自北平驾 P－51 战斗机起义，在吉林四平着陆。接到通知，吕黎平奉命带着几个机务人员乘火车驰抵四平。经检查，飞机完好，但油箱已空，又搞不到所用 100 号汽油，无法飞走，拆卸吧又不熟悉该机结构，只得先卸下六挺机关炮、几千发子弹，把飞机推到农田里用高粱秸掩饰。两天后，常乾坤也率人赶到，联系地方工厂赶制了土扳手、土解刀，把飞机卸开，冒着敌机轰炸运抵东安。这是航校，也是解放军获得的第一架 P－51 "野马" 式战机。

不久，前方又来电，一架 P－51 被击中，迫降在辽宁彰武县一个村庄边上。前次随常乾坤去四平卸运飞机的刘荣华奉命率五名中日机务人员，昼夜兼程赶到飞机迫降地。然而，机械一期毕业的刘荣华忽略了一件重要的事，他没有把常乾坤设计的土工具带来，带来的日制解刀是一字形的，而美式飞机螺帽槽是十字形的，扳手等也不配套。正在一筹莫展时，传来沈阳解放的消息，即火速赴沈阳搞了一套 P－51 飞机工具，拆开飞机运到了沈阳。这是缴获的第一架 P－51。

P－51，一个强烈的信号，又像一个明确的标志。

第二十六章　飞机和航材的狂欢盛宴只是相对的

在作战地图上，血红的箭头坚定而迅猛地前插。东北野战军每克要地，航校即跟进接收敌产。航校的狂欢盛宴开始了。

接收小组肩负大任，急趋南下。刘风、张开帙、张孔修等组成先遣队，直赴沈阳。随后吕黎平、周立范、蒋天然、安志敏等又接踵而至。此前，锦州捷报传来，丁园、吴永常率乔瑞祯、王永风、毕型增等已先行一步。他们抱着天上掉元宝、地上捡金子的期待，满心喜悦，急急奔走。

刘风等乘火车抵四平时铁路中断。这里是哈沈、梅齐铁路的交叉点，伪满时的省会，属军事重镇，由于两军反复争夺，遗下满目废墟焦土，塌毁的房梁窗框还冒着烟。他们从火车上卸下自备卡车继续赶路。从铁岭开始，他们的车就在国民党俘虏的甬道间行驶。浩浩荡荡的俘虏兵在沈阳缴械后，杂乱而拥挤地往北蠕动。虽说是俘虏，但无人押送，由他们自己走向指定地点。在这一泻千里的溃河中逆驶的刘风等人被"壮观"的场面激动得热血沸腾。禁不住地大声问："沈阳怎么样啦？"俘虏们齐声回答："解放了！"如此数次。在沈阳近郊铁路旁，穿过一片还未被缴械的国军炮兵阵地，官兵们伫立在雄挺的大炮旁，像受阅一样齐刷刷地随着这辆神气的卡车转动脑袋。

进入沈阳已是黄昏，偶闻零星枪声。来到位于中山路的沈阳军事管制委员会驻地大和旅馆，刘风摸着黑上楼找卫戍司令伍修权。大概伍修权也是刚到，门口尚无卫兵，楼内昏暗凌乱。等在楼下的张开帙趴在柜台上，就着烛光无意中看到一块牌子，上面标明国民党沈阳空军司令部就在大和旅馆对面。张开帙赶紧找到尚未见到伍修权的刘风，转而去了对面的大楼。

这座大楼敞着门，楼内漆黑。他们把住前后门，点上蜡烛，在满地纸张的档案室翻到一本电话簿，查到空军下属单位及所在地。即从军管会领来口气像命令式的接收证明信发给大家，上写："兹委派本军事代表某某某前往你处办理接收事项，望即遵照本会关于接收之布告及该代表之指示办理，不得有误。此令。沈阳特别市军事管制委员会主任陈云，副主任伍修权、陶铸。"刘风遂乘着自带的卡车把随员分送到各机场、仓库和工厂。张开帙和张孔修留守司令部大楼，贴出了招收国民党空军人员的告示。随后，就开始捡"元宝"了。

吕黎平这一组先是到哈尔滨，向东北局请示接管大城市的具体政策。高岗说沈阳已解放，军管会主任是陈云，要他们立即去沈阳，有关事宜直接向陈云请示。并手书一封介绍信："陈云同志，现介绍东北航校训练处长吕黎平去沈阳接管国民党空军的工作，请予指示为盼。"吕黎平等连夜上了火车。

到了四平，吕黎平等人没有自备汽车，还有一百八十公里路程怎么办？他们急得四处找车，虽说公路上汽车和马车拥挤堵塞，但都载满了人员和物资。晚10点左右，终于发现了十几辆运粮的苏式吉斯卡车。吕黎平找到车队大个子负责人商量搭车，大个子上上下下把吕黎平打量了一番，断然拒绝说，我们只到四平，明早卸粮后就回双辽，你们另想办法吧！吕黎平碰了一鼻子灰，但不甘心，便让同行几个人去跟司机套近乎，探摸底细。原来，此车队正是去沈阳送粮的，次日凌晨4时就出发。吕黎平很生气，与大家商定：不管他同意不同意，我们就搭这批车了。于是每两人上一辆，在粮食袋上坐着。凌晨3点多钟，司机来烤车发动了。大个子见每辆车上都坐着两个人，气冲冲地问是干什么的，为何不经允许就上了车？命令都下来。吕黎平跳下车，拿出高岗给陈云的信件向他解释，请他帮忙解难。他这才点头。

在寒风中颠簸了十多个小时，天黑透了才进沈阳，大家浑身蒙尘像是泥菩萨。第二天上午，吕黎平找到大和旅馆的陈云办公室。见陈云似曾相识地打量自己，吕黎平赶紧做自我介绍，并递过高岗的介绍信。陈云说，啊！你原来就是从迪化新兵营干部队选去学航空的，一晃都十二年了。你们来得好，国民党空军驻东北机关就在对门那座楼上，听说航校已有人进驻了。关于任务和政策，陈云说，凡是国民党空军的人员、器材设备、机场等，统统由你们负责接管。一方面，把其遣散的人员招收过来，组织学习，讲解党对投诚、报到军政人员的宽大政策，只要他转变立场，就有出路；另一方面，所有的机场、航空器材、工厂等，要好好看管起来，能生产的立即恢复生产，不能生产的维持现状，机场和工厂均实行军事管制，防止破坏。陈云最后说，今后有什么问题，既可请示军管会，也可找刘亚楼同志，他是你们的兼校长嘛。陈云异常繁忙，谈话时就有好几拨人来找他。

此前几天，刘风带领的接收组已分成若干小组开始工作。

周勇进等滑翔机队的学员也都参加了接收。他去了东郊的一个航材库，接收机场、工厂都是三五个人一组，他这个"组"就他一个。他揣着被他称为"委任状"的证明信，但交给谁呢，管仓库的人早就学了"土行孙"。他到几个库房一看，我的天，竟有那么多的航材！什么发动机、轮胎、仪表，还有好多他叫不出名的零备件、导管等。他赶紧跑进城汇报，返回时带了一支枪。他孤零零独自守着空旷而荒凉的偌大一个院子，夜里就枕着枪瞌睡一会儿，当时国民党潜伏的特务、散兵游勇说不定什么时候会冒出来打一枪拍你一砖头的。过了几天，李维义送来一大旅行袋东北币，通知招收国民党航空技术人员和工人，规定凡来登记的每人发两千元。这下热闹了，告示贴出的第二天就来了十多人。

各个点的接收无外乎是查收管护设施器材，再就是招收人员。招收人员的做法也一样，每天都像慷慨的富翁大把扔钞票，但其实他们的口袋里都很穷，抽不起香烟抽烟叶，烟叶抽完了把剩下的叶梗放在炉子上烤焦、碾碎，用报纸卷了抽。当时领发钞票既无严格手续，更无人监督，只要向整袋整袋的钞票伸一下手，就能抽最高级的烟，甚至获得奢侈品。但人民军队的本色因纯粹而对它的成员有着强大的渗透力，使得他们视贪污为耻辱，他们追求的是荣誉和战斗。在接收期间，东塔机场的油库遭敌机轰炸发生爆炸，接收人员冒死抢救油桶，田忠焕被炸弹埋进了弹坑，被救出时眼蒙黑雾，耳孔流血听不到声音，他全然不顾地返身又投入了战斗。他的耳鼓膜被炸弹震坏，落下终身耳聋。

在司令部大楼这边，张开帙和张孔修组织来报到的司机从街上拉回二十多辆没人问的卡车、中吉普、小吉普和轿车，并马上用于通信、供给和追寻物资线索。来报到的国民党空军人员陆续达到一百多人，家在关内不愿留的，按政策发给金圆券或者银洋和金子，让他回家；愿留的进行教育，让他们提供线索，串联更多的人。还发生过一个小插曲。司令部大楼顶层原是指挥所，有全套指挥、通信和监控设备。一天晚上，张开帙上楼时，迎面碰到一个正下楼的陌生人，此人说他原是指挥所的军官，上楼看看机器。张开帙怀疑他上楼是用电台与国民党联络，可大楼里只有自己和一名警卫，无法进一步审查他，就套出他的住处，放他走了。第二天张开帙和张孔修去这个人的家中，发现天花板上全是天线，随即报告卫戍区将其逮捕。

吕黎平与刘风两组会合后，蒋天然等也到了。他同吕黎平一道出发后，带人先去长春，发现大房身机场已遭严重破坏，城内也无航空工业可言，于是也来到沈阳。

经过紧张努力地工作，接收了北陵、东塔、浑河等机场，航空工厂十二家，大小仓库十九个，航空发动机一百二十台，各种机床一千三百零五部，航空无线电台八部，无线电定向台一部，百余桶汽油和数千吨钢材，此外还有一千三百多各航空技术人员和工人。但是，除了在北陵机场捡到几架形同废铁的 P－51 和 B－25，偌大一个沈阳竟然没缴获一架堪用的飞机。这还不如锦州，那里有四架严重受损的 C－46 运输机，丁园带人修好了其中的一架，由刘善本和田杰飞到沈阳北陵机场，另有四架 P－51 经拆卸也运至北陵机场的航空工厂。

时局急转直下，南线淮海战役迅猛推进，北线东野直指平津。航校党委开扩大会议，聚焦接收和搜集航空器材，决定派组随东野入关。

12 月，方华、吕黎平、吴恺、徐昌裕、张开帙等四十多名干部和学员挥师入关，首获北平南苑机场。刘风等十二人又经大连越渤海去济南、徐州等地接收。随大势所趋，先后又有多路人马分赴华东、西北、西南、中南地区接收。

国民党空军萌发于 1920 年代，经营至高峰时曾有各型飞机五百架。抗日战争中有过光荣战史，也曾惨遭几乎全军覆没的噩运。后在苏联和美国的援助下起死回生。1946 年 6 月，美国决定帮蒋介石扩编空军打内战，先后输血近千架飞机，组建了四个战斗机大队、两个轰炸机大队、两个运输机大队和一个侦察机中队，兵力也一度达到八万。而今国民党天塌地陷，但它决计是不肯给它的宿敌留下遗产的。共产党接收数量最多的华东地区也只有三万余箱航材、三万余大桶汽油，接收飞机最多的华北也只有可怜的十二架 P－51，三架 B－25，C－46、蚊式、PT－19、L－5 各两架，还多是有严重故障和实际已损毁了的。而即便如此，对于饥肠辘辘的航校来说不也是盛餐大宴吗？

对接收成果当作何评估？看来应说两句话：就航校当时的困窘境况讲，可以说捡到了一堆"元宝"和"金子"；而从一个即将崛起的大国空军的角度讲，只能算是捡了一堆"破烂"。无论怎么说，航校的家底是大大扩充了。至 1949 年 2 月，沈阳有飞机、发动机、机械、氧气、锻铸、仪表六个修理厂开工。机务处也移驻沈阳，改称修理总厂。

第二十七章　组建人民空军进入快车道

中共中央政治局在《目前形势和党在一九四九年的任务》中指出："1949 年及 1950 年，我们应当争取组成一支能够使用的空军。"建立空军成为党的正式任务。3 月 8 日，在西柏坡召开七届二中全会期间，毛主席和与会中央领导抽时间接见了常乾坤和王弼。

这是毛泽东第二次专事召见他俩。弹指八年，乾坤大变。

毛泽东语调亲切地说，我们多年不见了，1941 年在延安我们讨论过办空军的事，那时是纸上谈兵，今年中央提出要组建空军，你们是种子，也是培育种子的，你们准备得怎么样了呀？

刘少奇、朱德、周恩来、任弼时、陈云、彭德怀、贺龙、陈毅、邓小平、聂荣臻等人，身穿粗布军衣，坐在白木板凳上，他们把土屋泥墙烤得暖烘烘的。

常乾坤、王弼汇报了航校走过的艰苦历程、取得的巨大成绩。

当谈到教学情况时，常乾坤说，首批学员已于去年毕业，计有飞行一期两个班四十三人，领航班二十四人，机械一、二期九十七人。随着形势发展，原来的"短小精悍，持久延长"办校方针应有改变，应大步前进。今年决定扩大训练规模，培养出十六名飞"九九"高教技术过硬的飞行员，三十五至四十名基本掌握高教驾驶技术的飞行员；机械员培养一百二十至二百名，高级机械员七名；另外要成立混合中队，负责训练出场站员三十名，气象员十二名，二十五至三十名无线电员，六名仪表员。

毛泽东站起来，连声赞道：了不起！了不起！过去在延安办不到的事，今日办到了。

陈云问：目前航校有多少人？

王弼说，有三千五百人，但还是缺人。今年航校党委的工作重心是为建空军做准备，培养学员，接收航材，恢复工厂生产，事杂面宽，需要大量人手，我们已向东北军区请调八百名学生和五百名干部。

陈云点头，说，你们不是要调油江、石蕴玉、邱一适、林钊等六个人吗？中央同意调，只是油江和邱一适要缓办。

周恩来笑着说，不光你们要，还有送上门的。从杨培光开始，这半年国民党的飞机接二连三往解放区飞，昨天还来了两起，一起是王玉珂等三人驾蚊式飞机从上海飞到石家庄；另一起是一架 C-47 运输机，油飞完了，飞行员唐宛体等三人在赤峰跳伞。我算了一下，这半年共有四十一人、十六架飞机起义。今后还会来。这是一笔财富，能用的人要用起来。

贺龙说，对起义人员要给奖励。

王弼说，是的，我们决定给起义的飞行员每人五十万元优待费，在三个月的优待期内，物质上享受师级待遇，然后量才使用。我们用广播电台宣传，刘善本也到电台去讲，效果明显。

常乾坤接着他前面的话汇报：在接收的敌产中有一些美式战斗机、轰炸机和运输机，加上起义过来的，我们准备组织美式飞机训练，尽快形成战斗力。我们接收的工厂已修复 P-51、C-46、B-25 等飞机十余架。

毛泽东点头，边落座边点上一支烟，问道：东野说要在 6 月初出动十五架战斗机参战，此事能否实现？

这是个已酝酿数月的重大问题。1 月 20 日，中央提出组建一支能使用的空军仅十余天，刘亚楼即致电军委提出出动飞机参战，认为"三个月内，航校能有二十六人可驾驶战斗机，如果从现在起即做充分准备，估计三四个月后，即我军夏季长江战役时，可以出动一个大队的战斗航空队。进攻则可突然空袭敌人，使敌人白天不敢大胆行动；防御则可使敌机不敢像过去那样放肆参战，特别是不敢随便向平津地区出动。初次出动可能不免出些岔子，但可使我得到提高和锻炼"。2 月 19 日，经刘亚楼提议，林彪、罗荣桓又就出动战机致电军委，称 6 月初可出动十五至十八架飞机助战，强调此举对打击敌士气、锻炼我航空人员有益，请示军委批准。

但常乾坤和王弼认为不妥。这次他们从东北赴西柏坡途中，在北平听方华说起此事，即到北京饭店刘亚楼下榻处陈述看法。刘亚楼拿出方华等人的报告，说征求了南下接收组的意见。常、王知道，方华同吕黎平向刘亚楼汇报接收情况时，刘亚楼说国民党拒绝《和平协定》，我军准备打过长江去，问届时飞机能否参战，要他们三天内拿出意见，接收组于是拟出书面报告，由于事急未与航校通气。报告上说，航校现有能作战飞机四十余架，能参战飞行员五十余人，经突击改装、训练，可组建一个含两个战斗机中队和一个轰炸机中队的混合大队。常乾坤和王弼分析了出动飞机的利弊和敌我空军力量消长趋势，对刘亚楼说，6 月参战于我不利，如推迟到 10 月恐要好些。

听到毛泽东问起此事，常乾坤和王弼如实谈了自己的想法。

毛泽东点头沉吟，说，参加渡江作战恐怕是来不及喽。

接着又说，现在你们的任务，是搞好新解放区机场、航空设备与国民党空军人员的接收，多培训人员，积蓄力量，为创建空军做准备。

热血和意志必须服从理性，必须服从实事求是的原则。在几十年的战争中一直被天空压迫着的共产党人多想早一天直起腰来呀！人民空军

206

的诞生有节制地加快了步伐。

两个多月后的一天傍晚，刘亚楼突然接到军委通知，让他去毛主席住处领受新任务。此时，中央机关已进驻北平，毛泽东住在香山双清别墅。而刘亚楼正打点行装，准备南下率部追歼穷寇。

美式吉普一路驰抵香山双清别墅。

毛泽东见面就说，刘亚楼，你仗打得不错，又在苏联吃了几年面包，要你从陆地上天，负责组建空军怎么样？

刘亚楼的表情是没有思想准备的样子，回答也显有意外之感：主席，我在苏联是学陆军的，怕做不了。

毛泽东点着刘亚楼的脑袋说，好嘛，我就是要你这个自认为做不了的人去做。

刘亚楼于是语气谨慎地说，那我就只有边干边学，边学边干了。

毛泽东笑着拉起刘亚楼的手握了握，让他坐在身旁，然后点燃一支香烟，漫谈起来。

毛泽东在谈话中，说到从南昌起义、秋收起义起，就同蒋介石打仗，同日本人打仗，经过长期的艰苦战争，现在就要打出一个新中国来了，靠的都是小米加步枪、都是陆军打地面战争，由于没有空军，吃了无数的苦头，付出了巨大牺牲，想建空军，但没有条件。

他的谈话形意交融，穿插着许多具体、形象的画面和故事，如在漳州缴获的飞机、长征途中挨敌机轰炸、修延安机场，还提到1933年苏区儿童为购买飞机捐款的事。

毛泽东生动的语言，使得刘亚楼热血翻涌，浮想联翩。是啊，建立自己的空军，是多少共产党人凝血的梦呀！对苏区儿童捐款的事他也记忆犹新。那一年的《红色中华》上有一条报道，说中央儿童局号召江西儿童购买"共产儿号"飞机送给常胜的红军，好让红军用"红色飞机"去同帝国主义、国民党的"白色飞机"战斗，江西的儿童积极响应，计有十数个县捐款数百元。刘亚楼时任红二师政治部主任，还曾让机关宣传这件事。

话题拉到眼前。毛泽东说，那时没有条件，我说过延安只有碗口那么大，现在我们的天地有多大？明天我们的天地有中国那么大。"二战"期间，西方交战各方就投入了万架以上的飞机作战，可见空军在现代战争中的作用。将来我们一个大国的军队没有空军怎么行啊？你肩上的担子不轻呢！

毛泽东的谈话对刘亚楼的命运是决定性的，也许对人民空军最初的命运也是决定性的。

林虎将军满怀深情地说："后来的历史证明，毛主席不仅用兵如神，点将用人也堪称出神入化。在新中国处于风起云涌、百废待举之时，任用曾是中国工农红军的师政委、师长，并在苏联伏龙芝军事学院学习毕业，又在苏联卫国战争时期当了五年苏联红军校官的刘亚楼做首任人民空军司令员，是知人善任的杰作。刘亚楼没有辜负领袖的期望，他为人民空军的建立和在战斗中成长壮大，做出了重大的、不朽的贡献！"

那一晚，毛泽东兴致很高，谈兴甚浓。

那一晚是刘亚楼命运的一次转折。他激动无比，彻夜未眠。

事隔几天，刘亚楼就去看将来的空军机关办公地址。接收组预选的地址有两处，一是东交民巷的奥国府，早先曾是奥地利使馆，后为国民党空军华北司令部驻地，其司令王叔铭办公室墙上的大老虎画像还在；另一处是灯市口同福夹道7号院。刘亚楼看过两处，并非幽默地一语定音："人民空军怎么能步王老虎的后尘呢！"

建空军已进入快车道。在毛泽东找刘亚楼谈话之前，中央军委于3月17日决定成立航空局，30日任命常乾坤为军委航空局局长，王弼为政治委员。

航空局就设在灯市口同福夹道7号院。作战教育处处长方槐，航空工程处处长蒋天然、政委朱火华，民航处处长油江，航行管制处处长安志敏等即速到位，挂牌办公。这离常乾坤和王弼应召到西柏坡谈话还不到一个月。

在西柏坡期间，常乾坤的个人生活也巧机逢缘，遇到了1940年就相识的李芳，当时李芳是朱毫中央医院的医生，正参加七届二中全会的保健工作。不久他们便结为夫妻。

第二十八章　方华血酬勇敢者的事业

沈阳解放后，夏伯勋、林虎、李完刚等人跟脚进了沈阳的北陵机场参加接收。腊月的一个寒夜，夏伯勋和林虎顶着飕飕的刀子风，守候在跑道上。

不是通知当天有起义的飞机要落在北陵机场吗？怎么还没动静呢？他们不仅要有耐心，还要提着警惕，上回谭汉洲驾机起义，接到通报他们正铺 T 字布，两架敌机赶在谭汉洲之前突然飞来狂扫一通，林虎的脸被崩碴扎得生疼。他俩冻得跺着脚。终于，天空传来嗡嗡的马达声。夏伯勋用无线电同盘旋的飞机接通了联络，飞机上说是来找刘善本的，并说延安电台说贵军已准备迎接。夏伯勋和林虎赶紧一个跑到跑道东头，一个跑到西头，把大衣塞到油桶里点燃。飞机安全降落，是一架 C - 46 运输机，从青岛来，起义的是国民党空军第二十大队中尉飞行员刘焕统等三人。

他们先后接收了三批驾机起义人员，还有不少航材和航空弹药。3 月下旬，他们被急召回航校。

为了尽快组成一支"能够使用的空军"，一大队于 1949 年 4 月重组为战斗机大队，大队长是吴恺，周兆平任政委，刘善本、陈海林任副大队长，方子翼任飞行教育主任。一大队下设战斗机和运输机两个中队，突击训练美式机种。其他各队也同期开训：二大队二、三期飞行班练

210

"九九"高教；三大队的机械三、四期和新建混合中队学习航空理论；四大队重点是政治教育，这个大队是专为接收的国民党航空人员开设的。5月，航校改称中国人民解放军航空学校，校部迁长春。

夏伯勋、林虎等人来到一大队战斗机中队。与其说这个中队是重组的，不如说是重新恢复的，除了队长夏伯勋，队员也基本是原来战斗机中队的班底，也都是从各接收点被召回的。驻训地是公主岭机场，该机场在长春和四平之间，虽然房屋和附属设施尽毁，但跑道尚好。中队住在机场边上一家地主的院子里，生活较前有改善，每周能吃上一两次肉，有时也打个野物调剂。

刚起义过来的杨培光也来到这个中队任教员。他深深感受到共产党人的襟怀。

在训练 P-51 之前，先用隼式恢复技术。去年开训后，甲班的孟进、吉世堂、阮济舟、刘耀西，乙班林虎、李汉、徐登坤、李国治、李宪刚、马杰三等人被挑出来，到汤原机场学飞隼式战斗机。当时飞隼式战斗机令人羡慕，航校还曾为谁飞此机闹过一场不小的风波，而今却是为飞 P-51 打基础。人民空军的成长之路就是那么独特，先用过去敌人的飞机训练，而后又用未来敌人的飞机训练，而这些飞机都由敌人这个供应大队长提供。教员杨培光、阎磊、谭汉舟、王延洲等人起义不久，还有日籍教员林保毅、木暮、平信，也同样来自敌方阵营。

训练先从学习理论开始，然后熟悉座舱内仪表指示和电门操纵，再后上机练飞。与隼式相比，"野马"式 P-51 的最大时速要快一百多公里，各种性能、设备和机载武器都更为优越。林虎第一次戴上耳机时，被震耳的声音吓了一跳，而后顿感天高地阔。

"野马"式马力大、速度快，训练难度也更大。俗话说艺高人胆大，中队的飞行员是因胆大而艺高，经过两个多月具有冒险精神的旋风突进，孟进首放单飞成功。接着，其他人也都能独驾"野马"驰空了。

在如此之快驯服"野马"的背后，许多默默无闻的人功不可没，比如"野马"式是单座战斗机，不能带飞，修理厂大胆创新，硬是将其改为双座教练机；又如后勤单位发动民工延长了跑道，还新建了气象台和对空指挥塔台；还有，原来的飞行服是仿日式的，由于老羊皮熟得不到家，足有二十来斤，又厚、又硬、又重，穿在身上发紧，下蹲都很吃力，现在换上了仿美夹克式，美观大方，轻便舒适，穿在身上透着精神。

开始公主岭只有四架"野马"式，都是起义过来的，后来又赶修出十几架接收的破损飞机。人员增加了刘玉堤、陈亮、牟敦康、李延森、王树荣、张华、李向民等人。5月份又补充了二期的六名学员，他们是王海、侯书军、徐振东、郑刚、邹炎、徐怀堂。原打入国民党空军的地下党员邢海帆、赵大海也加入教员队伍。中队迅速扩至三十余人。

运输机中队的训练也在齐齐哈尔机场展开。中队长是胡子昆，飞行员有姚峻、陈继发、王洪智、韩明阳、高月明等近三十人，大队长吴恺也在列。完成机场空域飞行后，为了争取更多的飞行时间、利用有限的器材多培养飞行员，经军委副主席周恩来批准，采取了飞长途的方法，训练航线由齐齐哈尔经沈阳延展至北平。此外，二大队飞行二、三期，混合大队（由三大队与混合中队合编而成）的机械、场站、气象、通讯专业的训练也在紧锣密鼓地进行。

而条件依然很艰苦，就说飞行队，跑道破损要自己用镢头、铁锹去修补；每天开飞前要把大铁桶装的汽油从营区运到机场，用马车运装和卸都很费劲，弄不好途中还会被颠下来，还不如两人一桶地滚，上坡时四人搭手滚一桶，忙活得满头大汗。

最缺的还是飞机。修理厂承受着前所未有的压力，修理"九九"高教缺东少西；修复 P-51 更难，该机与日式飞机的构造差异颇大，不要说发动机等复杂结构，连机炮校靶都是一难，日式飞机的弹火是从螺旋桨旋转的间隙打出去的，而 P-51 的六门机炮分布在两翼，怎么校靶，都费了一番周折。

又一架 P-51 修好了，厂长熊焰陪着机务副处长顾光旭和几位飞行员来验收，军委航空局长常乾坤也到场督察。

一位飞行员坐进机舱，开车时发动机噼里啪啦响，却启动不了。飞行员发牢骚说，什么破飞机，还说修好了，车都开不了还怎么飞！一期机械学员、时任修理厂技术股长的吴永常不服气地坐进机舱，一次就启动成功，并把操纵系统全面检查了一遍，报告飞机良好。飞行员又连问了几个技术数据，都没问倒吴永常。

两个年轻人顶牛抬杠较上了劲。问：你去美国学习过吗？答：没有。问：你会英文吗？答：不会。问：那你怎么会修 P-51 飞机呢？答：我们自己摸索的。问：在哪里摸索的？答：在山沟里。飞行员说，你知道吗？国民党时全国还没有一家工厂能修 P-51。吴永常说，可现在不是不一样了吗！

这架飞机能不能飞？常乾坤、顾光旭、熊焰等，还有几个飞行员在跑道南头的小白楼里争论不休。顾光旭把吴永常叫到小白楼，当众问道："老吴，你说到底能不能飞？"吴永常几乎是在吼："能飞！"他情绪激动地要持相反意见的人拿出理由。见一时无人搭腔，常乾坤一锤定音："飞，飞！要飞，要飞！"杨培光随即挺身而出："我来飞！"

杨培光发动了飞机。滑跑，增速，直冲向前。就当飞机要离地时，发动机突然不响了，机场上的几百双眼睛露出了惊慌的神色。这时，杨培光正与塔台联系。得到指令后，飞机再一次加油门，滑跑，增速，继而随着雷鸣般的吼声直冲四千米的高度。

杨培光落地后，吴永常心怀忐忑地问飞机的情况。杨培光迎着一片期待的目光说：还可以。

接着，第二架试飞成功。下午，仍由杨培光试飞第三架。当飞机升至一两千米时，突然来了个倒转，大头朝下垂直俯冲下来。出了什么问题？不好，飞机就要撞地了！全场大惊。就在这一瞬间，飞机在跑道的延长线上猛地改成了平飞，沿跑道大速度、超低空通过机场。只见它轻轻晃了晃机翼，一个急跃升冲到四千米的高度，做出精彩的特技动作。杨培光漂亮的动作迅速转化成人们喜悦的心情。

试飞圆满成功。它还是一个象征，透出一股奋力拼搏的心劲；透出燃烧的血液、坚定的信念及激情、胆识，还掺杂着焦躁和鲁莽。

所谓飞行是勇敢者的事业，说的就是危险性大，时时都隐伏着挫折和牺牲。而这一段事故似乎多得超常。空中停车、飞掉螺旋桨、拿大顶、打地转，因操作失当导致的事故频频发生。

三期学员丁锦章就遭过一祸。由于着陆过重，发动机固定支架断裂，垂到地面，这时油门被拉到最大，发动机以最大功率发出杀锯神经的锐吼，螺旋桨触地疯狂旋转，打得沙石迸飞，断了半个头的机身在浓烟中大幅摆动，机尾越翘越高，最后来了个前滚翻式的大反扣。丁锦章倒悬座舱，头顶座舱罩，满脸是血。他意识到要立刻关闭电门，但侧悬的身体使他无法伸手，情急之中他用脚关上了电门。这是不幸中的万幸，否则，飞机将起火爆炸。还有一次，内田元五带飞孙景华，刚拉起来，螺旋桨就脱落了，这就像人掉了脑袋，亏得内田经验老到，冷静操纵着没有脑袋的飞机滑行到跑道外的空地上着陆。

刘嘉才也曾两度历险。一次是驾机由牡丹江去哈尔滨马家沟修理，飞行高度不高，飞过一座高山时迎面突然遇到很大一块厚厚的雷雨云，想爬上去又无奈飞机马力不足，日本教员很紧张，赶紧掉头绕道飞，用了半个小时才绕过那块巨大的黑云。落地后日本教员说，刘君，咱们跑慢了统统死了的有！第二次是飞机修好后飞回牡丹江，是两架飞机编队，他的那架是僚机，刚出哈尔滨飞机就急骤下降，一看汽油压力表已接近于零。后来查明是汽油系统发生了故障，要不是在前舱的日本教员紧摇手摇泵，飞机非栽下去不可。

战斗机中队也数度擦险而过。那天早晨，天上堆着黑蒙蒙的云层，为求安全最好不飞，但谁也不愿耽搁一天，就让教员林保毅和刘卓生上天看看再定。驾的是"九九"高教，机上没有通话设备，他们讨论天气是扯着嗓子喊，喊着喊着，刘卓生不留神把机头带了起来，见飞机大仰角钻进了云层，他又急忙猛推了一杆，刹那间，林保毅受离心力影响被甩出座舱。所幸，林保毅在成为自由落体前的一瞬间机敏地用两腿倒钩住了风挡，免去一灾。

4、5、6三个月，训练进度大步推进，而事故纪录也不断刷新。共发生大小事故二十余起，烧毁飞机一架，严重损坏三架。这是不是大步前进中难以避免的代价呢？

6月28日，最为严重的事故落到了战斗机中队的杨培光头上。

1995年12月，陈锡联将军回忆说："1948年，方华听到了我的消息，给我寄来一封信，还有一张穿着飞行服站在飞机的螺旋桨前照的照片。信上一开头，就问你还记得我吗，信中还问到记不记得我们挨敌机轰炸，一块儿挖防空壕的情形。他说很快就要有我们自己的空军了。"

陈锡联说，方华幼时放羊，十二岁参加游击队，后编入工农红军。"1930年秋，我和方华在一起当宣传员，写口号，做宣传，宣传穷人为什么穷，富人为什么富，为什么要打土豪，还在一起演过戏。他是六安人，我是黄安人，他叫我蛮子，我叫他侉子。他给我的印象非常好，厚道朴实，能力强，品质好。1933年，他才十六岁就担任了九十师政治部主任。"

"他在1948年的那封信中要我回信，寄到佳木斯机场。我给他回了信，说有机会到北平见面。"然而，这个相约成了陈锡联心头永恒的痛。

1949年4月1日，华北军区航空处在北平成立，方华任处长。此前，他组织实施了对平津地区国民党空军机关、机场、仓库、工厂及其遗弃飞机和航材的接管。

南苑机场是接收的一个重点。1913年，袁世凯就在这里创建了中国第一所航校；当年冬，一架法国造高德隆双翼教练机从这里出发，为追剿蒙古叛军实施侦察，首开中国空中作战行动。抗战胜利后，这里成了国民党华北空军的重要基地，驻有战斗机、轰炸机、侦察机和空运四个大队。尽管国民党逃跑时丢下的是一个恐慌凄凉的烂摊子，但仍然接收到一批有故障的飞机和航空弹药、机床设备及几十辆开不动的汽车，在铁路专用线站台上一堆没来得及装上火车的杂物里，甚至还搜缴到一架贵重的飞机练习器林克机。

为尽快恢复生产，方华立即组织建立了修理厂。对招来的技术人员，给予优厚待遇，最高的月发七百斤小米，而厂长张开帙等人的津贴还不够买几包纸烟。这些人不怀疑国民党必败，但有个顾虑，就是美国有原子弹，而共产党苏联没有，未来的新中国能否站得住脚。方华于是特意请来著名核物理学家钱三强做专题报告，有理有据地推测出苏联也一定会有原子弹，驱散了压在大家心头的阴霾。这期间，朱德总司令也来到修理厂，考察车间流程，与工人亲切交谈，送来了暖流和动力。政策关怀与思想教育的合力，充分调动了全厂上下的工作热情。P－51、蚊式、B－25、C－46，一架一架飞机被修理出来。

正在全面溃败的国民党是不甘心失败的，对丢失在南苑机场的飞机和物资设备落入敌手也耿耿于怀。5月4日上午8时左右，从青岛出动六架B－24突袭南苑机场，一阵狂轰滥炸，毁机四架、房一百九十六间，伤亡二十四人。

与其说破坏严重，不如说藏在其后的威胁巨大。这是一个提醒。当时，中央机关已迁北平，拟在9月召开的第一届全国人民政治协商会议正在筹备，开国大典也在酝酿中，北平的安全关天。党中央决定迅即建

216

立一支空中防空力量，以御敌可能的空袭。周恩来在中南海召见常乾坤和方华，传达了中央的决定。周恩来说，为政协会议顺利举行，决定在南苑成立一支飞行队，保证北平的安全，必要时还可协助陆军解放长山列岛。

方华的热血被点燃了。到飞行队去，到空中第一线去！他要求去公主岭参加 P-51 战斗机的改装飞行，多次提均无结果。6 月中旬，他再次写报告给军委代总长、华北军区司令员聂荣臻，言辞恳切、执着，终获批准。

在此之前，方华陪同朱总司令再次到南苑察看已修复的飞机。经朱总司令提议，方华驾机升空进行了飞行表演。总司令仰头弯眉，看着从长征路上走过来的红军干部驰骋天空，特别高兴。那次杨成武也随观。送走总司令，大家聚在停机坪上兴奋地议论。有人感叹道：当年杨成武是方华的同事，现在都是平津卫戍司令了。方华淡然一笑说："他当他的司令官，我喜欢当我的飞行员。"

接到通知后，方华径直到了公主岭机场。航校本来安排他先到长春校部休息几天，但他心急，急着改飞 P-51，急着组建飞行队，急着保卫北平。

到达公主岭的次日，6 月 28 号凌晨，方华早早地来到起飞线，上了一架用于对空指挥的 P-51，进行座舱实习。飞行结束后，方华出了机舱，翻开笔记边走边看。

一场严重的事故就在这时发生了！

方华在滑行道上边走边专心地翻阅笔记。一架飞机在他身后滑行而来。飞机越来越近，他丝毫没有察觉，以致被飞转的螺旋桨击中头部，当场牺牲。

噩耗迅速传布，整个航校都大为震惊，悲痛。

方子翼悲痛。他与方华是老战友，随西路军在石窝被打散，听说方

217

华的二六七团几乎拼尽。1938 年在新疆惊喜重逢，方华细述了后来的经历。他和几名战士被逼杀到绝崖，黑幕已降，他们结起绑腿溜下峭壁，潜出重围，朝西北方向寻找部队。连日血战和奔波弄得人疲劳不堪，在一隐蔽处休息时都昏睡了过去，醒来时就见顶到脑门的枪口。被押往西安的夜幕中，方华瞅冷子跳车逃脱。西路军失败了，延安还在，他独自一人昼伏夜行，朝着心中的目标走。没有吃的，又身无分文，就吃山野地头的杂草野果，有时也向老乡讨口吃的，就这么一步一艰难地回到了延安。劫后重逢，两位老战友格外亲密。

施谛悲痛。1947 年他所在的领航班与飞行班混编成飞行队，他和方华被公推为伙食委员，常在一起对账。方华不计得失，待人谦和，同他处得非常融洽。一次闲聊中，他说起自己原先在新四军苏中军区四分区，司令是陶勇。方华说陶勇、王必成都曾是他的部下，他们现在都当军长了。方华乐呵呵地说，他们当他们的军长，我学会了飞行，挺好！通过那次闲聊，他才知道方华的资历，从此对他格外敬重。

新疆队悲痛。当年新疆队，方华是文化最低的一个，识字课本是标语口号，数理化一窍不通，就是以这样的底子，他用常人难以想象的毅力，学通了理论，学会驾驭四种型号的飞机，伊－16 还完成了高难特技、对抗空战、打地靶、低空轰炸等课目，基本掌握了战斗技能。在四年的黑牢生涯中，他仍然是乐观向前的，他的情绪感染着大家，他和同志们攥成一只拳头。阴暗潮湿，闷热熏臭，砂子拌霉米，坐老虎凳，站炭火，压大杠，严刑逼供，死亡威胁，这一切证明了他的坚定党性和高尚人格。他是新疆航空队的骄傲，是一段历史和一种精神的雕塑。

航校悲痛。1947 年八一节开纪念大会，常乾坤说，今天纪念建军二十周年，我想请我们中间军龄最长的一位同志讲话——方华同志请上来。方华在热烈的掌声中走上台。他说，我就讲两点，一是有的同志看到我打毛衣，感到好奇，其实 1936 年四方面军第二次过雪山前，朱总司令就号召大家自己动手捻毛线、打毛衣，自助御寒，那时我就学打毛衣了。航校现在困难重重，我们要用红军精神顶过去。二是有人说队里几个新疆回来的同志都结婚了，问我为什么还不找对象，我说不急，我想找个有文化的。什么意思呢？就是说我自身先得有文化。同志们，我们要集中精力刻苦学习！方华的朴实和深刻充满了魅力。

在战友们的心目中，方华的生命与身经百战、三次负伤、两次入狱连在一起；与雪山、草地、战场、刑场连在一起；与坚定、忠诚、勤奋、质朴连在一起；与打满补丁的飞机和披着阳光在未来云空闪驰的银鹰连在一起。

7月13日，航校在长春举行追悼大会。场内挤满哀悼的人群，场外肃列着哀悼的队伍。天气阴沉，哀乐声起，滚滚热泪伴挽歌长流。

悲痛和惋惜中夹杂着猜疑和怨恨——是杨培光操纵的飞机打死了方华。杨培光曾是国民党空军英雄小队队长，曾摧毁过我军几个火车头。他起义是真的还是另有图谋？他驾机滑行怎么就看不到空荡荡的跑道上有人呢？他是不是故意打死了方华？

一种漫涌的激烈的情绪是：方华是被蓄意谋害！应该枪毙杨培光！

第二十九章 购买苏联飞机叫"花钱买经验"

1949 年 7 月 31 日下午 5 时半，刘亚楼、王弼、吕黎平来到毛泽东的办公室。

毛泽东从藤椅上起身，微笑着同他们一一握手。刘亚楼介绍了吕黎平。毛泽东风趣地说，你是在苏联学地面指挥的，你们三个既有地面指挥员，又有空中驾驶员，还有能设计、修理飞机的工程师，三位一体，难得一见的贵客呀！说着摆手让他们在沙发上坐下。又让叶子龙去交代大师傅准备便饭。

大陆盘局已定，毛泽东已盯住下一盘棋。7 月 10 日，毛泽东给周恩来写信："我们必须准备攻台湾的条件，除陆军外，主要靠内因及空军，二者有一，即可成功，二者俱全，则把握更大。我空军要压倒敌人空军短期内（例如一年）是不可能的，但似可考虑选派三四百人去远方学习六个月至八个月，同时购买飞机一百架左右，连同现在的空军，组成一个攻击部队，掩护渡海，准备明年夏季夺取台湾。"

随后，中央军委批准了刘亚楼、常乾坤、王弼等研究的建空军方案。7 月 26 日电示四野：必须以建立空军为当前首要任务。调四野第十四兵团组建空军司令部。同日，专电在莫斯科访问的刘少奇，要他向斯大林提交请求援助的计划。

西方战场用无数生命培育出新的战争样式。中国共产党人通过办航校已积蓄了种子和经验，这是一个重要的基础，但要用于大战，仅靠日本和蒋军遗留下的破烂远远不够。

这次谈话无疑是非同寻常的。刘亚楼等已被告知将赴苏谈判。

点燃一支香烟，毛泽东开门见山地说，找你们来，是同你们研究去苏联谈判建立空军的事。

他说，过去我们自力更生战胜了蒋介石，大陆解放之后，还要解放台湾，要保卫祖国的安全，维护世界和平。现代战争的样式是地面、空中、海上的立体战争，单靠陆军是不够了，我们必须建立自己的空军和海军。我们过去没有向苏联提过援助建空军，提了也不一定能给，我们穷嘛。

大概是想起王弼和常乾坤去年8月写信要求买飞机的事，毛泽东的目光落到了王弼身上：中央认为，现在请苏联援助建立空军的条件已经具备。取得了全国政权，能做生意了，有偿还能力了嘛。我们让在莫斯科的少奇同志试探了一下，他们答应了。前几天向苏共中央发了个电报，得到斯大林的赞同。往来电报的内容，恩来同志已告诉你们了，现在我想听听你们的具体意见。

由刘少奇提交苏联的计划是：1.订购战斗机一百至二百架，轰炸机四十至八十架，并配备份机件及日式或德式重磅炸弹；2.拟请苏联航空学校代我训练空军人员一千七百名，其中飞行人员一千二百名，机械人员五百名；3.拟请苏联派出高级空军顾问三至五人，于9月来华参加中国空军司令部及航空学校工作。斯大林基本同意，但认为培训人员可在中国进行。

刘亚楼对这个计划提出了意见。这也是他与常乾坤、王弼等商议的结果。

他摆出了敌方空军的实力：逃到台湾的敌空军现有4.5万人，飞机三百三十余架，其中战斗机一百三十余架、轰炸机近七十架、侦察机近二十架。据此认为渡海解放台湾需要飞机三百至三百五十架。而己方可参战的战斗机仅二十多架，轰炸机七架。至于培训人员，认为一千二百名飞行员与五百名机械员的比例不切实际，应是飞行人员少，地勤人员多，比例1:2较为合适。

毛泽东问道：你们是说中央的设想是飞行员太多，地面机械人员太少，飞机数量不够，不能夺取制空权。是不是这个意思？

刘亚楼点头称是。吕黎平插言汇报了苏联、美国空军的基本编制及构成。

毛泽东一边仔细地听，一边往纸上记下要点和数字。

刘亚楼又说，一名飞行员要飞一百五十至二百小时可达到作战水平，一所航校能培训六十名飞行员。因此除现有一所航校外，还需组建六所新航校。

听刘亚楼说完，毛泽东沉思了片刻，说，你们谈的意见，比较符合实际，修正了中央方案中的一些问题，就以你们的意见作为正式方案。我看建军方针可以归纳为两条：第一，以一年为限建立一支歼击、轰炸部队，协助陆军渡海作战，解放台湾。第二，我们的经济很困难，苏联又不能无偿援助，因此你们去谈判，请专家、买飞机、购器材，都要精打细算。现在是贷款建空军，花钱买经验。

看了一下表，毛泽东说，组建空军是件大事，你们为中央出了好主意。还有什么要谈的？

刘亚楼回答：没有。我们坚决按主席的指示办！到莫斯科以后，向刘少奇同志汇报主席的指示，谈判情况及时向主席、中央汇报。

毛泽东站起身来：你们的任务就是专心谈好建空军的计划。刚才说了，请你们吃顿便饭，表示饯行。走吧。

来到毛泽东的小饭厅，围着一张四方桌就座。毛泽东坐正上方，刘亚楼居左，王弼居右，吕黎平坐在毛泽东对面。炊事员摆好菜肴，毛泽东让取葡萄酒来，给每人斟满一杯。他满面春风地举杯道：为建立一支强大的空军，干杯！

刘亚楼倏地站起，激动地说，衷心感谢主席的关怀与款待！我们一定不辜负主席的嘱咐，尽快把空军建立起来，协同陆军解放台湾，完成统一祖国的大业！敬祝主席健康长寿！说毕仰脖饮尽杯中之酒。

席间气氛亲切。毛泽东幽默地抱怨道：自从进住北平，反倒没有在农村那样方便了，行动受限制，吃菜也不自由，过去贺诚、傅连暲不同意我吃辣了，现在好了，请了苏联的保健医生来检查，连个炖鸡汤都不让喝喽。

引得三人开怀大笑。

数杯下肚，毛泽东面色泛红，摆着手说，我被打倒啰，你们喝，你们喝！

8月1日，是个夏雨洗过的好天，刘亚楼、王弼、吕黎平，还有刘亚楼的夫人翟玉英，在前门外火车站登上了北去列车。

去苏联的旅途，虽享受到了"苏共政治局委员的待遇"，却未必都能消受得起。

一是自哈尔滨至满洲里乘专列。这是一列特制的柴油机车，设有舒适的会客室、卧室、餐厅、厨房及洗澡间等，配有两名服务员、一名厨师、两名火车司机和一名检修工。刘亚楼巡看一番，对车厢内的豪华深为惊讶，说在苏联恐怕也只有中央政治局委员才有资格坐，我连中央委员都不是，哪能相称哟。但坐着还是好，美食可口，一路绿灯，客货列车均停驶让路，行速也更快。

二是从苏联赤塔飞莫斯科，乘的是苏共政治局委员的专机。此机是"二战"时美国援助的 C－47，原有的二十二个座位，拆掉十个，加上一张沙发床。这回就折腾了。夏季气流不稳，飞机像风浪中的船艇猛烈颠簸，偶乘飞机的刘亚楼、翟玉英和王弼反应强烈，动不动就吐。吕黎平也不轻闲，他得当"卫生员"，照料大家，清理吐物。通过贝加尔湖时飞机大幅升降，刘亚楼几个吐得哇哇的。吕黎平赶紧把刘亚楼扶到沙发床上躺下，打趣地说，你是空军司令，将来坐飞机是常事呢。刘亚楼忍了一口，苦笑道：看来这个空军司令还不好当呢！五千公里航程折腾了三天。

到了莫斯科，下榻郊外的一所疗养院。这里过去是沙皇的夏宫，宫内满眼是壁画、雕刻、灯饰和塑像，院外是湖泊和茂密的森林，环境极优雅。重访莫斯科，刘亚楼、王弼自有感慨。落脚后，他们即到市内刘少奇住处汇报。刘少奇说已与斯大林谈妥，斯大林还认为我们现在建立空军已晚，如早一年，就可用于解放中国南部的战役。

斯大林是真诚的。但此前他对毛泽东一再提出的访苏要求推诿延宕，也是真诚的。他要静观中国局势，要看美国的眼色。他要对他的国家负责。

刘亚楼等刚回到郊外住处，就接到次日会谈的通知。8月13日，刘亚楼、王弼和吕黎平跟随刘少奇、王稼祥来到苏联武装力量部办公大楼。华西列夫斯基元帅的会议室里，正中挂着列宁、斯大林肖像，肖像前呈凹字形摆着三张铺有草绿色呢绒布的长桌。苏方人员还有空军总司令维尔希宁元帅，一位空军上将副司令，一位空军中将训练部长。

尊敬的刘少奇同志，现在开始会谈好吗？双方坐定，华西列夫斯基很客气地说。

可以开始，元帅同志。刘少奇点头。

我已得到斯大林大元帅的指示，由苏联援助中国建立空军。中国方面的想法可以先谈谈。

好。我们党中央已经决定刘亚楼同志出任空军司令员，就由他先谈吧。

现有的家底、建军的设想……刘亚楼操流利的俄语侃侃而谈，全无乘机后的倦色。最后他说，无论是渡海作战、解放台湾的直接需要，还是从国防战略考虑，我们都想在一年之内建立一支由三百至三百五十架飞机组成的空军部队。请苏联同志帮助拟出一个开办航校、聘请专家、购买飞机和相应设备的具体方案，以便商定。

大概是敬服刘亚楼的干练和才气，两位文秘女军官相互扬了扬眉角。

维尔希宁问道：你们提出第一步训练三百至五百名飞行员的根据是什么？歼击机与轰炸机的比例如何确定？哪里机场最多，最便于飞行训练？

吕黎平以在东北航校积累的经验和知识做了回答。

刘少奇说，刘亚楼等同志所谈意见，事先都报告了毛泽东同志和党中央，因而就是我们党中央的空军建军方案。请元帅同志据此拟出一个具体援助计划。

华西列夫斯基点头道：听了中国同志的方案，我们有了初步依据。我们原则同意这个方案。为了把援助计划搞得更具体细致，建议刘亚楼同志和维尔希宁同志再进行一次更详细的会谈。草签协议后，我们报请斯大林同志批准。刘少奇同志，你看如何？

我同意，元帅同志。刘少奇说，我近日将要回国，今后的会谈就由刘亚楼同志全权代表了。

这次会谈之后，中苏双方又于14日和18日举行了两轮会谈。中方与苏方对话的基础和对事情的判断也多取自办航校的经历。前一轮对双方的基本情况，包括苏联的空军体制、航校教程、飞机种类和性能等做了深入的交流、探讨。后一轮苏方拿出了援助计划：组建六所航校，其中四所歼击机航校、两所轰炸机航校，在一年内训练出三百五十名飞行员。中方感到较为周全，只是对拟援助的拉－9、图－2飞机吃不准，又做了一番咨询。维尔希宁说，请贵方研究一下，如同意，即草签上报。

中方代表来到另一间屋子。

刘亚楼问：你们觉得如何？

王弼说，苏联同志把拉－9说得处处都比P－51强，可能有点过分。

吕黎平说，我也感到苏联同志有些保留。

王弼说，拉－9的上升性能、转弯半径、火炮威力，都优于国民党空军装备的P－51，但俯冲性能、载弹量、火炮射速和最大航程并不如P－51。

刘亚楼稍作沉思，再用眼神询视王和吕。见两人无话，便说，苏联同志是热情真诚的，有些问题他们是有保留，但我们组建空军事急，离不开人家的帮助。拉－9虽不尽人意，但足可与P－51抗衡，能担起协同陆军渡海解放台湾的任务。如此说，党中央指示的谈判目的已达到，因此可以签订这个计划。

复会后，刘亚楼以代表团团长身份对维尔希宁说，元帅刚才提出的计划，我们代表团表示同意，并请向斯大林大元帅，向联共中央、苏联政府、苏联武装力量部，表示我们衷心的感谢！

至于定价付款，刘亚楼表示可按世界通常价格计算，先用记账的方式由我国政府核实结算，将来偿还。实际上当时并无国际标准价格，纯由苏联单方面定价，吃亏是难免的。1954年接收苏军在旅顺地区一个军的飞机装备时，苏方以旧折新，连机场塔台用的旧桌子也统统折价，可为佐证。但账又不能这么算，因为这不仅是一笔飞机交易。

刘亚楼和维尔希宁代表双方在协议书上签了字。

协议主要项目为：苏联卖给中国四百三十四架飞机、12.9万吨汽油、1.29万吨润滑油；派八百七十八名专家顾问赴华，帮助中国建立六所航校、一个飞机修理总厂和六个小型修理厂等。

大事告成，维尔希宁与刘亚楼热烈拥抱。因斯大林批准计划尚需时日，他盛邀刘亚楼等考察空军司令部、航校、工厂、基地，也可观光列宁故居、克里姆林宫、地铁、马戏团等。

而后，他又面带神秘地说，我们还要让中国同志看一个秘密。

第三十章　开国大典受阅和屡创第一

9月23日，数百名政协代表聚在中南海怀仁堂共商国是。突然，人们绷紧了耳神经。是机群的啸声，声音很近，贴着地面。人们警觉地站起，几位穿大襟衫的老者面面相觑离开了座位，气氛有些惊慌。

请各位不要紧张！周恩来走上台，张开双臂笑道：这是我们自己的飞机，正在为开国大典进行演练！

我们自己的飞机？许多人未及反应，就跟着热烈地鼓起掌来。腿快的跑出礼堂翘首仰望。几位辛亥革命时期的代表也挪到外面，手搭凉棚虚眼高撩。飞机早飞得没影儿了。

掠过天空的是人民空军第一支作战中队。

自南苑机场挨炸，军委航空局、华北航空处就按中央要求筹建空中作战部队。8月15日，这个中队正式成立。飞机是从各处凑的十多架P－51，三架蚊式战斗轰炸机。十多名飞行员中，孟进和林虎格外引人注目，这不在于他俩年纪最小，而在于他们的东北航校背景，就是说，天空在证实他俩的资格的同时，也证实了人民军队第一所航校的资格。此外，杨培光也是一个焦点人物。组队人员主要为起义归来的飞行员，这是共产党人的胸怀和本质使然，但杨培光行不行，却有过激烈争议。

方华牺牲后，悲痛和惋惜的情绪导致了对杨培光的怀疑，不少人断言是杨培光蓄意谋杀，强烈要求将他处决。

命运之神将如何对待自己呢？杨培光无奈而痛苦。他相信共产党，但又担心在大风暴的时代，政策转眼就会像一棵树被连根拔起。

是蓄意还是意外？通过缜密调查，常乾坤认为这是偶然误伤致死。从现场来看，既不能怪方华，同时也不能怪杨培光，但纪律不严是肯定的；还可以肯定的是，这对方华是个意外，对杨培光也是个意外，就是说他们都存在被动性。杨培光的起义有没有问题呢？据了解，因他对国民党的腐败没落早有抱怨，而受到上司监控，那次从沈阳飞回北平，上司疑他心存不轨准备摊牌，听到透出的风声，他趁人不备紧急返回机舱开车起飞，摆脱了两架追击呼叫的飞机，冒死起义迫降四平。至于到航校后的表现，他积极肯干，甘担风险，而且技术高超，应该有目共睹。同样的事故在航校也曾发生过，为何对待杨培光非要戴上有色眼镜呢。

事实上，对起义和接收的人员都经过严格的审查甄别，华北航空处就从接收的人员中查出两名军统特务、一名中统特务及六名变节分子。

反对意见认为，就算杨培光的飞机打死方华是个意外，不问其罪，留任教员，但事情发生在他身上总是一个问题，作战中队事关重大，稍有差错就会造成无法估量的损失，还是不要冒这个风险。

常乾坤据理力争。他有一个基本观点，即杨培光是驾 P-51 起义第一人，有很强的爱国心，政治上可信，不能因莫须有的怀疑毁了前程。党委最终达成了共识。

杨培光不但进了作战中队，还当上了第二战斗机分队分队长。作战中队的中队长是徐兆文，政委王阳平。下辖三个分队，第一战斗机分队长是赵大海，第三轰炸机分队长邓仲卿。后来，又抽调曾是甲、乙班学员的刘玉堤、马杰三、阮济舟、吉世堂、徐登昆、牟敦康、李国治、李宪刚、李汉、刘耀西、陈亮等充实了进来。还增设了一个空运分队，乙班学员王洪智、于希和、王恩泽等在编，队长谢派芬。

9 月 5 日，这个作战中队急切地担负起北平的防空任务。几架战斗机就像利箭，昼夜都紧绷着警惕的弓弦。

又是一个第一！艰难的开拓中一个又一个第一被创造出来，所有的第一仿佛都在这一个第一开花。然而，这个第一连同曾经的所有的第一，又在孕育着新的第一。

一天下午，正在机场值班的杨培光和林虎接到截击来袭之敌的战斗命令，紧急驾机升空。林虎血脉偾张，他早就期待着这个时刻，他甚至都体验到了战斗的刺激和豪情。但在空中兜了一圈，直到任务解除也没见到敌机的影子。这让他大为扫兴。这也难怪，当时没有对空雷达，警戒全靠临时在北平周围三百公里范围内部署的地面观察哨，肉眼观察的原始手段加上宁错不漏的心态，造成错假情报是常有的事。这没什么不好，中队频繁起飞，也不失为一种训练。

说起来要归功于作战中队的震慑作用，自它成立后，国民党的飞机就再没敢来犯袭北平。每天拂晓，南苑机场都要有十几架飞机进行试车检查，巨大的轰鸣声激发了人们的想象，北平城内风传共产党调来了大批飞机，先说有几十架，因为人们希望能有几百架，后来这个数字就变成了几百架，说得有鼻子有眼。估计国民党在研判情报时也是宁可信其有。

作战中队是人民军队的第一，也是唯一，集先进的战力、威仪与光荣于一身。成立伊始，它就作为一个象征，被赋予了又一项重大任务。

8月下旬的一天，聂荣臻代总参谋长召集驻北平军事将领开会，传达和研究开国大典的事。当问及能否组织机群飞经天安门受阅，常乾坤做了肯定的回答。聂荣臻于次日又同常乾坤讨论了具体问题。再过两天，常乾坤等来到聂总办公室，在座的有华北军区参谋长唐延杰，还有一位苏联同志。聂总介绍说，这位苏联同志是空军中将，跟我一样，也是五十二岁，经过两次世界大战，来与我们商谈民航通航问题。常乾坤详细汇报了准备情况。汇报后，聂总留大家吃烤鸭。他对苏联将军说，北京的烤鸭很有名。

　　具体计划和组织落到方槐头上。调集飞机，遴选人员，编队编组，按不同机种拟订训练计划；他还同刘善本、安志敏根据各型飞机性能计算拟定起飞、出航、集合、进入航线的时间。这些都好办，大家最担心的是两个问题，一是通过天安门的高度，一是政治安全。方槐就此当面请示聂总。第一个问题，苏联空军中将应聂总要求解答说，十月革命节阅兵时通过红场的高度，依据的是飞机下滑的安全系数，飞机万一在天安门上空停车，能靠滑行远离天安门和居民区。第二个问题，为防止重大政治事故，人选要绝对可靠，此外，方槐提出除了战斗值班飞机装实弹外，其他均装哑弹，不许携带任何可抛出机外的物件。聂总批准按此实施。

　　人选的确定事关重大，因此反复多次。用不用杨培光又成了焦点。经常乾坤坚持，周恩来亲批，杨培光幸获殊荣，他的人生轨迹也就此彻底摆脱了沉重的阴影。

　　飞行中队接到命令，离受阅只有不到一个月时间了。大家感受到包含其中的宏大和精微，宏大到它将创造一个历史的天空，精微到它的每条轨迹每个瞬间都如同一部精密机器上的零件，不容有丝毫误差。大家的热情和科学精神是空前的。经过反复计算和演练，确定了飞行方案：航线以通县双桥上空为起点，直飞天安门；飞行高度既能满足天安门城楼上的视野，又能做到如飞机发生故障可滑行至城外迫降；飞行速度因不同机型而异，但到达天安门上空时必须呈现最佳的受阅队形。在一次训练中，因发动机故障，浓烟涌进机舱，中队长徐兆文被迫跳伞，着地时皮靴脱落，脚被高粱茬戳伤，他的工作由从公主岭紧急调来的邢海帆顶替。

　　10月1日下午3时，一个伟大而神圣的时刻来临了。

　　随着站立在天安门城楼上的毛泽东按动电钮，新中国的第一面五星红旗在雄壮的国歌声中冉冉升起。当升至旗杆的顶端时，毛泽东激情难抑地大呼一声："升得好！"

随之，惊天动地的二十八响礼炮响彻云天。

中华人民共和国诞生了！中国人民掀翻了黑暗如磐的三座大山扬眉吐气地站立起来了！

当时，在几十公里外的南苑机场上，站在飞机旁正准备出动的飞行员们从无线电波中获悉了这一切，激动得泪流满面。

4时，阅兵式开始。步兵、骑兵、坦克、大炮、汽车……钢铁洪流滚滚向前。人山人海的天安门广场屏息无声。只有眼睛在狂欢。只有《人民解放军进行曲》伴随着热血的波涛。

突然，天安门广场爆发出暴风雨般的欢呼声，千万杆红旗沸腾起汹涌的潮汐。

空中编队飞临广场上空了！三架一组成"品"字形轰隆隆驰过。一组，又是一组，一组又一组。那风驰电掣的银色机群被人们的眼睛放大得无比神奇而雄武，那雷霆万钧的轰鸣被人们的耳朵修饰得无比威严而美妙。天地大音融汇一体，豪情万丈，地动山摇。整个北平都热泪盈眶！

此刻，空中的飞行员们又怎能不激动万分？飞在最前面的邢海帆原是国民党飞行教官，抗战时曾击伤日机，1947年秘密加入中国共产党，几度化险为夷进入人民军队的阵营。飞在后面的赵大海与他的经历相似。邢海帆的左右僚机孟进和林虎，还有后面的姚峻、王洪智，都是吃着土豆白菜，在日本人撂下的废墟上勤练苦励，由光着黑脚杆的苦孩子一飞冲天叱咤云空的。队尾压阵的安志敏和方槐是身经百战的红军干部，在新疆险恶诡谲的气氛中投师学艺，以顽强的意志踏上了通天之路，并为此付出了坐牢四年的代价。其余的人均为拎着脑袋弃暗投明的义士。其中，刘善本和杨培光的经历最为典型。刘善本为反内战毅然起义后，为航校建设和策反国民党空军人员做出了殊异贡献，多次得到毛泽东、朱德、周恩来的鼓励，参加了第一届政协会议，并当选为政协委员。

过去与今日猛烈碰撞，他们怎能不百感交集！发动机的轰鸣恰当地表达出他们内心的奔涌。

这里有个有趣的问题，就是受阅飞机共有多少架？目击者亲眼所见是二十六架，外国媒体也做了如是报道。事实是受阅飞机总共为十七架，计有九架 P－51、三架 C－46、一架 L－5 通信机，蚊式和 PT－19 教练机各两架。那怎么会被看成是二十六架的呢？原来，飞在前面的九架 P－51 通过广场上空后，即以大速度在复兴门上空做右后方转弯，当沿着西直门、德胜门、安定门、东直门、朝阳门、建国门转了一圈到达东单上空时，正好赶上飞在最后的教练机，随之再次通过广场上空。这其实是周恩来的点子，他觉得受阅飞机少了点，于是就出了这么一招。

在呼啸的天空下，一个四百人的空军方队走过天安门广场。方队由华北航空处机关人员和新开设的机械学校学员组成，他们身穿使人感到陌生而又一望便知的空军军服，因天空的相衬而显得格外的有气势。

这一天，东北航校的飞行员还驾机飞过沈阳、长春、哈尔滨和牡丹江检阅台，为大喜的日子绣金描红。

开国大典当晚，朱德总司令在北京饭店举行盛大晚宴，宴请受阅的陆、海、空军代表。朱总司令由常乾坤陪着来到空军人员的桌前。总司令的话提劲、暖心。他对孟进、林虎等人说，了不起，我们自己培养的飞行员飞上天了，今天我成了真正的三军总司令了！又对刘善本、杨培光等人说，你们是新起义的，我是老起义的，我曾经几次起义，最终找到了中国共产党，我们走到一起来了。

星光闪耀的酒杯齐聚额端：为了新生的共和国的天空，干杯！

第三十一章　老航校一朝"下了七个蛋"

　　正在长春飞模拟机的方子翼被急召到北京。刘亚楼转轱辘找他们谈话，刘风、刘善本、吕黎平、陈熙、安志敏、吴恺……同时，他要准备接待苏联专家、装备，组建空军机关等，整日奔如旋风。他一脚登上车子，后脚还在车外，车子就得跑出去。"有一次，六天里他只断断续续睡了三个钟头，趴在桌上就睡着了。只一会儿一个激灵又醒了，用冷水冲冲脑袋，接着干。"

　　从苏联回到北京，刘亚楼把出访成果向毛泽东、周恩来做了详尽汇报。刘亚楼还带去了在红场买的三公斤北海产黑鱼子酱。出了中南海，刘亚楼就追风赶火地忙开了。

　　在莫斯科五十多天憋出的那个急呀！8月18日与维尔希宁在协议书上签字后，他就在焦急地等待，直到中华人民共和国成立、苏中建交后的10月5日，才得到斯大林和苏共中央的批准。刘亚楼当然也知道，对苏联的庞大机构来说，这不能算慢。

　　等也没白等。这段时间考察了苏联空军的体制结构，参观了莫斯科以南哈尔科夫城郊的一所航校，瞻仰了列宁墓等革命圣地。此外，还到莫斯科以西一百多公里的秘密基地，观看了米格－15喷气式歼击机的表演。这就是维尔希宁说的"秘密"。本来准备做四机表演，因乌云遮天，只得改做单机通场飞行。主人不无炫耀地透露，这是首次向外国人展示。当被问及该机的性能时，回答的少，回避的多。后因中国政府要求，1950 年夏季用火车载着木箱包装的三十多架此机秘密运送到上海江湾机场组装，首发就击落了轰炸上海的 B－24 轰炸机。

他们还会见了几个人。一个叫唐铎，广州大沙头航校一期学员，1925 年与刘云、王翰、王勋等赴苏深造，他们是革命队伍的航空先驱。后来刘云、王勋回国，前者被国民党杀害，后者又名王叔铭，成了国民党空军司令，就是刘亚楼不愿用其办公地点的"王老虎"。唐铎加入了苏共，当时在乌拉尔山脉以东的一个航校当军械教员，虽已有眷属子女，入了苏联国籍，但仍想回国为建中国空军出把力。后经刘亚楼全力斡旋，唐铎实现了回国夙愿，1955 年授少将军衔，任哈军工空军系主任。另一个是王弼在战争期间失散的苏联妻子，儿子已十二岁。但破镜难圆，王弼回国后已结婚，他们只能叹惋战争带给人的凄美而无定的命运。

从中南海回到灯市口同福夹道 7 号，刘亚楼抑制不住地兴奋和急切，告诉大家：毛主席、周副主席听了汇报很高兴，认为与苏联签订的援助计划很好。毛主席嘱咐说，空军起步快慢，关键的一条是看航校办得怎样。当务之急是选好办校人。

人才不愁，东北航校蓄着一大批人才。刘亚楼踌躇满志，信心十足，第二天就为物色干部逐个找人谈话。

他考核干部重"正面直观"，更重"侧面旁观"，并为"侧面旁观"赋予了逻辑。他向人了解考察对象时总是问：他最善于做什么工作，为什么？他最不善于做什么工作，为什么？他最突出的成绩是什么，如何取得？假如由你来安排，他做什么工作最合适？这个"三最一假如"，使一个人的长短、经历，及性格、能力、潜质等都凸显出来。

经过一番紧张考核，刘亚楼对六所航校的干部配置已心中有数。与常乾坤、王弼研究后，报经中央军委批准。

这些人无一例外都是东北老航校保存和培育的种子。

刘亚楼召来方子翼，当头就问：叫你当校长你干不干？方子翼正琢磨，刘亚楼已经替他回答了。因为刘亚楼接着说，我再问你三个问题。一问：你是当校长还是当学生，当苏联人的学生？方子翼赶紧答：当学生。二问：你是当首长还是勤务员？答：当勤务员。三问：你是当官僚主义还是当事务主义？答：两个都不大好，比较起来，就当事务主义吧。

啪！刘亚楼猛击桌子站了起来。方子翼一惊，以为说拧了。岂料刘亚楼说，好啊，当事务主义，当勤务员，当学生，你说得对！先让苏联人当校长，你当副校长，等熟悉工作后，你当校长，他当顾问。

于是交代任务：12月1号要开学，距今只有一个来月了。我只给你教员、学员、飞机、汽油、车辆，其他如机场、营房、经费都没有。我给你一封周副主席写的信，你拿着去给许世友磕头，让他帮你解决。

方子翼转身要走，刘亚楼又叫住他，问：带老婆来没有？方子翼说，我是来工作的，她也有她的工作。刘亚楼面露悦色：这就好，不要像倪绍九，还没工作先把老婆带来了。

刘亚楼用他独特的方式与预定对象一一谈了话。

刘亚又起草了一份选调六名政委的报告面呈毛泽东。毛泽东即批："这批政治委员必须挑选最适当的人来担任。"并要求提交三倍的名单。很快，各野战军就推荐了十九人供选。

10月30日下午，刘亚楼召开了第一次航校负责干部会。此前他已被任命空军司令。会上首先研究的问题是东北航校的使用。方案有二，一是保持原状，继续训练在训学员，毕业后输送部队；二是将航校原有人马改编为两个轰炸机航校和四个驱逐机航校。后者更符合大局和"种子"精神，得以采纳。

决定：老航校一大队大部人员划归第一航校；校部与南苑机械大队

部分人员划归二航校；二大队大部人员归三航校；一大队二中队归四航校；部分校部人员划归五航校；南苑机械大队大部归六航校。

并指定各校负责人：一航校刘善本、吴恺，二航校刘风，三航校陈熙，四航校吕黎平，五航校方子翼，六航校安志敏、夏伯勋。都是经东北老航校历练的大队（处）以上干部。

刘亚楼强调：空军的特点之一，是建军必须先建校。没有航校就培养不出飞行员，没有飞行员就拉不起空军部队。因此，"一切为了办好航校"就是当前压倒一切的指导思想。干部配备、兵员调遣、经费开支、器材购置、物资保障等，都要优先满足航校建设。

挂钟敲响十点半，窗外深暗。刘亚楼站起身，双手撑住桌沿，鹰锐的目光环视众人，语气坚定地下达军令：同志们，解放台湾和沿海岛屿急需空军，党中央、毛主席殷切期望培养出战斗飞行员。越快越好！越多越好！你们要只争朝夕，一天一小时也不能拖延！12月1日必须全部开学！

会议室鸦雀无声。

刘亚楼斩钉截铁再说一遍：究竟是英雄是狗熊，12月1日立见分晓！

寂静。刹那间掌声如雷。

会后，领得军令状的各校负责人刻不容缓地分赴新校址。此前，吕黎平和刘风分头率领有苏联专家参加的校址勘察小组，乘飞机对华北、东北等地的机场进行筛选，选定了济南、沈阳、哈尔滨、长春、锦州及北平的南苑机场。

各校最紧迫的事是要修建住房和教室。时至大雪隆冬，而每个机场都房倒屋塌，形同废墟。方子翼到济南后，找到许世友说，怎么办，华东军校腾出来的营房是国民党骑兵的马厩，破烂不堪。许世友很爽气，说，你是空军的航校，在我的地盘上也是我的航校。当场找来作战处长，限令他根据需要拨物拨款，按编制表配干部，并派作战科长阎木欣当方子翼的助手。陈熙到达锦州，即向辽西省委和省政府求援，省长杨易辰表示要倾囊相助，要啥给啥。师范学校的校舍拨给航校，接收的一些沙发也搬到航校给苏联专家用，并动员了大批驻军和群众，帮助抢修跑道和校舍。在哈尔滨，市委和松江省委向吴恺表示，自马家沟机场以北，沿中山路至红军街，所有的公房看中哪栋就给哪栋，并派人帮助清理和粉刷房间，赶制黑板和课桌等。

离开学只有二十多天！二十多天是个什么概念？包工头对吕黎平说，单是设计绘图、购买材料、进场准备，怎么着也得二十多天，何时完工另说。

四航校设在沈阳北陵机场。高岗说只要我有的，你们就有，你开出清单，让伍修权参谋长批办。痛快是痛快，但今天给你批座楼，明天不会搬来一座楼。吕黎平火急找来了三四家建筑队。包工头明着是要敲竹杠。吕黎平和供应处长陶雨峰商讨了一夜，他们对建筑及造价一窍不通，但不缺谋略。他们先对建筑队的头晓以大义，然后把两栋楼、两排平房和机库的修补划分为三个工程，实施招标，要各队估算报价。这下在四队之间挑起了混战，这里报了个价，那边拱拱手说请多包涵，猛地压价十个亿；第三个又横插一杠，说兄弟我不客气了，又把报价打低一头。先是拱手加笑脸，后来每句话都带着挤兑、较力和瞪眼。当要价低于预算三十个亿时，拍板成交，签订合同。脚手架下午就搭起来了。

此时，老航校人员、苏联专家和装备及各野战军选调的干部、学员也呼呼啦啦开到了。还有俄语翻译，刘亚楼派人乘专机四处找，请赛福鼎帮着在新疆找，共找了七十多名。到了11月下旬，各航校每天都有上百人报到。各校负责人一边张罗施工，一边要安置人员、装备，一个个真成了"事务主义者"了，眼里网上了血丝，喉咙也劈哑了，忙得像个立着的陀螺，每天能睡上四五个小时就不错。他们自己也奇怪为什么就不觉得累，只觉得血在体内滚沸，浑身冒热气、冒劲儿。

到了月底，摊子总算都支起来了。房子不足，校领导带头打地铺，睡双层床，与十多个人挤一间十平方米小屋；饭桌不够用装飞机的大木箱代替。吃饭睡觉好歹算是解决了。对苏联专家却毫不马虎，每个航校来的苏联人都是整套班子，校长、政委等主要领导住单间，教员两人一间，机务、勤杂人员包括打字员都比他们在国内住的强；伙食上特聘了西餐大厨，肉蛋菜果满足供应。

各校电报纷至空军司令部：我校开学条件已备，请批准举行开学典礼。空军司令部成立于11月11日，常乾坤任副司令员兼训练部长，王弼任副政委兼工程部长，军委航空局即撤销。

这时候，积蓄的疲倦爆发了。吕黎平在签署发报日期11月28日时，"8"字刚写了一圈，就一头跌入了梦乡。

六所航校中的五所于11月30日和12月1日准时举行了开学典礼，当地军政领导和苏联顾问到会热情致贺。12月11日，朱德和聂荣臻由刘亚楼陪同，到南苑机场参加了第六航校的开学典礼。此后又在牡丹江组建了第七航校，成员是东北老航校剩余人员和全体日籍人员，校长魏坚。

种子发芽，母鸡下蛋。几乎是在一夜之间，两所轰炸机航校和五所战斗机航校破土而出。但这一夜却相当漫长，它前溯到东北老航校，甚至是延安、新疆，以至大革命时期。

第三十二章　双重身份和永远的师生情

　　火车在冰天雪地中艰难地爬行。西雅夫、深谷等日籍教员到南苑机械大队执教不久，即奉命返回牡丹江，并带回十多节平板车皮的日式飞机、发动机和全套教学器材。他们挤缩在教练机尾部，一路嚼着冷硬的煎饼、干馍。回到牡丹江时，消瘦的脸同沾满油污煤烟的狗皮帽子一样又黑又糙。

　　他们是最后一拨返校的。此前，分散在各机场的二百多名日籍人员和装备器材全部回到了牡丹江校部。

　　与此同时，中国空、地勤人员纷纷离开校部及所属各机场，奔赴六所新开办的航校。

　　昔日紧张忙碌的海浪机场、团山子机场和铁岭河机场一下被抽空，牡丹江桥铁路西侧的校部也变得空落落的，火车站传来的汽笛声更凸显了这里的冷清。

　　深谷回到修理厂，在空荡荡的厂房里茫然转悠，心头涌起说不出的凄凉伤感。他的心头还纠织着懊悔。那是去北平南苑前的一天早上，也许是感冒了，醒来时感到头重眼涩，就又沉睡了过去。中午睁开眼，只见曹德山等几位学员站在床前，手里捧着蛋糕、水果和糖块。深谷知道，他们一个月的津贴也只够买这些了。他深受感动，想起几天前发生的事，悔意顿生，但出于自尊硬是没说出口。现在，学员们都走了。

"对不住了！对不住了！"孤单的声音在空旷的厂房里久久回荡。

直到三十多年后，1986年，应中国空军司令员王海之邀赴华参加老航校四十周年校庆，深谷才得机向曹德山等人当面说出在心头憋了几十年的"对不起"。原来，就在曹德山等人去探望他的前一天，因损坏了一个零件，他不分青红皂白地戳着曹德山的额头大声斥骂，致使曹德山脸色顿变，眼睛里燃烧着泪水和愤怒。

曹德山说，这事我早忘了。但还记得每当机动三轮车把午餐送到机场，老师您就在水坑里洗洗手，将大米饭窝成团，折两根草棍当筷子吃饭的情形。您吃得那个香啊，至今回忆起来都让人口中生津。记得您开朗、直爽、工作严谨认真，一点一滴教会我们维修多种飞机。我也要说一句永难忘怀的话：谢谢您，老师！

深谷热泪如泉，连忙用手挡着说，不，你们才是老师，是中国老师把我由鬼变成了人！

那次校庆是林保毅带队来的。伍修权副总长宴请时，林保毅拿出珍藏了几十年的柯尔特小手枪。

伍修权当年送给林保毅的这把小手枪上还保留着两个人当年的手温。它是感情的纽带、历史的见证。

当初共产党收留林保毅部队后，真诚地拜他们为师，同时在生活上和政治上处处关心他们。

日本人印象最深的是在最艰苦时期，校方想法四处采购调拨供他们吃大米、白面，而包括校领导和飞行学员在内的中国人却顿顿吃高粱米饭喝苞谷糙粥；再就是婚姻大事，由于政策不允许中日通婚，航校就满世界找来日本女青年，安排当护士、卫生员、翻译、保姆，为他们的恋爱婚姻垫石铺路。一个个日本教员找到了意中人。一位日本教员同一位日籍医生举行婚礼时，机场的教学员全部参加了，唱歌跳舞讲笑话，节目一个接着一个。一位日本教员送上一幅画，当新郎和新娘自上而下慢慢打开时，大家看到了一头大母猪站在绿草地上，十头胖乎乎的小猪崽跟在它后面。气氛热烈感人。

政治上的关心首先是信任，每遇通化暴动、返乡风潮、教学纠纷和民族情感冲突等危机之时，都用理性、人性的尺度去化解，继后仍委以重任，有什么重要任务照样用其所长放手让他们去干，如1946年5月飞临匪徒盘踞的千振山区投散号令投降的传单，1947年8月飞抵前线为民主联军投送急需的作战地图，1949年10月1日在沈阳、长春、哈尔滨、齐齐哈尔和牡丹江飞越开国大典会场接受检阅……这些都是担着政治风险的，如果出了捣乱破坏驾机逃跑的茬子，得吃不了兜着走，要知道从丹东起飞，一个筋斗就到了日本。航校领导着眼大局，辩证思维，观色把脉，将心比心。

共产党人用真诚、理性和仁厚大度感化着林保毅他们。这同时，林保毅他们也在暗中"考察"着共产党人。

到航校不久，林保毅就觉得学员与共产党的关系完全不同于日本军人与天皇的关系。有这么一个学员，过去连汽车都没见过，第一次上天感觉飞行吓得脸都白了，日本教员跟校领导反映，一口咬定这个学员根本无法教。但是校领导不知哪来的自信，非常肯定地说他一定能飞上天。果然，这个学员不惧怕"惧怕"，坚持刻苦学习，努力克服"惧怕"心理，终于成了一名出色的飞行员。那位给他判了"死刑"的日本教员也不得不佩服。

林保毅留心观察了这件事的全过程。他感到这个学员同共产党之间有一重包藏在神秘中的神圣关系。奥秘何在？中国学员多是苦出身，他的日本部下大多也是农民、渔夫、矿工和石匠等苦出身，凭他观察，两国青年参军无非是为摆脱贫困境地，无非是想为国效力，这似乎没什么不同。但为什么中国学员的心中都有一种幸福感，有一种浪漫的期待，而他的日本部下只有铁的纪律和冰冷的行动呢？在苦苦的思索和体察中，他似乎触到了中国学员与共产党的关系和日本军人与天皇的关系之间的差异，他感到前者的关系犹如骨血，拥有共同的大地和太阳，相比之下，后者的关系像是一层薄冰，它折射的光环是虚幻可怕的。林保毅深感震动。这不是智力所致，而是感情和观念蜕变的疼痛。

在思想和情感的互动中，日籍人员渐渐对"信任"建立起了信任。他们原是出于无奈，为求生存、为混口饭吃留下来的，出工出力是机械的，并不无怀疑和抵触，但时隔不久，他们发现了工作的意义，发现了自身的价值。他们的生活态度也变得明亮起来，在工作中不仅付出技能和智慧，也投入了感情，担起了责任。"打倒蒋介石，解放全中国"也成了他们的口号。

他们顺应了命运，而又并非简单顺从。他们清醒地做出了选择。

几十年后再度相会，往事像揭了盖的陈酿老酒，那青草阳光一样清鲜亮爽的时代气息，那老歌一样的流金岁月让人如醉如梦、幸福而伤感。连艰苦、冲突甚至事故也变得亲切美丽。

徐怀堂问林保毅："您还记得我在 1949 年 10 月的那次惊险飞行吗？"

当时徐怀堂和王海、邹炎、耀先、侯书军等在公主岭飞隼式战斗机，该机是单座不能带飞，林保毅让他们先在地面大速度滑行，动作在地面过关再升空训练。不料，徐怀堂第四次滑行时冲出了跑道，冲进了农民的耕地。那是一片横向的地垄，刚收割完苞米，密竖着硬扎扎的根茬，飞机像在搓衣板上蹦跳着"搓"过一条条田垄和沟垧。徐怀堂死命往后拉驾驶杆，但飞机还是一个劲向前蹦。徐怀堂雾蒙蒙的脑袋里只有一个意念：完了，这次算完了。不想飞机蹦出三四十米喘着粗气停下了。他回过神来，才发觉吓出了一身冷汗。在众人惊异的目光中他灰溜溜地回到跑道上。晚上，他心乱如麻，饭也没吃。

"这时你到我宿舍来了，你耐心地分析了原因，反复讲解了这种飞机的性能、特点、操纵要领。说我对这种飞机的性能还很不熟悉，在滑跑的后半段收油门太晚，余速大，加上我一米八的个子，手臂长，在窄小的座舱里向后拉油门拉不到底，致使减速不快。最后，你鼓励我不要泄气，今后要大胆飞。"

三十多年过去了，七十五岁的林保毅满头银发，精神矍铄。他说："我想起来了，你是飞行二期的。出了那档子事后，你在训练中更投入了。放单飞那天，你们六个人，我特意把你放在最后一架。你飞上去了，我心里绷着。那天你飞得很成功，着陆时来了个漂亮的轻三点，别说在场的年轻人，连我都高兴得欢呼起来。"

刘扬和加藤正雄是生死之交。加藤矮小结实，当年绰号"卡通"。他们一见面就紧紧地拥抱，他们都想起了那句话："我们还活着，真是死里逃生呀！"这句话中蕴含着巨大的感情力量。三十多年前，他俩有过一次惊心动魄的经历。

1949 年 8 月的一天，能见度极佳，风速适度，是一个难得的训练日。加藤带领刘扬飞佳木斯—哈尔滨—牡丹江—佳木斯的三角航线。马达声浪漫，他们边飞边欣赏着秋季泼满油彩的山河大地。飞着飞着，刘扬突然闻到一股焦煳味，像是烧机油的气味。一看表盘，滑油压力表已接近零。危险！刘扬赶紧报知加藤。加藤扫视了一眼仪表，大喊一声"沉着！"焦煳味越来越浓，座舱里冒起黑烟。他俩都意识到事情的严重。刘扬从反光镜中注视着加藤。加藤果断地下令："立即停车。"刘扬迅疾关掉电门和油门。

飞机立刻就像一片凋羽，处于无动力的下滑状态。飞机自三千八百米的空中快速下降，用不了十分钟就将触地！附近没有备降场地，返场也绝无可能。怎么办？他们只有险中求生选择迫降。危急之时，加藤说："我来！"曾在沈阳上空与美军和苏军作过战的他，凭着丰富的经验和娴熟技术尽力延长留空时间，同时观察地形地物，寻找迫降场地。

终于，他俩同时发现了松花江边一块发黄的平坦农田。加藤目测距离，实施迫降。飞机以一百三十公里的速度下滑，旋即，飞机接近了地面，一片片高粱疯狂抽打着向后掠过。此时如处置不当，人机立马就会粉身碎骨。加藤连续做出高难动作，他准确目测高度，迅速灵巧地把飞机拉平，适时把机头拉起十五至二十度。当他猛拉到二十五度时，飞机擦着高粱秆处于失速状态。

一阵天塌地陷的猛烈冲撞，飞机落在了高粱地里。不知过了多久，刘扬从短暂的昏迷中苏醒过来，回头一看，加藤正以微笑等着他呢。当吃力地爬出机舱，他俩眼里闪着泪花热烈地握手拥抱，相互庆慰地说："我们还活着——真是死里逃生呀！"

回忆起这个故事，刘扬说："要不是你冷静沉着充满自信，我们今天恐怕只能在阴曹地府相见了。"加藤做了个害怕的鬼脸说："其实当时并没感到可怕，后来的事那才真叫怕呢。"

那天飞机迫降后，在附近农田里干活的农民都围了过来，关切地问他们受伤了没有，咋落到了这疙瘩。所有的对话都由刘扬应付，因为东北人民对日本军人恨之入骨，如果加藤暴露了身份，恐怕容不得解释就会死在镰刀镢头下，要知道当时杀死个无论什么身份的日本人都是让人解恨的事。后来他俩被领到村公所，好吃好喝了一顿，并留宿一夜。加藤一直提心吊胆、敛声不语。

后查明是机械故障，当时如处置不当，绝对是机毁人亡。大队表扬了他俩。他俩也权当实施了一次处理紧急事故的特殊训练。

加藤抚摸这段经历，仍旧感叹不已："通过这件事，我真正感到共产党把我当作朋友、兄弟和同志，我这个日本人在革命队伍里享有充分的自由和平等。当时我就想，我只有跟着共产党走，和中国同志把工作做得更好！"

赵洪友和田辛嘉太郎见面时，拉着手相视而笑。笑着笑着就有点怪怪的味道。只有他俩知道这其中的意味。

1948 年，赵洪友到修理厂学习时还是个十四岁的孩子，田辛待他如小弟弟。赵洪友生性调皮活泼，总想往机场跑，那里花草香艳，小鸟欢唱，尤其是有起起落落的飞机。但因沈阳的敌机常来袭扰，田辛时常不带他去机场，不管怎么求也白搭。

赵洪友急得火烧火燎的，他想着法子要从田辛老师的眼皮底下钻过去。一架飞机修好了，要拉到机场，他瞅冷子钻进了飞机肚子里躲了起来。到了机场，他钻出机腹，脸上挂着讨好的谄笑。田辛一愣，很生气地说，你的为什么不听话？抓住他的胳膊就往一旁走。赵洪友以为要打他，缩脑袋坠屁股地往后赖。田辛把他拽到用钢筋水泥建的机库里，说，你的这边的坐，不要乱跑！说完就去做飞行前的准备工作了。赵洪友心中窃喜，因为这里照样能看到飞机。他捉了两只蜻蜓，把在手里琢磨它们是怎么飞翔的。正玩得起劲，那架飞机发动了。就当此时，天空传来尖啸声，一架 P－51 突然向停机坪俯冲扫射，一梭子弹在飞机一侧激溅起一缕缕烟火土石。这时就听到田辛老师喊：小赵，不要跑出来！危险大大的！

敌机刚飞走，田辛就跑了过来。见赵洪友毫发未损，就问：你害怕吗？

在田辛的印象中，小赵的胆子同他的年龄一样小。有一次他们到破机库去拆飞机零件，途中秋风飕飕，下起了雨夹雪，且越下越大，衣服很快就湿透了。正走着，一条花斑毒蛇突然从枯草丛里钻出来，蹿到小赵脚边，小赵惊叫一声，加上天冷，他浑身直打哆嗦。田辛赶紧脱下衣服给他披上，到了库房又找些木柴给小赵烤衣服。这一吓一冻，小赵当晚就发起了高烧。

岂料小赵叮当响地回答：不怕！又问：下次还来吗？回答还来。赵洪友反过来问老师：咱们的飞机为什么不上去把敌机打下来呢？田辛这时已不生气了，他告诉小赵，咱们飞机速度的不行，没办法打击敌机。小赵沉默了一会儿，说，老师，你能尽快把技术通通教给我吗？田辛口气坚定地说，我会毫不保留地通通教给你们，将来你们不但能维修飞机，还能造出高速飞机！在田辛的眼中，赵洪友从这一刻由孩子一下子变成了大人。

往事使人亲近，又使人触发时光易逝的伤感。两人情动心动，眼中阵阵潮热。赵洪友赠老师一幅松鹤图，祝愿老师健康长寿。田辛送赵洪友一支笔和一个笔记本，情涉过去和未来。

看着别人在同自己的老师欢谈，吴光裕心里很不是滋味。他多想对当年的老师石森说，老师，你还记得我把你气哭的情形吗？我至今还深深地愧疚呢。但石森没有来参加校庆，他已于1978年辞世了。记忆是清晰的，石森的瘦削、口吃、沉默寡言，使吴光裕的自责更加沉重。

1949年，吴光裕等四人由石森带教，小组成绩一直走在前头。石森自信地说，诸君，你们飞得很棒，特别是吴君，不过缺点还是小小的有，望诸君努力，相信我们小组能最先放飞。"幺西！"大家气出丹田。没想到临放单飞时，吴光裕掉链子了。

那天吴光裕操纵飞机刚抬起尾轮，便向左偏，石森在后舱赶紧蹬右舵制止了左偏。飞机升空后，吴光裕总被刚才的失误缠着，心情越发焦急，动作更是杂乱无章，最后着陆时还在跑道上蹦了两蹦，极为难看。照理该带飞下一个学员了，但石森不去理会，他关闭发动机，下了飞机。他对吴光裕做了很长时间的讲评。吴光裕赌气地说听不明白，石森便用铅笔在飞行记录板上写下"飞行勉强，时间余裕"八个字。"飞行勉强"？吴光裕只觉气血冲顶，冷漠地甩了一句：我还是不明白！石森怔住了。稍后他叹气道：啊，吴君，你休息一下，好好考虑考虑。说完他就拖着疲惫的身子去带飞另一位学员。吴光裕坐在木凳上徒生闷气。

这天第一个放单飞的是另一小组的宋学洲，他的出色动作博得一片欢呼声。接着各小组继续训练，放单飞与训练是穿插进行的。石森想让吴光裕好好表现，争取第二个放单飞。可吴光裕心中翻腾着气恼和焦灼，抬起尾轮时又是向左偏，急忙蹬上右舵，又转向右偏，弄得他手忙脚乱，飞机呈"S"形在跑道上扭来扭去。飞机加大了速度，吴光裕正想拉杆离地，却被石森猛地拉回油门，刹车停住。正当此时，后面的一架飞机紧贴他们的头顶啸掠而过，险些发生撞机。吴光裕郁压在心头的恼怒有了爆发的理由，他不管不顾地转头对石森暴吼："你的什么干活！"这声呵斥是带有侮辱性的。石森无语地垂下头，他手脚离开了驾驶杆和脚蹬板。你不管了？这难不倒我！吴光裕火气正大，不管三七二十一，粗手大脚将飞机滑回停机线，关车，跳下飞机，怒气冲冲地拉开架子准备同石森干一场。

但他看到了怎样的情形？几十年后，当时看到的情形还恍在眼前：石森瘫坐在舱内，双手捂着脸伤心地哭泣着，泪水从指缝涌了出来！此情此景泼灭了吴光裕的火气，他连忙攀上飞机向老师道歉。结结巴巴的石森说，吴君，你太让我失望了。吴光裕将石森扶下飞机，敬上一支烟，点着。石森吐烟时吐了一口长气，说，在日语中，"勉强"有坚持、努力之意，"余裕"是充裕之意，努力、准确地做好每一个动作，就不至于手忙脚乱，时间就充裕了。吴光裕点头称是。石森又说，我收油门不叫你起飞，是看你情绪不好，起飞会有危险，可是吴君你发怒了，你的粗鲁行为真令我失望。

这场对话发生在何时？1986 年的吴光裕仍深陷此情此景，想起老师瘦削的身影，想起他怕耽误训练一气儿嗋完一支香烟的样子，想起他像教婴儿学步一样耐心传授飞行技术，吴光裕在心中一遍遍对几十年前的石森呼喊：谢谢你，老师！

这次没能随团来中国的不只石森一个，但大多是受名额所限不能来的。谁都想来，为谁来谁不来，林保毅着实费了一番心思，甚至要把他夫人林清子的名额让出来，林清子是王海司令员点名邀请的。这加深了一些师生间的怀念之情。但是，对那些已辞世的日本朋友阴阳两隔的痛彻呼唤，却闪烁出这次聚会更为深锐的光芒。

那些已辞世的日本朋友有的根本就没有回国，他们早早地就埋骨中国东北的白山黑水间。

桥谷功就是一个。桥谷功是发动机股汽化器修理组组长，技术娴熟，干活玩命。1948 年底，张万遮见他面色灰暗，精神疲乏，干完活话都懒得说，就问他是不是哪儿不舒服。他说大概是要生病了。张万遮忙劝他去了门诊部，诊断结果是肺结核，并已开放，要他马上住院治疗。桥谷功没住院，说休息几天，服点药就会好的。但没过几天他又上班了。他说，我待不住，一个人在宿舍太寂寞，任务那么重，你一个人太辛苦了。还说，以后不单要修理汽化器，还要修理惯性起动机、高压油泵等附件，我想把这两种技术同你研究一下。再三劝他休息，他还是坚持半天工作，干得气喘吁吁直冒虚汗，就伏在油腻冷硬的工作台上缓口气。哪知仅过了一个星期，病情就急转直下，入院不久就与世长辞了。

还有一个叫新海宽的日本人也长眠在老航校的历史中。1948 年 3 月，苏联援助的汽油运到了千振火车站，卸油任务交给了器材班的新海宽和小关。他们用补给车上的油泵抽出汽油，灌进几十个空油桶，再装上卡车运回机场。那天寒冷砭骨，干了一阵冻得不行，两人就进屋烤火。小关想把炉火捅大一些，用炉钩刚捅了几下，一团火呼地蹿了出来，点燃了小关的棉衣。糟糕的是在装卸汽油时他们的棉衣都浸透了汽油，火一下子喷燃起来，把新海宽的棉衣也烧着了。新海宽忙把惊叫的小关拖到门外，按在雪地上，脱下自己的棉衣往小关身上扑打。小关身上的火扑灭了，可新海宽却烧成了个火人。等到大家把他身上的火扑灭送到医院，他已经受到致命的烧伤，虽全力抢救也没能挽救他的生命。

航校追认他为"国际主义战士"，举行了隆重葬礼，在牡丹江畔立碑纪念。

在1986年校庆的感情大宴上，当年的学员们，这些老航校的亲历者，包括名声赫赫的战斗英雄、身居要职的将军，他们以当年的身份向自己的老师倾吐积愫，同时以历史的眼光极赞日本老师的不朽功绩。他们说，在当时情况下，东北老航校能办学成功，培养出人民空军的飞行骨干，为人民空军的创建积累经验，你们功不可没。你们为此付出了辛劳、智慧，甚至是生命。

一声声"老师"，发自内心。

你们才是老师，是中国老师把我由鬼变成了人——日本老师对当年的学员竟也以老师相称。

不仅仅是一个深谷，这几乎是日本人的集体情结。他们说，当年我们教的是技术，而你们教给我们的是人生。我们原本是不能有尊严、不能有思想的一支枪、一把刺刀，我们中间有的是神风突击队员，被迫当"肉弹"去送死，死亡本能激发了我们身上的恶魔般的破坏激情，是你们，是中国老师用同志式的感情和一言一行唤醒了我们身上几近泯灭的人性，重获思考生活和人生的能力。"你们在解放自己的时候也解放了我本人"。中国老师给了我们第二次生命，中国给了我们第二个故乡。

1986年校庆时，杉山馨和陈旭肩挨肩坐着，仿佛当年，他感到与这位走过长征坐过大牢的汉子紧挨着心里踏实。他向陈旭回忆起生活中的点点滴滴，品嚼着其中的意义。

那年初冬的一天，一只黑狗偷吃了炊事班长挂在窗下的猪肉，发现时那狗正美滋滋地舔着骨头。这块肉可是一个星期的盼头呀。大家气坏了，用铁锹和木棒围住狗一顿暴打，打得它躺在地上直抽搐。这时指导员陈旭赶来了，他让大家把狗救醒放走，然后非常严肃地对杉山馨说，打狗时你的心痛不痛？见杉山馨不知所措，又说，这狗是老乡的家庭成员，棒子打在狗身上，痛在老乡的心上，你知道吗？杉山馨明白了。最后陈旭让大家选出代表到老乡家去道了歉。晚上，队里破天荒地请大家到街上改善了一顿，每人还喝了点原江烧酒。事情虽小，杉山馨内心震撼却大，他确信了一个事实。

杉山馨的思想感情就是这样在日常生活中一点一滴地转变的。所有的日本人都是这样转变的。这种转变真实可靠。

当年的机务工长小岛对当年的徒弟牟向五回忆起给歌词提意见的事。

牟向五想起来了。一天大早小岛见面就对他说，我琢磨了一夜，觉得昨天唱的歌有问题。牟向五纳闷：什么问题？小岛说，中国共产党这样伟大，怎么歌里还唱年轻的中国共产党，应该是伟大的中国共产党才对呀。牟向五一阵心热。谁知事隔不久，这句歌词真的就改成了伟大的中国共产党了。当时解放战争如火如荼，每当前方的捷报传来，小岛都同中国同志一样欢欣鼓舞。他不止一次地追问，日本籍同志为什么就不能加入中共呢？如果不是发自内心，他的眼睛里不会烁动着潮湿的泪光。

原是敌对国的两国军人就是这样在不知不觉中成为同志。在寒风刺骨的机场上，中日同志喊着"嗨梭，嗨梭"的号子轮番摇着发动机的手柄；在夏季蒸腾着机油和铁分子气味的闷热车间里，中日同志用手中的榔头钻子锉刀共同演奏出生命的交响。面对危险的试飞，中日同志抢着上。日本人说，你的年轻，老婆的没有，我的老婆的有了。

这种超越了敌对和血脉的融汇是真实的。为救助战友，刘嘉才的左臂被螺旋桨击成粉碎性骨折，山口护士一口口喂他饭，找来玻璃瓶给他接尿，因不好意思也不忍心让一个日本大姑娘干这事，他躺在病床上硬憋着不大便，撑了十四天实在憋不住时，山口又执意扶他去厕所，在门口足等了半个多小时。另一位学员被螺旋桨打破了脑袋，流了很多血，铃木毫不犹豫地为他献了血。宋振州患阑尾炎，一位女护士把冰块用毛巾包起来敷在他的小肚子疼痛的部位，寸步不离地守在床边，同学们逗他：你小子真行，叫个日本姑娘陪着，就赖在病床上不起来了。卫生队护士都是两人合盖一条棉被，把挤出的棉被加盖在病员身上。

日本同志的生活态度是明亮的。他们有的家有妻子、父母、兄弟姐妹，有的三四十岁仍打光棍，他们内心真的是平静的、满足的吗？肖敬芳问田中想不想回家，田中说不想回家，不想回国，"你们八年抗战打败日本，解放了中国，也解放了我本人，我要亲自参加人民空军建设，把在日本航校学到的知识贡献给中国人民。"刘嘉才也问过山根，说，你在日本有爱人吗？山根说，有。刘嘉才问，你不想她吗？山根说，能不想吗，真想呀，"但这都是日本军国主义造成的。我恨军国主义"。

内心深处的感受不只是反馈当时，而是连着过去和未来。他们说的对，他们绝对是军国主义所害，他们做出了正确的选择。但如今回过头去看，他们后来的命运是困窘的，甚至是暗淡的。以此逆推，他们的选择是不是存有几分无奈？

他们的灵魂和主心骨林保毅的命运如何呢？大部日籍人员1953年回国时，决定暂不回去的他被送到西北一个农场开拖拉机。因他的历史，日共在北京办党校时质疑他的入学资格，而当他以日侨身份回国后，面临的更是冷漠、歧视、失业和饥饿。经过几个月的奔波，才找到一个给工厂看大门的差事。1974年，王涛公出日本在大阪一家饭店请林保毅小聚。王时任中国交通部水运局副局长，林则是兴库县一家船厂的拆卸工。林面黑手糙，直接从拆卸现场赶到饭店。人世沧桑，席间他们谈不尽老航校的往事旧情。告辞时，林保毅忽然说，让我拿两个馒头回去行不行？王不解。林保毅说，不避老友，我回国后还从没进过这么好的饭馆，从没吃过这么白的馒头，我想把剩下的带回去让妻子和孩子尝尝。王涛顿觉鼻子发酸，眼睛潮热。

另一个例子是护士高桥。她选择了长居中国，1954年，她加入中国国籍，转业到承德工作。她过着千千万万中国人那样的清贫生活。十年大劫中，她被抄家、批斗，身心受到极大摧残。她的身世成了她备受折磨的理由。

他们无法把握命运。但是，他们能够把握自己的态度。

在困境中，林保毅始终珍念在老航校结下的情谊，关注中国局势，发起组建"中国归国者友好会"，为中日友好竭尽余力。而高桥也没有倒下，"文革"结束后，她拿出1957年刘少奇在中南海接见她的照片，说，别人都烧掉了，我保存了下来。我坚信未来……

他们真诚清醒，无怨无悔。林保毅与夫人林清子郑重地写下了这样一句话："衷心感谢中国老朋友指引我们后辈子走向光明之路。"

他们在1949年后的命运是老航校全体日籍人员的命运缩影。他们在1986年的感情是老航校全体日籍人员的感情写照。他们都珍藏着在艰苦火红的峥嵘岁月中获得新生的疼痛而神圣的情感。

新生的生命是光明的，是有意义的。历史为他们签发了证明。

第三十三章　直上米格－15 力拼生死竞速

人民空军起飞的翅膀始终是由巨大压力推动的。惨痛的历史记忆是动力，对未来天空的憧憬是动力。而最迫人的动力，是国民党空军编织的血火天空，是它对东南沿海肆无忌惮的狂轰滥炸。

就好像针对同一个目标展开了一场竞跑。不同的是一个要摧毁它，一个要保卫它。

教室新抹的石灰水泥还没干，还散发着呛人的气味，七所航校就开课了。一千多名飞行学员开始了理论学习，就像当年老航校的学员，他们当头也是遇到了语言不通的难关。

航校是苏联的模式，飞机装备是苏联造，教员是苏联人。

苏联教员讲，翻译当场译。一位苏联教员讲到发动机的散热片，翻译译成暖气片。发动机上为何要装暖气片呢？学员们就弄不明白了。也有机灵鬼借机起哄说，教员，大飞机的发动机上得装锅炉吧？一次气象课，教员自我介绍是苏军的气象主任。什么叫气象主任？翻译从未听说过，就望文生义地译了个"空气将军"。老航校来的学员被逗得捧腹大笑。

此类青涩和尴尬到处冒泡。把驾驶杆译成"一根活动的棍子"，飞机座舱译成"飞机上的小房子"，电压译成"紧张"，飞机在空中做横滚动作成了"圆桶在空中旋转"……翻译们被折腾得蓬首垢面。

这还都是名词。

这怪不得翻译。机关参谋处长在向苏联专家介绍筹建空军工作时，说刘亚楼对此胸有成竹。"胸有成竹"怎么译？翻译赶紧翻字典，头上急出了汗，才憋出个"肚子里有根竹子"。苏联专家被噎得直翻白眼：刘将军何以如此神通广大，竟然把竹子吞到肚子里去了？刘亚楼身边的翻译尚如此，航校的翻译能怎样？他们有的是在俄语环境里生活的，有的刚出校门，都是从新疆和东北现抓的，日常用语都难对付，更别说专业术语了。

学员木愣，教员发火，翻译冒汗。翻译的困难造成学习的困难。教学进度如同在雨天的烂泥地里蹒跚而行。

当年在老航校的日本人教课时不也是这样吗？航校的领导们自然地求助老航校的经验。他们给每位苏联教官配一名翻译，另配一名旧空军技术人员做助教，形成三位一体教学组。集体备课，上课时助教旁听，发现翻译不妥之处及时纠正补充。后又改了，由翻译先把俄文讲课提纲译成中文，再由苏联教员帮中国助教备课，助教讲课时苏联教员和翻译在现场盯着，随时纠错。

教学的步伐轻松了，苏联专家也显得有耐心了。有一次讲罗盘，教员和翻译讲了半天还是有人弄不明白。要在过去苏联教员早就敲教鞭了，但现在他耐心到这样的程度：他说，指南针是你们中国人最早发明的，罗盘就是现代的指南针，你们一定能掌握它！

新航校处处有老航校的影子。

理论教学与形象教学相结合是老航校创造的成功经验，就搬过来，自制了大量图表、模型和教具，开展实物和形象化教学，并带学员到机场的飞机旁上课，边看，边讲，边操作。仅一航校就制作挂图八百三十六张，教学示范板二百三十四块，模具一百四十七件。奇效又一次被证实。后来专门举办了航校教学模型展览会，毛泽东亲临参观，给予了

"空军有希望"的评价。

老航校的飞行学员成了新航校的"先头学员"。八十九名飞行学员和二十名领航学员组成速成班，要在半年之内完成苏制作战飞机的改装训练。

王海、林虎、邹炎、耀先、侯书军、于飞、徐怀堂、郑刚、吉世堂、李维义、范辉、徐登昆、徐振东、周宗汉、马杰三、慕宗惠十六人来到沈阳北陵机场。1月15日，他们在冰天雪地中登上了雅克－18型初教机跟飞。

他们飞过日式"九九"高教，有的还飞过隼式和P－51，飞操纵灵便、安定性能好的雅克初教机是小菜一碟。苏联教员直跷大拇指："哈拉索！"意思是"好！"第三天，全部放单飞。

开飞后由吃高粱米改为吃西餐。学员的肚腹似有保留。校领导琢磨着咱土包子开不了洋荤，干脆，过年，包饺子。学员吃撑了跑卫生队。

接着是飞特技、编队、航线和仪表等课目。

因为有老航校时积攒的储备，他们的接受能力、敏捷程度和心理素质令苏联教员惊叹。"哈拉索！"苏联教员跷大拇指。"哈拉索！哈拉索！"跷起两个大拇指。

训练进度急风赶火。速成班全体跳过雅克－11中级教练机，直上乌拉－9高教机。3月，又翻身跃上拉－9战斗机这匹战马。

但生死竞赛的气氛似乎更加逼人。

3月初的一天，正在中南海菊香书屋吃饭的毛泽东隐约听到爆炸声。他问怎么回事。卫士说国民党又往北京扔炸弹呢。毛泽东夹起一只干红辣椒搁到嘴里，边嚼边思。

蒋军空袭沿海大城市的消息就没断过。2月6日，十七架B－24、B－25轰炸机和P－51、P－38战斗机轮番袭炸上海电力公司、闸北水电公司等目标，造成两千多间房屋毁坏，一千四百多居民死伤。3月1

日蒋介石重披"总统"龙袍，轰炸更是变本加厉，目标直击北京中南海和南苑机场。

毛泽东找来刘亚楼，指示：空军力量必须迅速加强！

刘亚楼说，我们正按主席的指示加紧工作，航校训练连上台阶。

毛泽东说，还须快些！国土防空和解放台湾，都非常需要早一点有自己的空军。

他亲与海军将领萧劲光商议，将准备购买舰艇的外汇转而购买有燃眉之需的飞机。

在几日后的空军政治工作会议上，朱德的心情溢于言表。他说，我们的任务是很紧迫的。人民实在等得焦急了。他们渴盼我们尽快学会飞行，学会了就打。

周恩来也紧着催促：要很快地把航校办好，越快越好，快一个月也好。

训练提速，高潮迭起。一架架飞机翻腾、俯冲、跃升、横滚、盘旋。中午第一班退出机场，第二班进场，朝暮相接。学员们抱住天空这面巨鼓猛擂。大强度，超强度，强挟训练进度。

大强度训练的每个瞬间都掖着困难。什么困难？刘亚楼斩钉截铁地说，困难即使像高山，我们也要横下一条心把它搬走；困难即使像海一样深，我们也要迎着风浪把它填平。铮铮硬骨的共产党人，应该有勇气有魄力，创造世界空军建军史上第一流的速度。

4月11日，刘亚楼向中央军委递交报告，建议组建第一支航空兵部队。很快获批。

刘亚楼把这支部队的番号拟为"空军第四混成旅"。这支部队的政委候选人李世安不解地问：为什么不叫第一旅？刘亚楼说，我考虑了好久，还是叫第四旅好。如叫第一，容易产生老子天下第一的思想。我们要学习毛主席，他在井冈山创建第一支中国工农红军部队时，开始就叫红四军，没有叫红一军嘛。这第一的番号，我要留给战功卓著的部队。

1950年6月19日，空军第四混成旅在南京成立。这是人民空军的第一支航空兵部队。旅长聂凤智，政委李世安。夏伯勋、方子翼任十团、十一团团长，副旅长刘善本兼十二团团长。飞行骨干均为来自老航校的速成班成员。

就当此时，6月25日，朝鲜内战爆发。朝鲜人民军一举把敌军压到洛东江以东一万平方公里的釜山地区，占领百分之九十的国土。9月15日，美军七万人在五百多架飞机和三百多艘军舰的掩护支援下，突然在朝鲜西海岸的仁川登陆，将人民军腰斩，大举北进。

与此同时，杜鲁门命美国第七舰队侵入台湾海峡。麦克阿瑟后来说，鸭绿江并不是中朝两国截然划分的不可逾越的障碍。美国不顾中国的强烈谴责，猛烈摇撼中国大门。

中国空军将士简直是被形势逼得透不过气来。他们死憋着这口气。

这是年轻的中国空军的又一次机遇。混四旅第十、第十一两个歼击团迅速投入改装米格-15战机。这是当时最先进的喷气式战机之一。

没有教练机。苏联顾问耸肩摊手：怎么办？

直上米格-15！再来个"一步登天"！就像当年直上日式"九九"高级教练机那样果断坚决。

苦钻理论。强背数据。死啃飞机构造、性能、操作要领。冒着烈日酷暑，蜷在蒸笼般的座舱里练习开车、关车，熟记仪表。人人奋力，个个出色。老航校的气氛被复制。老航校的经验本质上是一种精神。

上机飞行的关键时刻到了。这能行吗？苏联顾问和教员揪着心捏着汗，比中国勇士还紧张。

第一个飞的是邹炎。他的眼睛里透出老航校式的机敏和果敢。

这家伙真叫来劲，比起这家伙，什么P-51，什么拉-9，就像是笨牛。邹炎紧张不紧张？他后来说，直上喷气式，不能说心里不敲锣，除了敲锣还打鼓呢。不过锣鼓点没乱。咱是落在了世界的后头，不豁出命去赶，这辈子休想翻身。我对自己有分析，我飞行从来不光靠胆大，要说胆大，是有地面训练的成绩撑着。

邹炎毫无悬念地成功了。他的成功象征着中国空军飞进的速度赶上了超音速。

一个个飞天勇士追星逐月，犹如神军。整个十团全都上去了。十一团也上去了。

时兼上海市市长的陈毅来到机场，他的诗人情怀伴着飞机发动机轰鸣鼓荡。他拉住一只驾驭天空的手说，怎么没戴手表？在一旁的常乾坤说，我们的飞行员大多没有手表，在老航校时曾把闹钟绑在腿上计时呢。陈毅操着浓重的四川乡音说，那怎么行，飞行员没得手表，哪个打仗哟！他代表全市人民赠给每个飞行员一块表，瑞士产的"欧米茄"。飞行员的手腕一下变牛气了。陈毅又指令特供飞行员每人每月三条"白锡包"香烟。还把原是宋美龄的"别尔卡"黑色轿车送给飞行员用。要知道当时物资是极为匮乏的。

原定半年的改装任务只用两个多月就完成了。原属上海防空苏军巴基斯坦部队的飞机装备移交给中国空军。苏联顾问和教员将回国。验收飞行表演于1950年10月17日在虹桥机场举行。

十团团长夏伯勋率领阮济舟、邹炎、刘玉堤登上米格－15战机。陈老总在常乾坤、聂凤智陪同下登上观阅台。

天空布满厚厚的云层，云底高度不足三百米。这是还没来得及训练的复杂气象呀。苏联专家的脸部神经又绷紧了：你们能飞吗？

邹炎问刘玉堤：大刘，怎么样？刘玉堤反将一军：只要你不掉下来，我就能跟上去。邹炎说，云那么厚，穿云时弄不好要散队，你得跟紧点。刘玉堤不耐烦地一挥手：行！

10点多了，云还密密层层地堆着。红色信号弹急不可耐地打破僵冷的气氛。四架短匕般寒光闪闪的战机呼啸而起。

这是常人体会不到的时空关系，分秒之差就是上千米，加上一进云层就像突然熄了灯一样，一片幽冥混沌，等他们钻到云上，队形已经乱了套。于是在云上重新集合编队。

陈老总担心地问：飞机怎么不见回来？常乾坤也拎着颗心，不知如何作答。一位机灵的参谋补场说，喷气式速度大飞得远，一下子回不来。

话音未落，就听到霹雳之声破云而下。四架战机齐刷刷低空通过指挥台，掠过陈老总头顶，干净利落地降落。

飞得好！飞得好！陈老总腾地站了起来，拍着巴掌大声喝彩：我们的飞行员了不得哟！常乾坤与斯留沙列夫中将也紧紧相握。陈老总情不能抑地下了主席台，以小跑步向夏伯勋等人迎过去。

第三十四章　课堂在朝鲜空中战场延伸

1951 年 1 月 29 日，这个日期仿佛是刻在闪着暗光的钢板上的。

那天上午，李汉奉命升空，率领他的二十八大队截击轰炸安州火车站和清川江桥的美军飞机。

四师师长方子翼随即通报：101 注意，"狗熊"十六架 F-84 正在你们附近，发现目标立即攻击！师指挥所设在浪头机场北端西侧山坡上一个旧木板棚子里，木棚不到十五平方米，稻草顶，泥土地，四面透风，置有一张标图桌，两部对空台，五部电话机。

李汉和战友们很快发现了俗称油挑子的 F-84，上下各八架飞成两层。好你个美国佬儿！李汉古铜色的脸和硕大的鼻子顿时猛悍无比。他一声暴喊：二中队掩护，一中队攻击！随即跃上八千米高空，又一个鹞子翻身垂直捣向敌阵。

求战心切的李汉极为兴奋，是带着快感的兴奋。他说他当时什么都没想。其实，这种状态就来自所有的记忆。他在陆军的时候，敌机在头上扔炸弹，别人忙着躲藏，他不，他怒目金刚瞪着飞机示强，炸弹在离他几步的地方爆炸，他捡了块弹片诅咒道：奶奶的，这个账早晚要跟你算！抱着这个信念，他在老航校训练就像在石岩上打钻，死往前顶，寒风狂吼的夜晚还悄悄跑到飞机上去练操纵，结果在同期同学中第一个放了单飞，又第一批上了战斗机。两个月前开出征大会，朱德和刘亚楼亲来送行。多年的梦想就要实现了！他在代表飞行员激情发言后兴犹未尽，又走到讲台边沿高门大嗓地问：有决心没有？坐在第一排的二十八大队声如雷吼：有！他又问：有孬种没有？底下想都没想就回答：有！礼堂哄地爆发出笑声。全大队唰地弹立起来：有好汉，没有孬种！到了前线，他恨不能立马就携雷裹电接敌厮杀，可开始只能两架一批跟在大群苏军飞机后面"走台"，急得他直骂娘。21日，机会终于来了。那天在空中搜索了老半天终于发现敌机时，他血着眼睛一头冲了上去，过猛的动作使他贴着敌机的肚皮掠了过去。第二次攻击也是由于贴得太近，他的飞机竟然被敌机尾部喷口的强猛气流冲了个大翻转。那天他把一架敌机打成了一朵黑云。这是年轻的中国空军第一次击伤美军飞机，是一个了不起的初战。但他嫌不过瘾，太不过瘾。他憋了一身的劲儿，这回非揍下它几架不可！

李汉带着三架米格就像一束闪电飞刀直攮敌阵。遭到突袭的敌机扔掉副油箱和炸弹就爬高，也想抢占有利高度。李汉势如下山猛虎当头迎击。这叫什么魔鬼战术？一名美国佬一惊神把嚼着的口香糖吞下了肚。这叫打对头，叫拼刺刀，叫刺刀见红，脑瓜子别在裤腰带上拼命。"一人拼命，十人难当。"敌机急忙右转，企图迂回。李汉智勇地往左一转，从敌机内侧截了过去。敌机见来势凶猛，准备脱离战区。李汉死死咬住一架，用瞄准光环将其套牢，贴近再贴近，猛地一按炮钮，咚咚咚三炮，打得敌机凌空开花，飞进的碎片险些击伤李汉的飞机。

此时，一中队的另三架战机和二中队的四架战机以猛烈的炮火驱散企图反扑的敌机。李汉追到海上，见一架敌机正准备转弯，一带机头，对准其尾部猛然喷火吐焰，打得它拖着黑烟妖遁而去。而李汉坐骑油料告罄的红灯已闪亮报警。

狗日的还怪经打！李汉心有不甘地狠啐了一口。

29日的战斗，加上21日的战斗，李汉共击落击伤敌机三架。这也是二十八大队的全部战果。这里要澄清两个事实。一是不少人说是3∶0，自己无一损失，事实是在 21 日的战斗中，赵志财的 6 号机被敌击伤，他竭力驾机返航，后迫不得已弃机跳伞，因高度已经低得来不及开伞而牺牲。另一个是 21 日击伤的飞机其实是击落，当时几位苏军大队长都认为是击落，后来美国人在《朝鲜战争中的美国空军》一书中给予了证实，但负责判读胶卷的苏军射击主任一旦做出击伤的判断，他就要竭力维护自己的权威。

两次战斗是年轻的中国空军第一次真正意义上的空战，而且是驾着当时最先进的喷气式飞机作战，而且是同世界上最强大的美国空军作战，而且奇迹般地以3∶1完胜。李汉说，"这就像一个小孩，刚摇摇晃晃学迈步，就学跑，刚会跑，就参加世界级田径赛，居然还拿到了名次"。这是一个延伸的课堂，它使年轻的中国空军揭开了空战之谜，使一个从诞生起一直像农民种田般佝伏着身子冲杀的军队猛然直立起来，出首云端，有了现代化军队的感觉和视野。

毛泽东说，空军的首战胜利，政治意义远远超出了军事意义。

此战过后，李汉顿成大英雄大明星，被热烈的鲜花、掌声和年轻姑娘的笑脸环抱簇拥。这种情景还跨出了国门。在赴柏林参加第三届世界青年和平联欢节时，他被异国青年从车里抬出来，欢呼，拥抱，要求签名题词。有一次到一家叫"小瑞士"的馆子小憩，饮料老上不来，正纳闷呢，就见老板亲自端着托盘跑过来，很不安地说，中国朋友喜欢喝茶，但跑遍全城也没弄到茶叶，真抱歉——喝咖啡可以吗？

李汉的二十八大队进驻安东浪头基地是 12 月 21 日。

自 1950 年 10 月 19 日志愿军出兵朝鲜后，空军上下就翻滚着火呛呛的求战气氛。10 月底，空军党委常委开会专门研究了入朝作战问题。与会者凭经验想象到前方将士在敌机肆虐下作战必是艰苦惨烈的，我人民空军再弱小都必须参战。更重要的是，这是促使我空军迅速成长的极好时机，必须牢牢抓住这个极好时机，以求"在实战中锻炼，在战斗中成长"。

会后，刘亚楼给毛泽东写了报告，提出"积蓄力量，选择时机，集中使用"的作战方针。毛泽东批示：同意你的意见，采取稳当方法好。

毛泽东后来说，抗美援朝是个大学校，这个演习比办军事学校好。

这叫作用血买经验。

12月4日，空四师接到了作战命令。"这次参战的目的是取得战斗经验。"刘亚楼对方子翼说，我们建设空军要过三关，第一关是自己办航校，培养航空技术人员；第二关是自己训练部队，培养空中战斗员；第三关是作战，学会空战。现在要过第三关，在空中消灭敌人，培养空军的战斗能力。这个任务交给你们四师，你们基础好，你们的十团是我军的第一个歼击机团，飞行员都是出自东北航校的骨干。为是否与美国空军作战，毛主席三天三夜没睡好觉。周总理嘱咐要慎重初战。我说这是到关公面前去耍大刀。谁是关公？你们要好好耍！

中国空军一出手就试出了锐利的刀锋。这也是争来的。按照计划，二十八大队与苏军飞机编在一起出战，但苏军飞行员根本就没把这些"刚学迈步的孩子"当回事，发现敌情只顾自己歼敌立功，把带中国飞行员的事抛到了九霄云外。中国飞行员出动多次连敌机的影子都没见到，心里窝火憋气，嚷嚷要自己单独干。方子翼说行，舍不得孩子打不着狼。这一争就争到了打仗的感觉，争到了胜利的信心。

中国空军"在战斗中成长"的欲望十分强烈。此后只几个月，就从开始时的试探性、象征性的战斗，迅速发展为以整师出动的大规模空战了。

当时的情形是，中朝军队经过五次战役，把骄横不可一世的美军压到"三八线"附近。美方被迫停火谈判。它是边谈边打，"让炸弹、大炮和机关枪去辩论吧"！侵朝美军总司令李奇微下令："在此谈判期间，应采取行动以充分发挥空军威力的全部能力。"8 月初施行"绞杀战",美军飞机在铁路沿线狂扔汽油弹、化学地雷、定时炸弹、蝴蝶弹、四爪钉，企图卡死志愿军的运输线。其气焰烛天，一次一架"野马"式逞威似的从高压线底下钻过，以致尾巴被高压线挂掉坠毁。

志愿军空军作为粉碎"绞杀战"的生力军杀上了第一线。

第一次激烈的大规模空战是 9 月 25 日。四师出动飞机三十二架。十二团副团长，就是当年对周恩来说要开红军的飞机、历经周折才进入老航校的李文模，率领十二架米格机与二十余架美机遭遇。刘涌新独自与六架美机激战，击落 F－86 型飞机一架。后在五架敌机的围攻下被击中，因跳伞高度低而光荣牺牲。大队长李永泰与敌激战，飞机中弹三十余发伤五十六处仍沉着冷静地飞回基地。

这一仗虽然只击落敌机一架，而己方损失两架，重伤一架，牺牲一人，但这是第一次参加双方共二百多架飞机的空战，且打得有声有色，且首次击落美军最先进的"佩刀"式 F－86，从边练边打的角度看，仍不失为一次非凡的胜利。

空军首长激励大家要"越打越有劲，越打眼越红"。四师又连续出动，协同苏军与美军大规模对决，在被战火烧红熏黑的天空打出了一个"米格走廊"。美军大惊，指令其战斗轰炸机不得在"米格走廊"内实施"绞杀战"。

毛泽东在战报上批示：空四师奋勇作战，甚好甚慰。年轻姑娘夹着玉照的求爱信雪片般飞到四师。

李汉听到毛泽东的批示，身上潮汐奔涌，抱住身边的人就摔了一跤。过后一看，被摔的人是空军机关来的一位副部长。

在此后的实战中，四师又六次与美军大规模空战。从 9 月 12 日至 10 月 19 日，单独或协同苏军战斗出动二十九次五百零八架次，击落美机二十架，击伤十架。己方失机十四架，伤四架，牺牲四人。

虽然不能据此就肯定说"打破了美国空军不可战胜的神话",因为即使是局部战斗也是各有上下,但这样的战绩绝对是奇迹,绝对可作为胜利来看待。中国飞行员都是才飞了二十个小时的新手,就像李汉讲的,中国空军就像一个刚学迈步的小孩,一只刚出壳的幼鹰,而对手却是参加过"二战"、人均飞行两千小时的空军巨人,据说飞行员吸纯氧过多,把脑门都飞秃了。"幼鹰"斗"老秃鹰",能做对手就是胜利。那么在飞机性能大体相当的情况下,中国年轻的飞行员何以不让对手?

这恐怕还是要归结到人的因素。

一是勇敢精神。我是为保家卫国而战,国家不存我之何在?而美军是为钱而战,我之不存钱有何用?所以中国飞行员敢于一刀子攘上去,在心理上干扰压制了对手。勇敢也未必不是一种战术。打对头使美国飞行员惊慌失措,不知是何战术,费了一番琢磨才恍悟是没有战术的战术。美军毕竟也不了解对手,李奇微曾写道:"许多美国人第一次听到中国军号的啸鸣,这铜号看上去就像足球赛巡边员用来表示犯规的喇叭,其粗野的音调夹杂着发狂的吹哨声,似乎在通知新的战斗阶段的开始","这是一种中国式的精神战"。

二是学习精神。年轻的中国空军曾向日本人学习,向苏联人学习,现在向美国人学习了,虽然这次的方式是极为残酷的。飞行员们把每打一仗都看成是上一堂课,下了课就揣摩体味,吵得面红耳赤,像开斗争会。李汉打得漂亮吧?但也免不了当"斗争对象",这个说大队长动作太猛,只顾自己打;那个说指挥没战术,顾头不顾尾。谦逊好学促使技战术迅速提高。比如长僚机关系,开始一打就散,后来形成了蜂王战术,长机就像蜂王,僚机像工蜂,工蜂围着蜂王转,怎么打也打不散这个天然的关系。又比如空中队形,开始是苏军式的一字形、扁担队,转个弯像笨熊,十几架飞机一条线大推磨,后来学会交叉转弯,两架一转,纵身转弯灵活自如。还有品字队形,二十四架飞机八机对阵,左边一个八架，右边一个八架，也是一头大笨熊，后来变成梯子队形。还有就是在破解敌人的战术中形成自己的战术，什么鱼饵战术、诱开战术、夹击战术、上切入战术、阶梯战术，一一破解而形成克敌制胜的战术。

到了后来，空战战术从实践到理论产生了飞跃，创研出了"一域多层四四制"的战术原则，即机群出动以四机为单位，按不同间隔、距离、高度构成小编队、大纵深的战斗队形，按照统一意志协同作战。这个以夺取局部兵力优势为核心的战术原则，大大提高了战术水平。

当然，智慧、勇敢、经验、技术素养和战术头脑统属人的因素。中国飞行员以进取的意志和激情弥补了自身的不足。

打了一月有余，空四师回到二线休整，空三师顶上火线。

三师上去后，首战击落击伤美机三架，次战又击落击伤五架。经过几次试锋，迅速进入大机群作战，以至在双方三百架飞机描绘的战火天空英武杀敌。血战中斩获丰硕，11 月 18 日、23 日两战尤其漂亮。

18 日 14 时，九团副团长林虎率领十六机在苏军八十八机配合下，向轰炸铁路的一百八十四架美机发起了攻击。林虎率队像垂直的闪电从八千米高度俯冲美机群，把敌阵冲散，自己由于动作过剧也形成了各大队各自为战局面。一直扎到一千五百米的王海和他的僚机焦景文陷入了敌机的圆阵。几十架敌机一架跟着一架飞成一个大圆圈，像推磨般一圈圈地转。王海和焦景文混在当中转了两圈。王海大吼一声：破阵！他拉起机头，急速跃升，又一个跟斗大速度下冲，如此几下就把圆阵冲了个七零八落。王海乘乱左冲右杀，一举斩杀美机两架。焦景文也击落两架。4 号机孙生禄也把一架敌机打得凌空开花。

这一仗九团共击落敌机六架，打了个6∶0。

23 日的战斗是由七团副团长孟进率领的。在双方二百余架战机的混战中，刘玉堤率二中队咬上了两架 F－84。敌机猛降高度，刘玉堤咬死不放，乘敌机拉起时一炮夺命。此时敌僚机恰好从他的鼻尖急转掠过，他反应奇快，一个连发将其击落大海。由海上回到陆地上空后又咬上一架，狡猾的敌机钻进山沟逃窜，刘玉堤死死揪住它的尾巴，当它为避开迎面的山头左转时，刘玉堤立即切半径攻击，将其击落。上升高度后，又见清川江口有五十余架敌机，他全然不顾敌机数十倍于己，在敌机群后下方隐蔽接近。当近至二百米时，最后两架敌机察觉后左右分开脱离，刘玉堤急速右转将敌僚机报销。刘玉堤创造了一次空战击落美机四架的记录。

七团打了个8∶1。

在这一轮的搏杀中，空三师共出动飞机二千三百九十一架次，作战二十三次，击落美机五十四架，击伤九架。

毛泽东在三师的战报上欣然命笔：“向空军第三师致祝贺。”

志愿军空军战果不菲，其更大的战果体现在地面战场上。

中美军队交手初期，就似“二十世纪军队对中世纪军队的屠杀”。美军操纵着整个天空，把成千上万吨的霹雳雷火往中国军队的阵地上疯狂倾泻：五百磅甚至成吨重的重磅炸弹炸出一个个深达八米的大坑；定时炸弹扔得遍地都是，有的瞬即爆炸，有的几小时几十小时后才炸；有一种蝴蝶弹，一个大壳里装着几十个几百个小炸弹，落地后小炸弹从大壳中迸出，弹翼借着风力旋转，像蝴蝶乱飞，当张开双翼落到地面时便处于待爆状态，人和车辆一触即爆。黑老鸦哪怕是一架也敢往志愿军的后方飞，见到人畜车辆就狂袭，张狂地擦着志愿军战士的头皮掠过，强猛气浪刮跑了战士的帽子。志愿军的地盘上满目疮痍，铁路、公路和桥梁烟火滚滚，彭德怀的住房也被燃烧弹炸平，毛泽东儿子毛岸英被炸牺牲。志愿军入朝第一周运输车即损失六分之一，其中八成以上毁于飞机轰炸，百分之三四十的物资也在运途中被炸毁。部队普遍有三怕：一怕没饭吃，二怕无子弹打，三怕伤员抬不下来。白天不能生火做饭，更糟的是供应受阻连炒面都吃不上，没有棉衣穿冻伤冻死。

这种状况在志愿军空军参战后有了改变，敌机活动空域被逼至清川江以南，前线供给大为改善，地面作战不再被堆满火焰和钢铁的天空压得抬不起头来。当米格机击落美军战机时，战士们纵情地从山洞和掩体里钻出来欢呼助威。对天空仇视了几十年的人民军队忽然发现自己对天空有了亲近感。

这些都还是局限于这场战争的战果。志愿军空军的战果远远超出了朝鲜战场，它借助于抗美援朝战争这根杠杆，促成了中国空军的跨越式大发展。

这个千载难逢的机遇也不是等来的。一是当朝鲜战云突变，金日成焦苦求助时，怕引火烧身的斯大林是拒援的，但毛泽东毅然发兵的壮举终使斯大林达成秘密援助协定。这就有了装备。二是发轫于老航校的七所航校已开花结果，这就有了人员。三是中共中央扭住时机加快发展空军，这就有了巨大的整合力和推动力。正因如此，自 1950 年 10 月之后，几乎每月都有一至几个新的航空兵师诞生。至 1951 年 5 月，十七个航空兵师闪电般地横空出世，其中歼击机师十二个，强击机师两个，轰炸机师两个和运输机师一个。刘亚楼操劳过度，他的枕巾上铺满了落发。

这期间，贫瘠的神州大地上掀起了捐献飞机大炮的热潮，老人买寿材的钱，小青年结婚的钱，小学生的零用钱都捐了出来。迪化一百零三岁的维吾尔族老妈妈吾古尼沙汗白天跑到很远的地方拾麦穗，夜里纺棉花，变钱捐献。豫剧大师常香玉义演一百七十多场，用全部所得捐献了一架"常香玉号"飞机。至 1951 年 8 月底，全国所捐款项即可购飞机二千三百九十八架。

虎贵野生，经过战火历练和铸造的军队才可能强大勇猛。继四师和三师之后，各航空兵师甫一出世就轮番开赴前线亮剑厮杀。

就像创世纪，年轻的中国空军在滚滚天火中创造出一个又一个属于自己的纪录：二师率先击落美轰炸机。第三、十二和十五师协同反击美大机群一次出动飞机达九十六架。第八师轰炸大和岛配合陆军登岛成功。第十师对敌军舰首施夜间轰炸。第二师创造了用老式拉－11飞机击落Ｆ－16喷气式战斗机的奇迹。第八师用活塞式轰炸机击落喷气式歼击机。第十二师鲁珉与僚机董长仁一举击落美长僚机。第十五师李世英、阎清水同时击落美机。第四师侯书军首创夜战击落敌机。

韩德彩一个近距长连射把美军"双料王牌"费席尔击落。费席尔非等闲之辈，在侵朝战争中曾出动一百七十五次，击落飞机十架。被俘后他心存不服，要求见见击落他的对手。当鼻子下刚冒出绒毛胡子带着一脸顽皮相的韩德彩站到他面前时，他仍然拒绝接受这个事实，说，对不起，长官先生，我不愿开这种玩笑。

然而这不仅是事实，而且也非偶然。在韩德彩之前，张积慧曾击毙美军的另一个空中"王牌"戴维斯。生性腼腆的张积慧打起仗来犹如猛张飞，他冲入乱军之中左劈右砍，一分钟连斩两将。美机残骸中的一枚驾驶员不锈钢证章表明，死者之一是威名远扬的戴维斯，其人飞行三千小时，"二战"时就参战二百六十六次，经验老到，俗称"草上飞"，是美国空军"百战不倦""特别勇敢善战"的"空中英雄"。美国远东空军司令哀叹：这是"一个悲惨的损失"，"是对远东空军的一大打击"，"给朝鲜的美国喷气式飞行人员带来了一片暗淡气氛"。为此引起美国国会议员对侵朝战争的激烈争吵。

在抗美援朝战争全程，志愿军空军共战斗出动二千四百五十七批二万六千四百九十一架次，实战三百六十六批四千八百七十二架次，击落美机三百三十架，击伤九十五架。涌现出赵宝桐、王海、孙生禄、张积慧、刘玉堤等战斗英雄、战斗功臣二十六名。并涌现出"王海英雄大队"等六个立大功的单位。

朝鲜空战创造出了中国空军的王牌英雄，创造出了中国空军的英雄部队。

美军"在和一个厉害而熟练的对手作战"中感受到,"共产党中国几乎一夜之间就变成了世界上主要空军强国之一"。

这是不是一个事实?

2003年,曾经重重历史烟云的王海仍然伫立于他曾经的每一个位置。他说,当年的志愿军空军并不是"一夜之间"突然冒出来的。你盖房子首先要打好地基。1945年日本一投降,党中央就决定组建空军,一批干部经过千辛万苦搜集日军遗留的飞机器材,并争取了一个日军航空队当教员,在东北创建了一所航校。我们这批飞行骨干就出自这所老航校。此前,我们党还曾把许多优秀青年送到苏联航校、国民党航校和新疆盛世才的航校学习。如果没有党中央早期的决策,没有老航校的基础,就不可能有志愿军空军,不能割断这个历史。

同时,也不能因为志愿军空军击落敌机的总数还不及"二战"期间德军飞行员埃里希·哈特曼一个人创造的纪录,就否定这个事实。

1951年的一天,刘亚楼兴冲冲地向毛泽东等军委领导汇报了战况。不料周恩来说,亚楼同志,你们空军没有完全执行主席的命令哟!

刘亚楼一下怔住了。

周恩来接着说,主席对空军参战,归纳起来说了三句话:一是空军要在战斗中成长壮大;二是初次打仗采取稳当办法为好;三是一鸣则已,不必惊人。对前两句,空军如实执行了,只是后一句,被改成了"不鸣则已,一鸣惊人"。

众人都笑了。刘亚楼笑了。

这就是说,当年播下的种子已经像金鸡啼鸣般破土而出,在朝鲜战争中的空战即是它嘹亮的出世之啼。

对于未来的中国空军,这出世之啼仍然是蕴含着伟大梦想的种子。

后　记

　　半个世纪前，新中国空军令人难以置信地在朝鲜战场横空出世，并毫不示弱地与强大的美国空军叫板过招，以致美军不无根据地以"共产党中国几乎一夜之间就变成了世界上主要空军强国之一"的惊叹，表达了对对手的敬意。对这个传奇故事，人们至今仍津津乐道。然而，如果我说李汉打下第一架美军飞机的那一炮其实是东北老航校击发的，许多人也许就会感到茫然，不知道我是在说什么。

　　打仗不是打激灵，而是打历史。就是说传奇故事早就开始了。这是一个关于东北老航校的传奇故事。

　　所谓传奇，是讲一个又一个看似不可能的事，经过怎样艰难曲折的努力使之梦想成真的。东北老航校的传奇，就是怎样在几乎不可能的情况下创建并为建空军准备了人才和技术。比如，怎么用废铜烂铁就打造出了航校的物质平台？怎么想要教员就像变魔术似的有了日本教员？没有高教机怎么就做到了一步登天？没有汽油怎么也能驾机腾空？在敌机的翅膀底下练飞难道是怀有隐身术？还有迁徙和跋涉的苦难，遭遇暴动和敌匪袭扰，可谓九九八十一难。几乎每个故事都像是一个偶然。也就是说，几乎每个结局都作为一个奇迹被创造了出来。

　　传奇故事当然是传奇的人的故事。一群黑脚杆放牛娃奇迹般地实现腾飞梦想的历险，是整个故事的主线和寓言。这些卑微的、挣扎在生存边缘的放牛娃走到梦想的旗帜下的时候，甚至因没见过汽车而坐在车辘辘上，根据狭陋的经验把螺旋桨飞机认作风车楼，进城时把木架支着的变压器记作路标而陷入了到处可见此物的迷宫，看戏时真假不分而向舞台上的仇人发起攻击，其数理化知识的贫乏是可想而知的。但他们又具有这样一种可能，他们是一张白纸，如果把自己当成一把镢头又能碰巧遇到另一把镢头，可塑性就可以转化为创造性。这种可能最终实现了。腰扎草绳腿绑闹钟的他们成了驰风抱雷的天兵，开辟了共和国伟大的通天之路。

这种反差巨大的奇谲命运是如何实现的呢？命运有自身的轨迹，种子在你身上，是从你身上长出来的。命运又是由偶然铺筑的道路，本质上是被创造出来的。如果他们因"白努力"就丧气，暴露"死穴"就胆怯，遇到"老爷岭"就退缩，不懂"鸟语"就苟且，怀疑"百衲衣"就迟疑，陷入"硬牢"就屈服，那他们的命运就会被改写。但历史没有如果。他们相信人生是一盏灯，亮与不亮不在阳光下，而是在黑暗中。他们点燃智慧和生命，恨不能向生命赊账，向明天透支，打开所有的光亮顽强前行。他们终于化蒺藜为手杖，变艰险为云梯，像沸腾的铁水倾入现代航空技术的铸模，并以强大的热能融合了铸模，创造出属于自己的历史。

那么，他们的动力或境界从何而来？这就关涉到那个传奇的时代。那是个漫天红霞遍地黄花电闪雷鸣改天换地的时代。当墓盖一样沉重窒息着他们的悲惨宿命猛地被掀开时，清澈阔大的阳光和青草的气息一下子打开了他们的生命。渴望自由和获得自由的幸福冲动使每个人都变成了一眼高压油井，喷发出在历史深处积郁了几千年的能量，并别无选择地汇入了滚滚的革命洪流。这种类似狂热的激情不能说是盲目的。人的思想、意志和个性有时是在个人身上，而有的时候是在历史身上。当个体的价值实现与集体的阶级的理想实践相一致时，他的思想行为越是集体的阶级的，就越是个体的。李大钊是一种伟大人格，又是独一无二的李大钊。人在由必然王国向自由王国的漫长跋涉中，个体有时消失在群体中，恰恰是为了更有效地开发出个体。这就是一把镢头与另一把镢头的关系。从某种意义上讲，历史的命运规定了个人命运的走向、形式和动力。

事实也正是这样，渗透在老航校人奋斗过程中的千辛万苦始终渗透着巨大的幸福感。他们的生活有着梦的性质：每天都面临新的事物，新的刺激，新的可能和机会。大幅跳跃的富于戏剧化的生活显得不真实，但又因苦难而显得格外真实。手摇发动机疯狂的节奏，洗刷零件的油池里刺鼻的气味，滚油桶扎耳的声音，飞舞着小刀子的严寒和失事飞机燃烧的灼烫，都如同第一次感觉飞行，浪漫的预期因充斥着艰险、疼痛和死亡的威胁而使抒情更具张力。甜蜜因苦涩而变得有力、实在。还有人与人之间，昨日是仇敌今天是同志的中日人员之间，革命军人与国民党、汪伪起义人员之间错综交织有时甚至是剑拔弩张的矛盾，所有这一切都被理想的玫瑰红笼罩着。这种沉溺而清醒的人生经验，又是一个心灵的传奇故事。

在采访中，老首长王海对我说起这么一件事，他说一位空军干部的孩子非常不解地问他，当年你在朝鲜战场上舍命打仗究竟是为了啥？他说这很可悲，这个现象不是孤立的，叮嘱我要认真思考这个问题。要感谢接受我采访的老首长老英雄们。当我接受樊京云同志的建议写这本书时，我的初衷是填补用文学作品反映这段历史的空白。随着采访的深入，我确信我是进入了一个探求精神家园的过程。王海、刘玉堤、张开帙、黄乃一、姚峻、吴光裕、张执之、麦林、韩明阳等老首长，他们热情、深刻、富有感染力的讲述，还有吕黎平等老首长的回忆文章，给了我那个神奇年代和一群英雄好汉的气氛和表情，我感到他们在屏幕上和舞台上的形象并没有被夸张，他们身上确实有那么一种精神本质和人格魅力。老首长林虎身体不适，为采访认真写了提纲，讲了整整两个上午，思想清晰深刻；年届九十的魏坚两眼蒙矍，边吸氧边接受采访，他还惦着航空航天事业，提出培养女宇航员的建议；还有方子翼、于飞的宽阔胸襟和不老雄心，都使我更直接地进入他们的精神世界。深深地感谢老首长们。同时，对大力支持创作与出版此书的空军政治部宣传部和空军航空大学，也一并表示感谢。

老航校精神，革命的理想主义和英雄主义精神——我所寻找的精神家园，又何尝不是人民空军的精神家园？如同每个人都有自己的童话时代，一个民族、一支军队也都有自己的神话时代。对于人民空军，老航校就是它的神话时代。那个时代的浪漫精神和旺健的生命力，创造了团结奋斗、艰苦创业、勇于献身、开拓前进的神话，也创造了一种永恒的动力。不同时代有不同的价值观，但有些东西却具有永恒的价值，将永远以其灿烂的光芒支撑和推动着历史的进步。老航校精神对于人民空军就具有这样一种价值。那遍地怒放理想之花和英雄之花的时代，那清澈而沸腾的岁月似乎距离我们很遥远了，但它不会不在。历史可能被遗忘，但不会不在。

当今，人类文明正由工业时代进入信息时代。以信息化为核心的新军事变革方兴未艾。在前所未有的挑战和机遇面前，尚未完成机械化的我军凭什么迎头赶上？凭什么对实现跨越式发展充满信心？1997 年，林虎在俄罗斯驾着先进的第三代战机苏－30 飞上蓝天，这时他已七十岁，这位三岁落孤、在狗食盆里与狗争食、只读过半年私塾的穷孩子凭什么走到今天？保罗·康纳顿说，所有的开头都包含着回忆的因素。我军从诞生之日起就处于逆境，半热兵器在与热兵器的抗争中追赶热兵器，热兵器在与线膛武器的抗争中追赶线膛武器，线膛武器在与机械化的抗争中追赶机械化，落后的历史境遇造就了我军的革命理想主义和英雄主义精神，而正是这种精神的力量推动着我军在逆境中不断成长壮

275

大。英雄创造历史，理想创造未来。新思维、新观念和新科技的花朵也应由精神力量的春风催开。在当今这个跨时代激变的伟大时代，我军也应从自身有着无限蕴藏的精神资源中汲取探索和创造的力量，沿着自身的强军之路实现伟大的跨越。如此，人民空军实现由国土防空型向攻防兼备型、由战役空军向战略空军的历史性跨越也确然可期。

在这本书的采写过程中，那段波澜壮阔的光荣历史强烈地冲击着我。作为空军的一名创作人员，我有责任写好这本书。我想深入。我吸吮和触摸着东北严冬的清澈、乌拉草床垫上遗留的阳光、煮狍子肉和汗湿的头发间氤氲的浪漫气息、螺旋桨和尾喷口搅起的热血激情、裹带着英雄气的硝烟、油污和铁锈逸散出的思绪。但时过境迁，两次探入的河流已不是那条河流，似是而非的想象难以体验与把握内在的情感和力量，模拟和再现永远达不到生活本身的真实和质感。一些有意味的内容比如婚恋，因不合结构逻辑而割舍，实在可惜。更重要的是，由于知识与思想力不及，使这本书的不尽和缺憾在所必然，比如对人物和事件的认识与把握难免有粗浅、疏漏和偏颇之处，作为对本书负有完全责任的作者，我是要见谅和见教于读者，尤其是要见谅和见教于历史亲历者和见证者的。同时，这也是这个题材生成新文本所必需的。

写完这本书，我更加认识到非虚构文学的创作往往是一个学习的过程。

作　者

2005 年 7 月 12 日

图书在版编目(CIP)数据

英雄万岁 / 郭晓晔著. — 北京：中国文史出版社，
2019.2

（中国专业作家纪实文学典藏文库·郭晓晔卷）

ISBN 978 - 7 - 5205 - 0859 - 9

Ⅰ. ①英… Ⅱ. ①郭… Ⅲ. ①纪实文学 - 中国 - 当代

Ⅳ. ①I25

中国版本图书馆 CIP 数据核字（2018）第 266597 号

责任编辑：马合省　薛未未

出版发行：**中国文史出版社**

社　　址：北京市海淀区西八里庄 69 号院　邮编：100142

电　　话：010 - 81136606　81136602　81136603（发行部）

传　　真：010 - 81136655

印　　装：廊坊市海涛印刷有限公司

经　　销：全国新华书店

开　　本：720 × 1020　1/16

印　　张：18　　　　字数：241 千字

版　　次：2019 年 2 月第 1 版

印　　次：2019 年 2 月第 1 次印刷

定　　价：58.00 元